LE ROI DES ORDURES

Du même auteur

Romans

À bulletins rouges, Gallimard, 1973.
Billy-ze-Kick, Gallimard, 1974, Mazarine, 1980, Folio, 1985.
Mister Love, Denoël, 1977.
Typhon Gazoline, Jean Goujon, 1978.
Bloody-Mary, Mazarine, 1979, Le Livre de Poche, 1982 (prix Fictions 1979 et prix Mystère de la Critique).
Groom, Mazarine, 1980, Gallimard, 1981.
Canicule, Mazarine, 1982, Le Livre de Poche, 1983.
La Vie Ripolin, Mazarine, 1986, Le Livre de Poche, 1987 (grand prix du roman de la Société des gens de lettres, 1986).
Un grand pas vers le bon Dieu, Grasset, 1989 (prix Goncourt 1989).
Symphonie-Grabuge, Grasset, 1994 (prix Populiste).

Nouvelles

Patchwork, Mazarine, 1983 (prix des Deux-Magots, 1983), Le Livre de Poche, 1992.
Baby-Boom, Mazarine, 1985 (prix Goncourt de la nouvelle, 1986), Le Livre de Poche, 1987.
Dix-huit tentatives pour devenir un saint, Payot, 1989, Folio, 1990.
Courage, chacun, l'Atelier Julliard, 1992, Presses Pocket, 1993.

Albums

Bloody-Mary, dessins de Jean Teulé, Glénat, 1983 (prix de la Critique à Angoulême).
Crime-Club, photographies de Gérard Rondeau, La Manufacture, 1985.
Le Cirque, photographies de Gérard Rondeau, Reflet, 1990.
Tardi en banlieue, fusains et acryliques de Jacques Tardi, Casterman, 1990.
Terres de Gironde, collectif, Éditions Vivisques, 1991.
Paris perdu, photographies de Robert Doisneau, Le Cercle d'Art, 1996.

En collaboration avec Dan Franck

La Dame de Berlin (*Les aventures de Boro, reporter-photographe*, tome 1), Fayard/Balland, 1987, Presses Pocket, 1989.
Le Temps des cerises (*Les aventures de Boro, reporter-photographe*, tome 2), Fayard, 1989, Presses Pocket, 1992.
Les Noces de Guernica (*Les aventures de Boro, reporter-photographe*, tome 3), Fayard, 1994, Presses Pocket, 1996.
Mademoiselle Chat (*Les aventures de Boro, reporter-photographe*, tome 4), Fayard, 1996.

Vautrin

LE ROI DES ORDURES

roman

Fayard

Photo de couverture : Sebastiao Salgado / *Contact Press Images*

Il était une fois Dashiell Hammett, Raymond Chandler, Horace McCoy, William Irish, Frank Gruber et des dizaines d'autres ; il était une fois le roman noir et ses auteurs de la *Hard-Boiled School*, l'« École des durs-à-cuire ». Ils commencèrent à publier leurs drôles d'histoires pleines de fureur et de comportements paroxystiques dans des magazines à jeter. Les plus célèbres parmi ces *pulp magazines* furent sans conteste *Black Mask* et *Dime Detective.*

À l'heure où notre planète s'emboucane, où les vieux démons cherchent à remonter à l'échelle, où les pauvres, les exclus – humiliés, catégoriés, fêlés jusqu'à l'ossaille – en sont réduits à chercher du pain, des brins, des restes sur la décharge des riches, j'ai éprouvé le besoin de renouer avec un espace libre et enragé où le seul code en vigueur est celui d'une mythologie tenace qui a enchanté ma jeunesse.

Je trouve assez que le roman noir, à l'envers de nos nombrils de Français bien nourris, continue à porter les germes d'une critique sociale comme il n'en existe à aucun étage de notre littérature en col blanc.

Voilà pourquoi, selon mon cœur aujourd'hui, je vous propose l'histoire d'un *looser* magnifique, d'un type à jeter, Harry Whence – un détective de quat' sous, un *pulp detective.*

J. V.

« Un homme est la somme de ses propres malheurs. On pourrait penser que le malheur finirait un jour par se lasser ; mais alors, c'est le temps qui devient votre propre malheur. »

WILLIAM FAULKNER,
Le Bruit et la Fureur.

Prologue

Un jour, toute la ville s'était écroulée, monsieur.

Empire State Building. First National City Bank Building. Et même Chrysler Building. Toute la maudite architecture s'y était mise. Des tonnes et des tonnes de ferraille. Du béton par pans entiers. Et tout le saint-frusquin de reflets et d'étages. Du verre et des nuages. De l'acier et du pouvoir. De l'ambition et des années d'expérience. Tout cela s'était cassé la gueule.

Harry l'avait vu, monsieur.

Il y avait assisté. Vrai de vrai. Au travers de son pare-brise. Yellow cab *en perdition. Circulation épaisse. Dix-huit heures.* Taxi driver *en déroute.*

D'un coup, sa tête avait craqué. Une névralgie lui avait fissuré la tempe. Elle avait piqué droit sur le nerf optique et le fond de son oreille s'était mis à battre. Sammy's Bowery Follies déferlant sur tout son pauvre crâne. Tout un cortège de douleur vêtu d'un vieux boa qui levait la jambe derrière sa nuque. Un mal de chien. Une danseuse resurgie du passé. Balle dum-dum enfermée dans sa chair. Étrange et familière. Visage de guerre ficelé dans une croûte de fard. La vieille artiste poussait des « youpi » insoutenables dans son cerveau. Tap tap la cadence. Tap tap à hurler. La vioque levait la jambe. Cancan du désespoir. Chairs tordues.

Trois mois de coma. Harry laissé pour mort. Distinguished cross. *Cette balle qu'on ne parvenait pas à extraire et qui, d'un seul coup, était à nouveau là.*

Harry avait si mal, monsieur.

Il avait appuyé sur le frein comme un dingue. L'Oldsmobile avait piqué du nez vers une bouche d'aération. Jamais eu mal comme ça. À s'enfoncer les doigts dans la bouche. À pleurer. À vomir.

Ah ! Aaaah !Aaaa AAAhhhHHH, il gueulait cette sorte de chose sans doute. Il s'emballait vers la loufoquerie.

Et c'est à ce moment-là que le Lever Building lui avait donné l'impression de pencher pour voir de quoi il retournait. Et tout le bloc. Tout le damné quartier qui s'était mis à faire kaléidoscope. Des carrés, des triangles avec de drôles de petites lumières sur toile de ciel noir.

Celui-là, d'ailleurs, le ciel, semblait pris d'une drôle d'hystérie. Gigue de vapeur. Une mouvance accélérée qui accumulait une méchanceté de nuages peu commune. Vacherie d'orage en préparation. Un grondement bleuté, sorte d'ourlet électrique au ras des façades. Une moiteur extraordinaire.

Et cette conne de blonde. Avec ses seins épanouis, ses dents du bonheur, elle s'était mise à rire au fond du taxi. À rire. À rire. Le ventre agité de spasmes verticaux et ses cuisses blanches qui s'écartaient. La merde si c'était pas ça, la misère, monsieur. *Un marasme encore plus profond que la trouille aux boyaux. Celle qui vous prenait immanquablement quand vous deviez vous battre à l'arme blanche avec les Viets.*

La fille salope qui riait. Vous m'écoutez, monsieur ? *La douleur-boule qui foudroyait. Et le premier éclair qui dévalait tout droit comme un bistouri à laser, charcutant Manhattan à cœur ouvert.*

Jésus, la douleur ! Cette sensation fulgurante d'être quelqu'un d'autre, de regarder un monde cassé. Névralgie encore. L'œil qui devient une vrille et vous fraise la gueule jusqu'à l'intérieur de la bouche. Les contours qui se gomment. Un trou noir avec des étincelles. Et maintenant, en serrant les dents, en fermant les poings, le Seagran Building qui s'émiette au-dessus de la 53e rue.

Harry avait si mal, monsieur.

Il avait garé son putain de taxi en quatrième vitesse sur le trottoir. Il avait ouvert la portière et merde, il avait tout abandonné. Tout. La blonde qui riait toujours sur les coussins de l'Oldsmobile, et même sa recette de la journée. Vous pensez, il courait. Il courait pour sa vie sur l'asphalte brûlant. C'était comme à Quang Tri, napalm et bombes à billes, quand la balle explosive l'avait rattrapé. Macadam-douleur. Macadam-folie. Viêt-nam-dum-dum. 1967, une balle dans la nuque.

Incroyable comme toute cette bouillasse noire fondait sous les baskets. Les escaliers de métal flambaient sur les façades des gratte-ciel.

Il courait. Depuis, il courait.

Vous voulez en savoir plus, monsieur ?

Voyons voir. C'était arrivé un mardi. Un con de mardi pas plus important qu'un autre. Juste avant l'orage. Ça oui, juste avant l'orage.

Harry avait chargé cette fille blonde. Au premier abord, à part un œil de chaque couleur, il ne lui avait rien trouvé. Rien. Les yeux pers, et juste des auréoles de transpiration qui envahissaient son corsage. Et puis, si : elle avait une grande bouche pour parler. Mais de là à avoir envie de la tuer, il y avait un foutu kilométrage. Merde, des kilomètres de piste. Beaucoup de poussière. Des kilotonnes de bombes à billes. Beaucoup de bruit. New York, cette ville, rien que de la fureur.

Harry s'était détourné. Il avait mis le compteur à zéro. Qu'est-ce qu'elle avait dit, déjà ? Elle s'était jetée sur la banquette avant, à côté de lui. Elle avait soupiré. Son rouge à lèvres brillait, féroce. Elle avait dit :

– Ça ne vous dérange pas que je vienne près de vous ? À l'arrière, j'ai mal au cœur...

Elle avait dit aussi :

– Au Waldorf Astoria.

Et Harry l'avait classée. Poule de troisième catégorie. Le genre qui devait être réservé une semaine à l'avance par un marchand de blé du Middle West.

Il avait démarré et, mentalement, il s'était posé une colle en droit pénal. Un truc vache au sujet de la responsabilité partagée ou quelque chose dans ce goût-là. Harry potassait en vue de son examen. Il espérait bien obtenir sa licence de détective avant la fin de l'année. Farewell yellow cab ! *Dans son bureau de Brooklyn au décor repeint par Buzz Bezzerides ou Robert Tasker, il mettrait les pieds sur le bureau. Il tutoierait sa secrétaire. Il attendrait les clients en relisant Chandler.*

La blonde l'avait fait disjoncter avec son verbiage. Qu'est-ce qu'elle avait dit ? Qu'est-ce qu'elle avait dit, monsieur ? *Quelque chose à propos des cheveux de Harry qui étaient coupés salement court. Et un baratin au sujet de l'hygiène chez les marines.* L'hygiène, je ne vous raconte pas, monsieur, elle savait de quoi il retournait, parce que son petit frère, Mickey, avait servi en Indochine.

Harry avait demandé à quoi elle voyait ça, qu'il y était allé. Elle avait haussé les épaules et déplacé son peigne dans ses cheveux :

– Tu parles ! Pas malin à deviner ! La tristesse. Et puis, y a qu'à regarder votre tatouage sur le bras.

Elle n'avait pas parlé de la cicatrice qui lui mordait la nuque jusqu'à l'épaule. Elle s'était contentée de fixer la trace dum-dum en parlant de son frangin qui avait eu moins de chance et qui défilait souvent autour de la Maison Blanche, poussé sur un chariot, en brandissant une pancarte au sujet de plus-de-guerre. Elle avait dégrafé son putain de corsage en disant que Mickey, le pauvre, ça ne lui rendrait pas ses jambes fauchées pour cause de mine antipersonnel. Elle s'était mise à s'essuyer les seins. Elle ne portait pas de brassière. C'est fou ce qu'elle avait la peau blanche. Des aréoles brunâtres ciblaient sa poitrine. Deux médailles de plaisir. Harry croyait bien avoir gloussé en les voyant apparaître. La blonde ne l'avait pas mal pris. Elle avait dit :

– Taxi, vous devez en voir de toutes les sortes, non ?

Mais Harry n'avait pas répondu, monsieur.

Parce qu'il repensait au thorax toujours infecté du sergent Steelman, son chef de section. Un type vraiment foldingue qui épinglait ses décorations à même la peau en allant au combat. Un bataclan de pièges à con qui accrochaient la lumière. À cette heure même, Steelman était une croix blanche sous un gazon bien entretenu de Baltimore.

Harry conduisait vite, avec des gestes nerveux. C'est fou ce que cette blonde avait la peau blanche.

– Mickey s'est mis au tir à l'arc, avait-elle dit soudain. Il a les cheveux en catogan et sa voix a changé. Une grande douceur quand il chante. Mais, au fond de lui-même, sûr qu'il est en colère... Putain de chaleur, non ?

Elle l'avait regardé et elle avait ouvert sa grande bouche pour dire d'autres conneries à la noix. Genre en montrant ses seins :

– Tu m'en veux pas, taxi-joli ? Je fais comme si je partageais tous les jours mes draps avec toi, mais c'est parce qu'il fait si chaud et qu'on est mal dans cette saloperie de ville. Tu trouves pas ?...

– Qu'on est mal ?

– Oui. Que la chaleur donne tous les droits.

Des conneries, quoi. Elle avait rigolé. Harry aurait voulu potasser son droit. Mais c'était un drôle de sport, ses seins qui emplissaient l'espace. Elle cherchait le vent le long de la vitre baissée. Harry avait ralenti. Il se sentait de mauvaise humeur. La blonde faisait vraiment comme chez elle. Elle avait retiré ses talons hauts. Elle parlait. Elle parlait.

– Je suis pompante, hein ? Hein, que je suis lourde à porter ? C'est plus fort que moi. Je ne suis pas costaud-costaud. Fragile, si tu veux ! J'ai pas l'air ? T'y trompe pas ! J'ai pas de forces ! Le sang qui fout le camp !

Putain-merde, Harry n'en avait rien à mesurer ! Des gonzesses comme ça, il s'en cirait les rangers, monsieur, vous pouvez me croire ! *Il s'était absorbé dans sa conduite, qu'elle lui lâche le plexus, merde. Parce que, rien qu'à l'entendre, il se nouait à vue d'œil. Déjà, il sentait : c'était tout dur autour de sa gorge. Il respirait mal. Il pensa furtivement à la baïonnette qui était enfermée dans le vide-poches, juste en dessous de sa licence de chauffeur. Il y jeta un coup d'œil. La blonde prit ça pour elle.*

– Tu ne me crois pas ? dit-elle. Je te jure, mes analyses de sang sont pas fameuses... J'ai ma VS qui déconne !

– VS ? demanda Harry, mais il pensait à la dernière gonzesse qu'il avait baisée.

– Vitesse de sédimentation, dit la blonde. Les globules blancs, j'en ai trop.

Harry ne répondit pas. Il était ailleurs. Il était dans un motel. En face de lui, il y avait cette foutue Portoricaine qu'il avait levée au Palladium Ballroom. Une sacrée fille qui dansait aussi bien que dans West Side Story.

Votre attention redouble, n'est-ce pas, monsieur ? J'avoue que c'est une histoire pas banale à entendre, même pour un psychologue de prison.

La Portoricaine avait promis à Harry le bonheur la tête en bas pour une poignée de dollars. Elle avait les yeux brûlants. Elle avait dit qu'avec sa bouche elle aurait su ranimer un mort. Et maintenant, il lisait le journal du jour en face d'elle.

C'était le 13 novembre 1974, monsieur.

Il se le rappelait parfaitement. Le 13 novembre, un samedi. Il était torse nu, bungalow 14, dans un motel au bord de l'autoroute. Il lisait le journal et la fille était dans la ruelle du lit. Elle faisait tout ce qui était en son pouvoir avec sa langue pour mériter sa réputation. Harry se laissait faire. Il relisait pour la troisième fois une phrase qui disait exactement : « Je viens à vous avec un rameau d'olivier dans la main gauche et une mitraillette dans la droite. Ne faites pas tomber le rameau d'olivier. » C'était une putain de déclaration que Yasser Arafat venait de faire à la tribune de l'ONU, et Harry ne l'oublierait jamais.

Putain de phrase, qu'il avait relue trois fois ! Trois fois parce qu'il voulait donner toutes ses chances à la fille.

Et dès qu'il avait replié le journal, il avait tué la Portoricaine. Jamais plus il ne banderait.

Je ne vois pas votre visage, monsieur.

Et je me sens un peu en panne. Comme une voiture en haut d'une montagne...

Je ne vois pas votre visage, monsieur. Pourtant, ça m'aiderait.

Et faut pas m'en vouloir si je parle de moi en disant *Harry ceci* ou *Harry cela*. Et même *Harry* à la troisième personne. Ce type, Harry, n'est plus tout à fait moi. Nous nous sommes perdus de vue, en quelque sorte. Après toutes ces années, Harry est un autre. C'est assez normal, je trouve. Normal pour un gus qui a été plongé dans un trou noir comme je l'ai été... Toutes ces injections... Matricule 8707... Tant de semaines passées dans des cavernes de glace...

Je ne vois toujours pas votre visage, monsieur.

C'est votre truc à vous de rester derrière la lampe. De vous tenir dans l'ombre et de me laisser en carafe. Mais ça m'est égal. J'ai les rétines extralucides. D'ailleurs, je peux bien continuer tout seul au sujet de cette fille blonde vautrée sur les coussins de l'Oldsmobile...

Soudain, dans le taxi jaune, il s'était détourné. Il avait souri pour s'excuser de son absence.

– Il vaut mieux ça que de se couper la petite veine bleue, avait dit la blonde à côté de lui.

– Moi, ça m'est égal, avait répondu Harry.

Il n'avait rien écouté de ce qu'elle avait dit auparavant.

– T'es un drôle de type, dit la blonde. Drôlement touchant.

Il la regarda en douce. Elle avait retroussé sa jupe et posé une main sur sa cuisse. Sa peau, c'était du lait entre les jambes. Du lait.

– J'ai soif, dit Harry. Et après, je voudrais bien te baiser.

– Pas de ça, Max, dit la fille.

– Harry, corrigea-t-il.

– Moi, c'est Cindy, dit la fille. On peut se voir si tu veux, mais d'abord, il faut que je gagne mon blé.

– C'est maintenant que j'ai envie, dit Harry.

Son cœur faisait des poids et haltères sous son tee-shirt.

– Impossible, dit Cindy. On m'attend au Waldorf.

Elle déplaça son peigne dans ses cheveux.

– Baise-moi, dit Harry.

– Jamais avant l'orage, dit la blonde.

Elle ouvrit sa bouche pour rire.

– Ta gueule ! dit Harry. Le connard qui t'achète peut bien attendre.

– Le connard qui m'attend me fait gagner ma croûte.

– Je parie que c'est un marchand de vaches du Minnesota, le genre gros lard qui habite les étages du bas...

– Perdu, taxi-joli, dit la blonde, je ne vais pas au Waldorf du bas, je vais 50e rue et je grimpe aux Towers.

– Ici ou là, tu vends ton cul...

– Encore perdu, beau militaire. Je suis femme de chambre. Au 38e étage, figure-toi. Et tu sais ce que ça veut dire, minable ? Ça veut dire que j'ai débuté au 15e, il y a six ans, et maintenant, je me fais des pourboires de cent dollars et plus...

– Okay, je t'offre les foutus cent dollars.

– T'es pas compétitif, petit soldat, dit la fille. Fayşal d'Arabie me donne cent cinquante dollars pour que je lui rende ses slips bien repassés.

– Cent cinquante, dit Harry.

– Pas la peine. T'as une belle gueule et je fais ça pour mon petit frère Mickey. Viens me chercher ce soir.

– Deux cents, dit Harry. Cash.

Ses yeux étaient rouges.

– Pas besoin, je te dis, puisque tu me plais. Après minuit, je rase gratis.

– Ma recette de la journée, si tu veux, s'emporta-t-il.

Sa nuque lui faisait mal, monsieur.

– T'es louf, hein ? dit la blonde. Et me regarde pas comme ça.

– Maintenant, dit Harry.

Il pensait à la baïonnette.

– Eh bien toi, mince d'urgence ! dit Cindy. On dirait un blessé de la route.

– J'ai besoin de toi, murmura Harry.

C'est ce qu'il a dit, monsieur. Ses propres mots.

Il avait l'air suppliant. Sa nuque battait de plus en plus. Dehors, New York fondait.

La blonde le dévisageait avec une sorte d'étonnement. Elle cherchait à comprendre.

– Fais voir, dit-elle soudain. Elle referma sa main potelée sur le ventre de Harry. Ce qu'elle trouva sembla la dérouter. Ses yeux bleus se mirent à bouger rapidement avant qu'elle ne réagisse. Puis, d'un seul coup, elle se mit à rire. À rire. Cindy avait des larmes aux yeux et elle riait.

Harry avait retiré sa casquette. Il en essuyait machinalement le bord intérieur. Cindy avait des dents éclaboussantes de santé. Un filet de salive reliait ses deux lèvres.

Et Jésus, c'était arrivé, monsieur !

Exactement comme il redoutait. Son front s'était couvert de sueur. Il avait relevé la tête. Et c'était arrivé. Dum-dum. La ville qui avait basculé. Toute la ville qui était devenue un jeu de cubes et de lignes brisées. Et il avait failli sortir sa baïonnette de la boîte à gants.

À cause d'un rire de femme, juste avant l'orage.

Depuis, il courait. Il courait, monsieur !

La pluie avait tout rafraîchi. Il avait dormi sur un banc. Il avait une barbe de deux jours. Sa tête lui faisait de moins en moins mal. Si les flics ne le rattrapaient pas, cette étrange vie mitée pourrait bien durer encore un quart de siècle.

Il avait envie de se laver les dents.

Vingt ans plus tard...

Une autre ville s'enroule autour de lui. Elle referme sur sa cavale de fourmi sa main d'étrangleuse. Il a cinquante et un ans, les cheveux blancs et une moustache soigneusement taillée. C'est un vieux géant aux yeux métalliques.

Ici comme hier à Vancouver. À Vancouver, à Toronto. À Montréal, à La Havane, à Port-au-Prince ou à Santiago, le ciel tangue sur son passage. Il cherche son salut dans l'errance.

Il est descendu d'un cargo. Il ne restera pas. Il ne restera pas.

Il est monté dans un autobus cahotant. Il tient la main d'une femme. Sa tête joue de la radio.

Chaleur à col ouvert. Pleurs de goudron. L'été s'élance, continue sa fournaise. Fourrage les nerfs. Tout va cramer sur place. Tout grille, carbure, calcine et s'évapore.

Il erre dans une autre ville. Un manteau de plomb et d'oxyde de carbone perd sa croûte à hauteur de building. Il a trouvé une autre femme.

Il y a des feux qui passent au vert. Des voitures qui halètent aux carrefours, puis prennent leur élan en grondant. Il ne restera pas. Il ne restera pas.

Aucune place n'est assez ombreuse pour prendre un peu de repos. Aucun hôtel n'est assez accueillant pour dormir à poings fermés. Aucune compagne de rencontre n'est assez fiable pour qu'il s'allonge sur le dos.

Harry qui bouge les lèvres pendant son sommeil, monsieur.

Harry qui descend la colline, les mains ouvertes comme un enfant.

Harry, ce matin, qui se sent trop bien pour bouger...

MERCREDI,

le premier jour...

Cinq heures du matin.

Mexico dort sur le ventre.

Maquillée de néons, crêpée de buildings, couchée sur le limon de la vallée, les mamelles de ses marais asséchées par les premiers occupants, *la ville-lune* dort dans son lit de lave, les yeux grands ouverts sur le passé.

Jardins flottants, terre obsidienne, fresques maya, au centre de la cité la dormeuse est coloniale ; beauté aztèque au sexe fouillé par les enfants de Cortés, elle geint dans son sommeil.

Cinq heures trente.

L'air raréfié des montagnes est immobile.

Très haut au-dessus des montagnes enneigées du Popocatépetl stagne un nuage de mort recraché par l'industrie des hommes.

Sur les collines de San Angel flotte encore parfois comme une odeur de terre mouillée.

À Coyoacán, aux Lomas, à Pedregal, les riches respirent d'un sommeil léger le parfum des jaracandas. Dans la Zona Rosa, des centaines d'hôtels et de palaces internationaux, des restaurants, des discothèques affichent bonheur complet. Quality Inn, filles à gogo, bronzage mexicain, vitraux Tiffany, steaks de chihuahua, c'est l'embarras du choix.

À l'est, tout se fâche.

Poussière, grouillement, férocité : un âpre goût de vie suinte et sirote, bouge et tousse à l'approche de chaque masure. À l'horizon, le bidonville de Netzahualcoyotl dévore la pente des volcans.

Six heures du matin.

Callejón Emiliano Zapata. Hôtel El Mirador.

Tapins à tous les étages. Cloisons sans frontières. Raclements de gorge. Derrière un papier à fleurs, une *high-brown* girl éclate d'un rire de ventre. La plomberie danse la *machicha.*

– Jamais le goût de la mort ne m'a plus effrayé qu'en ce moment, dit l'homme. J'ai rêvé que je frappais à nouveau.

Il dégage ses jambes nues de dessous les draps, les balance sur le côté et, les pieds joints, sort du lit.

Il jette un coup d'œil furtif vers Lola.

Accrochée à son oreiller, elle poursuit son sommeil égoïste avec acharnement.

– Tu t'en fous, dit-il. Tu te fous de tout ce qui n'est pas toi.

Il rabat brusquement les couvertures sur sa place encore moulée dans l'épaisseur du matelas. Une odeur de corps, concentrée par le courant d'air, fait le tour de ses poumons. C'est l'odeur chaude et fade de leurs amours. Et aussi un foutu remugle de whisky qui s'est mêlé aux effluves usés d'un parfum entêtant.

Lola boit de plus en plus.

– Tu devrais te lever, dit-il. Nous faire du café.

Elle ne répond pas.

Il lui donne sans ménagement une bourrade au travers des couvertures.

– Tu vois bien que je dors, soupire-t-elle.

Sa voix est fêlée par l'alcool.

Il contourne le lit, arrache littéralement le patchwork et le drap qui la recouvrent et lui donne une claque sur les fesses.

Elle se retourne, les yeux grands ouverts.

– J'aimerais retrouver l'étincelant émerveillement de l'alouette éblouie par l'or du soleil, grince-t-elle en constatant qu'il ouvre les rideaux sur leur univers de crasse et de débine.

Elle le dévisage tandis qu'il cherche une cigarette dans un paquet vide de Lucky Strike, puis laisse dériver son regard sur le désordre de la pièce misérable.

– Où est notre vie merveilleuse ? raille-t-elle en plongeant hors du lit pour ramasser une paire de bas qui fraternise avec des chaussettes d'homme. Quand s'allongeront les capots de tes voitures ?

– Lâche-moi ! dit-il en passant sa main dans ses cheveux argent coupés en brosse. Cette fois, c'est un gros coup. Et nous pouvons réussir.

– À condition que je continue à satisfaire toutes les lubies de ce type. À condition que je passe toutes mes nuits avec le député Gutierrez Moreno. À condition que je ne sois pas dégoûtée de laver mon propre corps !

– À condition que tu te contentes de jouer le jeu tel que nous l'avons défini entre nous.

Elle hausse les épaules, puis lève les bras pour nouer un chignon de fortune. Le drap glisse sur son torse aux seins bondissants.

Elle est une fausse rousse sous les aisselles. Elle ne s'est pas démaquillée de la veille. D'où l'approximation de ses traits. Un je-ne-sais-quoi de flou sur le visage. La bouche en double file. C'est cela : un rouge qui a changé de lèvres. Un Rimmel qui a coulé. Mais, partout, comme une lueur supplémentaire : son teint. Une carnation transparente qui lui donne une allure enfantine.

Sa peau, Lola. Sa peau.

Il la dévisage comme s'il s'agissait d'une première fois.

Il pose l'index sur son épaule creusée d'une fossette.

Sa peau, comme elle le rassure ! Son rire de conspiratrice. Et même ses sacrés petits yeux noirs qui trahissent pourtant une infernale capacité de méchanceté intérieure.

– Tout ce que tu as à faire, c'est d'arrêter de boire, Lola, grogne-t-il. Cette nuit, quand tu es rentrée, tu étais ivre.

– Faute à qui ?

Elle se lève d'un seul élan.

Ses yeux qui marquent la défensive se sont rétrécis quelque peu. Au passage du plafonnier, ils enferment une mauvaise lueur en leur milieu.

– Seigneur ! À qui la faute ? répète-t-elle.

Elle revient se planter devant Harry.

– D'ailleurs, si ça ne te convient pas, je suis d'accord pour m'en aller...

– Non. Pas ça, dit-il aussitôt. Ne me quitte pas. Tu sais bien que je ne saurais plus me passer de toi.

Il frotte sa nuque douloureuse en basculant la tête.

– Ne t'avise pas de me quitter, répète-t-il soudain.

Le ton de sa voix a changé.

Il incline sa haute taille vers elle. Elle entrevoit les deux rides verticales qui marquent ses joues creuses et confèrent une sorte de noblesse désabusée à son visage.

Elle ne désarme pas.

– J'en ai soupé du bleu des voyages en plein ciel, figure-toi ! Et j'en ai marre de boucler des valises de plus en plus légères ! D'habiter des taudis de plus en plus crasseux. D'accepter des arrangements de plus en plus douteux.

– C'est le métier de privé qui veut ça...

– Privé ! Elle manque de s'étrangler. Dis plutôt préposé aux constats d'adultère ! Planques et filatures : mille boulots pour un détective à la retourne !

– Les choses vont changer, dit-il.

– Oui ! On va pouvoir enfin payer la bière chez l'épicier et acheter trois tubes de Valium à crédit !

– Du moins, j'ai ma plaque sur une porte de bureau en plein Mexico.

– Le pays des *paracaidistas* ! hurle Lola hors d'elle-même.

Elle fait un pas de côté, passe sous l'ampoule nue qui pend au ras du plafond. Ses yeux poussent des cris.

– Mince de clientèle ! elle dit en reculant jusqu'au mur. Des souteneurs et des junkies ! Bienvenue au paradis des ratés, *mister pulp detective* !

– Hé, minute ! Je n'ai pas toujours été sur la touche, Lola !

– Je ne t'ai jamais vu empocher le jackpot, Harry.

– Tu oublies le paquet de dollars que tu m'as aidé à dépenser pendant les six premiers mois qui ont suivi notre rencontre de Montréal !

– J'aurais pu me passer de toi !

– Difficilement, mon petit ! En tant que détective de l'hôtel, je venais de pincer une voleuse la main dans le coffre d'un client et je pouvais l'envoyer moisir au fond d'une prison canadienne !

Ils s'affrontent à nouveau. Elle est reprise par la fièvre de mordre. Elle lui lance :

– Tu ne m'as guère impressionnée, ce fameux jour !

– Tu m'as supplié de ne pas te livrer à la police !

– Tu crois que je ne t'ai pas vu venir ?... Un vieux flicard égrillard avec un verre de whisky dans chaque main !

– Une médiocre entôleuse déguisée en rat d'hôtel !

– Tu puais l'after-shave et le dentifrice !

– Tu m'as ouvert les cuisses comme une putain de trottoir !

– Je t'ai soulagé d'une grande misère physiologique !

Elle le défie du regard. Elle a croisé les bras sur sa poitrine.

– Je te déteste, dit-il. Je peux te soulever de terre, te coucher sur mes genoux et te couper en deux.

– Même ça, tu n'oserais pas, siffle-t-elle.

L'instant d'après, elle grimace sous l'effet de la douleur.

Il vient de refermer sa main puissante sur son bras et lui écrase les chairs. En même temps, elle se sent littéralement soulevée de terre. Je suis une poupée, pense-t-elle, affolée, et elle voit grandir vers elle son front ruisselant où sont plaqués des centaines de cheveux blancs.

Elle le dévisage sans ciller et dit :

– À part moi, je ne vois vraiment pas qui voudrait vivre à tes côtés plus de cinq minutes.

Elle ajoute :

– Je suis ta dernière chance, Harry.

Elle se dégage soudain de son emprise et ajoute machinalement :

– Je vais faire du café.

Elle met de l'eau à chauffer, puis demande :

– À quelle heure comptes-tu appeler la femme de Gutierrez Moreno ?

– Dès que je serai arrivé à l'agence.

– À l'agence ! glousse-t-elle. Je m'étrangle de rire !

– Au bureau, dit-il fermement. Tu verras, dans moins de trois mois, le cabinet d'attente de Harry Whence regorgera de clients ! Et un jour...

– Un jour, complète Lola qui connaît l'histoire par cœur, une magnifique blonde avec des yeux verts et une démarche de léopard sonnera à ta porte et te dira : j'ai une idée formidable, chéri, nous allons tuer mon mari et partir à Hawaii en décapotable !

– Quelque chose comme ça, grogne Harry. Je sais que je vais m'en sortir.

Il contourne l'armoire délabrée qui leur sert de penderie et se dirige vers une chaise bancale. Il y prend son *holster* et s'en harnache. Il tâte l'acier bleuté du revolver Llama calibre 38 à canon court. Il enfile la veste de son complet lilas. Le plus convenable. Ensuite, il coiffe son chapeau, en rabat crânement les bords, passe dans la salle de bains et s'examine dans la glace.

Tout l'appartement se met à sentir le café et quand il fait son apparition dans la cuisine, Lola est en piste pour un nouveau scotch.

– Arabica, mister Marlowe, dit-elle en levant les yeux et en désignant du menton la cafetière fumante. Pur arabica. Tu as tout juste le temps d'en boire une tasse et de sauter dans ta voiture.

Sept heures quinze.

Dès que je suis seul, je m'appelle Harry Whence, un gars coriace qui va réussir sa sortie.

Je traverse le palier sur mes bottes par Charlie Dunn. J'arpente le carrelage. Treize ressemelages, indestructibles. Et j'écrase une blatte.

¡ Ceda el paso ! Je dévale les trois étages sans ascenseur de l'hôtel El Mirador.

Cage d'escalier et graffiti. Jus de salauds et tags gothiques. *No fun, poisoned city*. Immunité perdue. Pâleur suaire. Ricky encule Paco. Au charbon noir, *love above all.* Gravé couteau : « Ouvre mon froc. » Écrit au sang : « Dieu est mon juge. » Rez-de-chaussée, chaleur et rires.

Et la rue moite. Comme en enfer.

Je marche dans une jungle d'enfants. Méli-mélo ecstasy, bave et chewing-gum. Bave et Coca-Cola. Crachat final.

Je marche sur la carte de géographie d'un trottoir arrosé. Au bout de dix mètres, je demande à un type au nez écrasé d'enlever son cul du capot de ma bagnole.

Il dit d'accord, pas de bile à se faire. Il va s'ôter.

Vous n'imaginez pas ce que ça lui prend de temps et d'énergie de déménager sa viande. Je passe derrière le volant et je lance le moteur de la vieille Ford.

Le démarreur ricane dans le vide.

Au travers du pare-brise, Nez-cassé dessine un doigt d'honneur à ma santé. Gai, gai, il me perce bien haut. Il ricane. Il dandine.

Il enlève son béret rouge de dessus sa caboche calamistrée et m'invite à en sonder le fond. J'y vois danser mes quatre bougies, la tête du Delco et une clé de mécano.

J'ai l'habitude.

– *¿ Cuánto vale ?*

– *Cien pesos.*

J'allonge la monnaie.

Nez-écrasé procède lui-même au remontage des pièces. On n'imagine pas ce qu'un étranger dans mon genre habitant ce quartier pourri doit emmagasiner comme fierté rentrée.

Cinq minutes plus tard, en même temps que trois millions d'automobilistes, je descends à dix à l'heure les pentes des *terracerias* en direction du centre de la ville.

Sept heures trente.

Tenochtitlán, capitale engloutie, recule dans la mémoire des hommes. Belle lurette que le dieu Tlaloc ne fait plus la pluie et le beau temps sur le Templo Mayor !

Labyrinthe d'autoroutes embouteillées, d'échangeurs saturés d'hydrocarbures, au fil du temps Mexico a pris le goût des amours interlopes. Et puisque les conquérants ont laissé leur semence dans ses flancs, elle a choisi, terre d'asile, d'aimer tous ses fils, produits d'une alliance forcée par le feu et par le sang.

Vingt millions d'âmes au tribunal de l'injustice.

Un peu partout dans les maisons de carton, de planches et de tôles de récupération, un monde se met en marche. Se lève lourdement. Se jette dans la rue. Et tous ces gens éclaboussés de pans de lumière, torturés d'ombres, ourlés d'angoisse, se crient des horreurs abominables.

Bouches démesurées pour cracher la vie, pour hurler la peine. Ils marchent à côté de Harry Whence sans le voir. À contre-courant de sa destination, ils moutonnent autour de sa voiture.

Ils sont les *pepenadores*, le peuple des ordures.

À Santa Fe, à San Lorenzo, ils s'apprêtent, un sac de jute sur l'épaule, à faire l'ascension des montagnes de déchets collectés par les services de nettoiement : quatorze mille tonnes chaque jour. Ils vont en extirper chaque tuyau de plomb, chaque gramme de cuivre, des barres de fer, des éléments de transistor et n'importe quel objet abandonné pourvu qu'il soit monnayable.

Cinq mille employés à la solde d'un roi absolu.

Sept heures quarante-cinq.
La décharge de Santa Cruz Meyehualco.

Don Rafael Gutierrez Moreno se réveille dans sa villa forteresse de deux mille mètres carrés bâtie sur les ordures.

Il vient de passer une nuit calme malgré sa sortie tardive dans les cafés et les boîtes de la plaza Garibaldi.

Sous les murs de son bunker de luxe établi à la source même de sa prospérité, la matière première s'accumule à un rythme avoisinant les trois mille tonnes par jour.

Près de son lit, don Rafael trouve un verre d'eau fraîche et le *Financial Times*. Il parcourt les titres. Il prête une oreille distraite aux rires de ses jeunes enfants derrière la porte. Une cavalcade précipitée les éloigne au fond d'un long couloir. Une voix de femme gronde en français : la gouvernante. Une porte claque. Rafael n'aime pas qu'on claque ainsi les portes. Il ne faut pas déranger l'ordonnance d'un jour qui commence.

Ce matin, la finance déjante. Ce n'est pas l'embrasement à New York, mais c'est la fin des années Gatsby. Le Japon devient le banquier du monde. Le Dow Jones n'échappe pas au *scenic railway*. Que James Baker, secrétaire américain au Trésor, éternue, et voilà le Chicago Mercantile Exchange – la Bourse des matières premières de Chicago – pris de violents soubresauts.

Ici, au Mexique, la bataille pour l'argent nécessite une perception aiguë des circonstances. Elle suppose des talents d'équilibriste. Don Rafael est de la race des acrobates accomplis. Il n'a pas misé sur le pétrole maya. Il a tôt compris que la vie se concentre sur les millions de coins de rue de la cité tentaculaire et qu'elle grouille d'énergies désespérées.

Au son des mixeurs, des minibars à crustacés, des stands de cigarettes, des chariots de hot dogs, des étalages d'herbes magiques et des cassettes de contrebande, il sait que se joue, se trame le grand vaudeville de la consommation.

Il sait que tout se jette. Que tout se ramasse. Que tout ce qui se froisse peut redevenir de l'argent.

Il n'y a qu'à ramasser. Il n'y a qu'à *faire* ramasser.

Don Rafael se drape dans sa robe de chambre et traverse plusieurs pièces qui constituent son domaine personnel. La maison est froide et sombre. Les murs sont blancs. Il entre dans son bureau.

Le maître des lieux passe devant une étrange toile de Frida Kahlo, un autoportrait en robe rouge, équilibre insolite entre macabre et naïf. Côté décharge, il s'immobilise devant la découpe d'une meurtrière aveuglée par un blindage. Il en bascule le loquet et découvre un vitrage sale, partagé par un barreau plat hérissé de pointes.

Depuis cette ouverture infime pratiquée dans la muraille, il domine l'immensité désolée des champs de détritus où s'affairent des ombres grises. Comme pour se rassurer de la présence des pauvres, il prête l'oreille à la rumeur de la ville.

Il écoute la grande marmite du monde libéral bouillonner doucement sous son couvercle plombé.

Il sait qu'à cette minute même s'est constituée sur le périphérique une longue caravane circulaire. Malgré le ululement affolé des sirènes de police, des milliers de voitures s'emboîtent dans un désordre chromé. Des milliers d'hommes inertes attendent partout sous le ciel gris. Ils sont la proie des laveurs de pare-brise en haillons, ils sont les otages passifs des vendeurs de bouquets de roses, de montres digitales et de potions d'amour. Ils sont pris en gelée parce que tant va le temps qu'à force de se presser, il se paralyse.

Désespérément, la Ville essaie de passer.

Bientôt huit heures.
Avenida Zaragoza.

Coincé derrière le vitrage de la Ford, je, Harry Whence, klaxonne, prisonnier d'un embouteillage d'anthologie. Vitesse moyenne : cinq à l'heure. Situation cataclysmique. Dans la bagnole voisine, un type aux yeux exorbités disparaît lentement derrière un écran de buée.

Je mets un doigt dans mon nez. Je pense à Lola.

Si l'affaire Gutierrez ne nous renfloue pas, je ne vois pas très bien comment notre tandem pourra résister à un nouvel échec. Acculés une fois de plus aux petits expédients, elle et moi gouvernons au plus près de nos besoins pour garder la tête hors de l'eau. De ville en ville, nos amours rapiécées se confondent avec le ciel quand le soleil devient aveuglant. Plus rien à nous cacher. Ni nos faiblesses, ni notre envie sans scrupules de mordre l'argent pour en sortir.

Chantages. Carambouilles. Difficile de tenir une comptabilité de nos petites combines. De nos trains qui s'accélèrent. Derrière nous, la vie des six derniers mois est un sacré cimetière de bons sentiments.

De son côté, les artères bouchées sur trois voies, Mexico se fait un sang épais. Alerte 3. Alerte 3. Les hélicoptères de la protection civile observent depuis le ciel l'énormité de son corps sans vie. À hauteur d'aigle, les rosaces suspendues de ses échangeurs, de ses ponts, brillent encore par intermittence du reflet fugitif des carrosseries.

Mes yeux sont rouges. Ma nuque est raide. J'aimerais me laver les dents.

Quand enfin j'arrive au bureau, mon impatience à m'extraire de ma bagnole prend des allures de danseuse folle qui tambourine dans une grange en feu.

Quartier Santa Catarina.
Calle Pedrote Gante, numéro 105.

J'ai un mal fou à me garer. Je case la Ford entre un bulldozer et un panneau d'interdiction de stationner. Je placarde mon célèbre carton « en livraison » sur le pare-brise et m'élance au pas de charge. Il me semble qu'un énorme chapelet d'injures crépite à mes oreilles, en provenance du chantier voisin, mais je n'en tiens pas compte.

Au pied de l'immeuble General Anaya, la chaussée s'affaisse. Un camion mal garé d'où monte la poussière souffle comme une locomotive. Trois jeunes soldats en treillis déambulent en épluchant des mangues. Les passants en tee-shirt se faufilent devant la bouche de leurs mitraillettes. Un bus bariolé, lancé à vive allure, dégringole la pente avant d'ébranler tout l'édifice.

Je m'engouffre sous la voûte obscure. Je contourne une jeune Indienne avec un enfant blotti dans les replis de sa robe rose et verte, occupée à déployer un morceau de tissu coloré sur le sol afin de vendre ses fleurs séchées et des petites têtes d'âne en carton bouilli.

Encore trois foulées et je me cogne, je devrais dire je m'enfonce dans le charnu d'une femme en forme de triple abat-jour. Elle secoue ses seins sous les franges de sa robe peuplée d'oiseaux. Je reconnais ma propriétaire au milieu des toucans. Je trouve intelligent de lui faire un sourire aimable et de lui demander si elle pense que les nuages brouillés annoncent des pluies salissantes.

Je trouve qu'elle me dévisage avec insistance.

Je me souviens que je n'ai pas de quoi m'acheter des balles pour mon revolver et j'entends qu'elle me réclame trois mois de loyer. Je lui dis de laisser tomber, qu'elle voit bien qu'aujourd'hui, Preciosa, je suis débordé.

Je commence à monter l'escalier quatre à quatre. La señora Preciosa Vasconcelos-Arrampa conserve sa posture cambrée, jambes bien campées, corps entier comme tendu vers l'avant. Ses yeux charbonneux, abrités de faux cils, rallument le feu sous la casserole. La tête rejetée vers l'arrière, je l'entends dire :

– Un privé ! Ça n'a pas de sens ! C'est un crève-la-faim, un privé !

J'atteins le premier. Par-dessus la rampe du palier, j'entrevois le visage épanoui de la veuve, son large décolleté. Ses trois rangs de perles.

Elle vocifère :

– Señor Whence ! Il faudra trouver un autre moyen de me payer !

Moi, deuxième étage sans respirer. Je me penche. J'ai l'imprudence de dire :

– Je vous appelle demain sans faute, señora !

Aussitôt, elle déroule ses bras comme une danseuse sévillane. Elle improvise quelque chose qui ressemble à une gestuelle de fandango, en plus mystérieux.

Poitrine lourde. Nuque désaxée. Bouche vorace.

Ses lèvres charnues fardées de rouge vif sont tournées vers la cage d'escalier.

Elle promet d'une voix rauque où passe une haleine chaude :

– C'est moi qui passerai vous voir ! À l'heure de la sieste !

Troisième étage. Je marche sans me retourner.

Un long couloir crasseux.

Porte 307. Agence Whence.

Je traverse les locaux en coup de vent. Une sacrée journée dans un film B écrit par James Cain commence.

Au travers du vitrage raviné par les pleurs gris des pluies acides, j'examine les caries, les plaies suintantes de la ville. Les gravats qui encombrent le trottoir d'en face où tapinent en baskets sans lacets des filles à tête de statues olmèques transformées en réclamés du stupre urbain.

Je laisse retomber le rideau, consulte ma montre. Plutôt que de céder à la morosité, je cherche à joindre la señora Gutierrez Moreno. C'est ma mission du jour. J'ai promis à Lola de m'en acquitter.

J'attends.

J'attends une douzaine de fois que le téléphone s'essouffle.

Malheur à celui qui, comme moi, fixe rêveusement le verre dépoli de la porte d'entrée de son bureau. Il y relira pour la centième fois, écrite à l'envers, sa raison sociale : *Harry*

Whence, enquêteur privé ; recherches, filatures, renseignements dans l'intérêt des familles, et saura qu'une journée vaste comme la traversée d'un désert l'attend dans son fauteuil tournant.

Personne ne décroche.

Huit heures.

Mexico s'emboucane. L'air est irrespirable.

À l'horizon, les terrains vagues sont hérissés d'un patchwork de panneaux publicitaires.

Une bouteille de Coca-Cola à l'échelle de King Kong célèbre l'assèchement de la nappe phréatique.

Un portrait pop art de Napoléon vante un fameux brandy.

Manuel Ramos, huit ans, court pieds nus sur la route qui mène à la décharge. Derrière l'enfant gambade son chien Xepo.

L'animal est au moins de trois couleurs. Une tache rousse sur un seul de ses yeux noirs clame sa bâtardise. Xepo ne sait qu'une chose au monde : il a un maître et c'est Manuel.

Manuel Ramos court dans la poussière asphyxiante. Il ne sent pas les cailloux. Et les tessons des bouteilles, il les évite. Quand on a l'habitude, ils brillent au soleil.

Depuis que sa sœur Isabel reçoit le patron dans la baraque de la *callejón* 61, le garçon a le droit de travailler sur « sa parcelle » – enfin, sur celle de sa famille. Le patron a été généreux avec la concession ; elle est grande comme la surface de son amour : au moins trois cents mètres sur deux cents. Beaucoup d'os à ratisser, ça rapporte un peu, et aussi du papier, du verre et du métal. Mais le mieux, bien sûr, ce sont encore les sacs plastique de supermarché. Il y en a beaucoup sur la concession ; et à cinquante pesos la pièce, c'est une valeur.

Désormais, par autorisation spéciale du señor Moreno, tous les Ramos sont dispensés de payer la redevance dont doit s'acquitter chaque habitant des favelas qui veut accéder aux déchets. C'est une grosse économie d'argent, un sacré passe-droit que les sept membres de la famille doivent à la bonne étoile d'Isabel, aux appelants de ses seins rebondis et à ses grands yeux en forme de poissons qui n'en finissent pas de faire tourner la tête des hommes.

Parfois, Isabel pleure. Elle pleure à seize ans. À huit ans, Manuel Ramos ne pleure plus depuis longtemps. Déjà, il fait partie d'un gang, les célèbres *Diablos*.

Isabel ne rend pas les choses faciles. Après chaque passage de son amant, la petite dit qu'elle n'aime pas trop être obligée d'avoir le patron sur son ventre. Que Don Rafael est brutal quand il s'excite. Alors, heureusement, Popeye est là.

Popeye est le grand-père Ramos. Pendant des heures, si c'est nécessaire, il parle à Isabel en lui caressant la tête ou, au contraire, en la traitant de maritorne. Avec son expérience et sa force de persuasion, il lui fait comprendre qu'il vaut mieux qu'elle s'habitue tout de suite, parce que plus elle rendra le patron heureux, plus il se montrera généreux avec nous autres...

Tout de même, en courant sur la poudre blanche du chemin, Manuel se demande s'il n'a pas quelques raisons d'être inquiet. Il compte sur ses doigts. Il compte que la veille au soir, et mardi aussi, et encore une autre nuit auparavant, le patron n'est pas venu danser sur le ventre de sa sœur, ainsi qu'il l'avait annoncé.

Bien sûr, dans le passé, don Rafael a plus d'une fois sauté une soirée de son amour pour elle, mais jamais trois de suite. Il ne faudrait pas qu'il se lasse des seins d'Isabel et de son corps d'enfant, sans quoi c'est toute la famille Ramos qui en pâtirait.

Il oblique brusquement vers la coulée d'une colline de détritus. Sa course haletante le conduit vers le sommet. Il patine dans les bouteilles de plastique, chute, dérape et se reprend.

Xepo, chien serpillière, est heureux. Il cavale derrière lui. Il aboie dans la poussière grise.

Huit heures quinze.

Don Rafael Gutierrez Moreno, l'homme au cou de taureau, quitte l'embrasure du hublot de la salle de bains situé comme un œil cyclopéen au milieu du front de béton de sa villa forteresse.

Il se désintéresse du gosse qu'il observait machinalement, infime et anonyme point noir dans un océan de cendres. Il pense aux millions de rats qui se reproduisent tous les vingt et un jours, et tire son mouchoir de sa poche. Une cascade de pesos tombe sur le sol dans un joyeux cliquetis. Le visage buriné de patience, il les ramasse un à un.

Quand il se redresse, Manuel Ramos a disparu et son chien Xepo, à son tour, est brutalement happé par le vide. Ils ont rejoint le va-et-vient patient et fatigué des ramasseurs d'immondices.

Les poings dans ses poches, don Rafael suit un moment le moutonnement kaki de quatre vigiles armés qui patrouillent le long des barbelés et veillent sur ses possessions. L'instant d'après, toute tension disparue de son front levé, il fixe le soleil à peine allumé entre deux couches de nues mouvantes.

Il pense à ses comptes dans des banques suisses, en Espagne et à Houston, Texas. Il pense à sa flottille de semi-remorques, à ses résidences sur les plages du Pacifique et de l'Atlantique.

La lecture du *Financial Times* a réchauffé sa confiance. Il n'a rien à craindre. Il ne sera jamais entraîné dans le grand tourbillon qui aspire le monde. D'ailleurs, il ne spécule pas sur le neuf, sur le tape-à-l'œil, sur l'éphémère.

Il est plus malin que cela. Plus près de la terre. De la combine, de la débrouillardise.

Il vient du ruisseau et c'est la rue qui le fait vivre. Il mise, il place. Il construit sa fortune sur le rebuté, l'indémodable. Il règne, il légifère sur la misère humaine.

Vingt-cinq ans d'un pouvoir tyrannique sur les immenses dépotoirs de Mexico.

JEUDI,

le deuxième jour...

Six heures du matin.

La course harassante des éboueurs.

Dans les baraques de tôle ondulée et de carton renforcé, aux confins de la jungle urbaine, la putain Mexico se retourne sur sa couche aux draps sales. Ses paupières hermétiquement closes sur la révolte des pauvres, elle déglutit imperceptiblement, avale ses propres excréments. Les bennes scatophages s'éloignent avec un bruit repu de goinfres mécaniques faisant grincer leurs mâchoires.

Dans la lumière gyrophare, les citernes arrosent lentement les trottoirs.

Callejón Emiliano Zapata. Hôtel El Mirador.

Dans la chambre de passe, musique et écoulement d'eau.

Tout proche du papier à fleurs, Paco Ibañez chante que la poésie est une arme. Il pousse son cri d'alarme en système Dolby :

Lorsqu'on regarde en face
Le vertigineux regard pâle de la mort
Les vérités s'avancent
Les barbares, terribles cruautés de l'amour...

Fa, mi, la, mi, si, chacun pour soi, tous les matins, hôtel El Mirador, les êtres se déplient.

La chanson du poète monte et traverse les cloisons.

Derrière son comptoir graisseux, le gardien de nuit, un homme sans femme, l'abdomen sorti, contemple une assiette blanche où circulent des fourmis énervées, prêtes à être consommées.

À l'étage du dessus, un chien aboie pour calmer son maître. Un gosse pleure pour avoir du lait.

Derrière d'autres portes, on se terre. On se tait. On se rendort. Le désespoir lui-même, pour peu qu'il se prolonge, devient une sorte de repos.

Au quatrième étage, le ciel est livide. Harry s'approche de la fenêtre pour mieux écouter se dévider le fabuleux ronron de la solitude.

– Où est passé Philip Marlowe ? le harcèle Lola en le suivant des yeux.

Il bouge à peine les épaules. Il se contente de fixer l'empilement des toits.

Elle regarde ses fesses blanches et musculeuses, la cicatrice qui zèbre son épaule.

– L'amour a du plomb dans l'aile, insiste-t-elle. Parfois, j'ai envie d'en finir avec toi.

– Merde, ce matin, tu sais pourtant où je vais, maugrée-t-il en passant sous la douche. J'ai besoin d'y voir clair.

Il referme le rideau de plastique, ouvre les robinets et recule sous la morsure du froid.

– Merde, répète-t-il. Tout foire.

Il dérape contre le rebord du bac et, comme il se baisse pour se rattraper, l'eau devient brutalement chaude. Intolérablement brûlante.

Environné de vapeur, il tend la main à l'aveuglette pour régler le doseur. Il perçoit alors vaguement la voix de Lola qui lui parle depuis la chambre voisine.

– Quoi encore ? s'emporte-t-il. De quoi te mêles-tu ?

Il tend l'oreille.

Dehors, un bus lancé à vive allure fait vibrer toute cette saloperie de construction branlante.

– Je dis que tu es un type minable, geint la voix en s'approchant. Que, depuis deux jours que tu es pendu au téléphone, tu n'as même pas été fichu de décrocher un rendez-vous avec la señora Gutierrez.

Le rideau de plastique s'ouvre aussitôt.

Harry se dresse devant Lola.

Le verre de whisky à la main, elle lui porte un toast. Nue sous sa crinière de cheveux roux, elle arbore son sourire horripilant.

– Il faut te faire une raison, Harry Whence, dit-elle en abaissant les yeux sur le ventre de l'homme. Outre tes combines minables, t'es maboul. Complètement détraqué.

Elle laisse ses pupilles noires se balader sur tout lui. Son corps d'homme de cinquante ans, tel qu'il est. Nu et musclé. Délabré et sublime sous le ruissellement.

Lola. Ses yeux. Un lac glacé.

Harry se sent étrangement vulnérable. Elle seule a été capable de lui rendre sa virilité.

Il croise ses mains devant son pénis.

La rousse a un mauvais rire de gorge.

Brusquement, elle tend la main vers l'entrejambe de Harry. Mimant le geste d'attraper quelque objet imaginaire, elle dessine une moue de déception :

– Bon, glousse-t-elle avec insolence, pas grand-chose, ce matin !

La vulgarité qu'il a entrevue sur son visage lui semble une agression supplémentaire.

– T'es maboul, Harry, répète la fille. Une saleté d'obsédé sexuel. Ne dis pas non, mon bel amour, glapit-elle encore en reculant de deux pas à l'équilibre incertain et en asséchant son verre. Il y a trois mois, à Toronto, tu m'as toi-même avoué que la soirée avait failli mal se terminer.

– Je ne sais plus ce que j'ai fait, plaide-t-il. Parfois, ma cervelle habite une boîte vide.

– Ha – ha – ha ! grince-t-elle avec un accent de fausse gaieté. *Very funny indeed* ! Voilà qui est rassurant pour celle qui partage tes draps sales !

Elle affiche le même sourire crispé chaque fois qu'elle a peur pour elle-même.

– Je ne t'ai rien caché de mon passé...

Lola pousse une sorte de gémissement :

– Justement, Harry ! Puisqu'on en parle, je ne voudrais pas rater l'occasion de te rappeler l'essentiel... Ce fameux jour... quand tu m'as téléphoné de venir te chercher chez la fille, pourquoi cette pouffiasse disait-elle que tu avais essayé de l'étrangler ?

– Elle n'arrêtait pas de mettre le feu aux poutres, plaide Harry.

Il ferme les poings, lutte un moment contre des images déteintes. Quinze ans de pénitencier. Il a payé sa dette pour le meurtre de la Portoricaine. Tout au long de son internement, les psy se sont penchés sur son châlit. Ils l'ont beaucoup écouté, *merci monsieur*. Narcisses au double jeu, ils lui ont dit que la guerre finirait par ôter ses griffes de sa cervelle. Qu'au sortir de prison, il retrouverait une platitude heureuse. Ils lui ont donné les moyens de lutter contre la douleur, si d'aventure elle lui broyait la nuque.

Un lot de pilules roses. Un lot de pilules bleues.

Merci, monsieur.

Les soirs où le tomahawk à pirouettes lui ouvre le crâne, Harry prend une pilule bleue. Et si ça ne suffit pas, il en prend deux. Après, il a l'impression de marcher sur un sol meuble. Il ne ferait pas de mal à une mouche. Il somnole s'il a le malheur de s'asseoir. En rêve noir et blanc, il tutoie Vieux Sigmund. Et Lacan, son vizir, avec de bonnes paroles, joue au tapis volant dans son oreille interne.

Alors, pourquoi Lola s'acharne-t-elle ainsi sur lui ?

Une raideur soudaine s'est installée dans son corps. Il se sent malade de se voir reprocher ses erreurs. Ses égarements. L'eau rebondit sur ses épaules. Une couronne de vapeur l'entoure et estompe ses yeux gris acier.

Il accommode sur la bouche de la jeune femme déformée par la colère.

– Un point c'est tout, j'ai perdu les pédales, articule-t-il. Mais je n'ai pas touché à un cheveu de la foutue blonde ! Elle était seulement ma cliente et je venais de boxer le salopard qui la faisait chanter.

La rousse ricane. Elle ne le lâche pas.

Elle pose son verre d'alcool près de celui des brosses à dents. Elle recommence son cirque :

– N'empêche que tu as eu peur de toi-même, Harry-love ! Qu'il a fallu mettre de l'eau et des montagnes entre nous et les flics ! Quitter le Canada pour ailleurs. Toujours plus loin, toujours plus *fast* ! Nos avions n'y suffisaient pas !

Harry lève la main comme un noyé. Il aimerait la persuader que, cette fois-ci, l'espoir rôde. Qu'ils vont s'en sortir, Lola.

Au lieu de cela, il se tait. Il la fixe intensément.

– Quelquefois, tu fous les flubes, bonhomme, dit-elle en soutenant son regard.

Elle refrène un frisson :

– Jésus ma mère ! L'instinct de vie me recommande chaque jour de déguerpir loin de tes grosses pattes d'étrangleur !

Il se penche pour l'embrasser et elle le laisse faire. Sa langue a un goût de dentifrice.

– Je n'ai pas dormi de la nuit, soupire-t-il en se détachant d'elle. Est-ce que j'ai les yeux rouges ?

Elle ne répond jamais à ce genre de questions.

Elle lui tourne délibérément le dos.

Elle est longiligne. Parfaite. La perfection de son corps le cloue sur place.

Harry fixe le mystérieux ruisseau entre ses fesses. Une zone d'ombre qui finit en chair de poule. Et ses muscles saillants qui font rebondir la lumière.

Une chaleur subite s'installe dans tout son bas-ventre.

Tant que la jeune femme déclenchera son désir, il est sûr de ne pas être tenté de lui faire mal. De ne pas avoir envie de la frapper, comme les autres.

Il coupe la douche et sort du cabinet de toilette.

Il marche jusqu'à la table. Dans le tiroir, ses mains tâtonnent à la recherche de ses médicaments. Il s'expédie deux petites pilules bleues dans la gorge. Il va jusqu'à l'évier, desserre le robinet avec quelque difficulté et lape un peu d'eau javellisée dans la coupe de ses mains.

Il se retourne en s'essuyant les lèvres. Il suspend son geste parce que Lola se verse un nouveau verre de whisky.

Elle coupe court à ses reproches :

– Sois tranquille, mon amour d'automne, *Happy squaw* va te préparer *ton* café.

– *Mon* café, Lola ?

Il reste aux portes d'un sourire triste.

Elle ouvre un placard où est rangé un moulin électrique qui a connu les années cinquante. Elle s'empare de deux petites cuillères, de deux tasses dépareillées. Elle s'affaire vaguement, sans le quitter des yeux. Il a passé une chemise propre. Il vient d'enfiler la première jambe de son pantalon. Il se sent ridicule.

Elle hausse les épaules. Elle pousse une tasse de café fumant devant son compagnon, prend son scotch et vient se planter devant lui, le forçant à respirer son odeur de gardénia éventé. Comme dans un film arrêté, elle fixe ses yeux gris délavés. Elle finit par poser son regard sur ses lèvres bien dessinées.

– Harry, qu'est devenu le fameux soir romantique où j'ai cru embrasser Humphrey Bogart sur la bouche ? demande-t-elle avec amertume.

La veste pliée sur l'avant-bras, il ne répond pas. Il se contente de coiffer son feutre. Une sorte de fatigue intérieure appuie sur ses épaules.

Building General Anaya.
Troisième étage au fond du couloir crasseux. Pièce 307.
Bureaux de l'agence Whence.

La matinée s'étiole au pied du téléphone. Trois fois que je cherche à joindre la señora Gutierrez Moreno et que je me fais éconduire.

Aujourd'hui comme hier, hier comme depuis plus d'un mois, pas un client en vue. Pas un meurtre à portée d'investigation.

À part ma propriétaire qui aimerait me recouvrir de ses épaisseurs ouatées, pas une veuve éplorée pour sangloter sur mon épaule. Pas un grossium acculé dans les cordes. Pas un mari assez jaloux pour jeter un billet de vingt dollars sur ma table. Pas un seul curieux pour franchir le seuil du bureau et me rendre un semblant de fierté.

Je jette un coup d'œil désœuvré sur les locaux de l'agence Whence.

Dix heures.

Calle Pedrote Gante, numéro 105.

Par les baies vitrées, le soleil mangé par le plomb dessine des diagonales frileuses sur le tapis usé jusqu'à la trame. Une mouche fatiguée de vivre se croise les bras sur le buvard. Une odeur fade et rance monte des crevasses du parquet éreinté par les pas.

Que faire jusqu'à demain ? À quoi occuper le temps ?

Je m'empare soudain du combiné. J'écoute la mer danser au fond de l'écouteur. Appeler Lola ? M'exposer à son humeur de dogue ? Sûrement pas !

D'ailleurs, sans doute s'est-elle rendormie en prévision de sa future sortie nocturne. Je l'imagine, concentrée sur son sommeil égoïste, lovée dans la touffeur de son lit, la peau odorante de parfum passé, de chaleur tiède et de whisky éventé.

J'aligne trois croix sur le buvard et ça me prend un temps fou.

Ces temps-ci, la cuvette de nos nuits de dégobille est pleine comme un œuf.

Parfois, je regarde Lola. Je la serre bien fort contre mon cœur. Je l'embrasse dans le cou. Je lui chuchote à l'oreille :

– Viens. Oublions cette vie à la gomme. Je t'emmène.

Elle se renverse en arrière. La lumière embrase ses prunelles sombres. Elle reste muette.

Je remets ça sur un ton encore plus aimable :

– Viens, Lola. Ce serait une belle journée pour aller quelque part...

– Encore faudrait-il savoir où aller !

– On pourrait entrer dans une librairie.

– Je préférerais encore la rue. C'est peut-être le seul endroit où il peut arriver quelque chose de neuf à une femme dans mon genre.

Son amertume me coupe le souffle.

Nous échangeons un battement de paupières.

À part baiser, flouer les gens est devenu notre unique signe de ralliement, et les jours de mouise, notre débrouillardise à survivre pompe quatre-vingt-dix pour cent de l'énergie du monde.

Héros fatigué par l'inaction, je me sens repris par l'insatiable envie de monter dans un train en partance.

Déguerpir, une fois de plus. Plaquer la rousse. *Aller plus loin, monsieur.*

Je me traîne jusqu'à la fenêtre crasseuse. Mon observatoire surplombe la rue populeuse.

La matinée se terminera sûrement une fois encore par des maux d'estomac autour d'un sandwich.

Je tourne mes bottes vers la sortie. Je vais jusqu'à la porte de l'agence. Je risque un œil sur la longue perspective déserte où sont distribuées les portes d'une trentaine de bureaux.

La minuterie s'éteint.

Dans l'immeuble, pas un bruit. Pas un rire. Pas un crépitement de machine.

Pas de futur. Un présent incertain, mais qui continue.

En ombre chinoise, quelqu'un d'infiniment petit passe au bout du couloir. Quelqu'un qui mesure un centimètre. Qui pèse un milligramme.

À la vue de cette minuscule trace d'existence, j'entends monter l'appel assourdissant d'une vie enthousiaste.

Et je fonce vers le téléphone :

– Allô ! Lola ?

Dix heures trente.

À Santa Cruz Meyehualco, le roi des ordures regarde le ciel. Il fait un geste d'ours pour capturer le soleil pâle.

Il s'étire et sa pensée se pose sur Lola, cette fille rousse du Montana avec qui il est sorti la veille. Trois nuits de suite qu'il la retrouve pour un étrange périple autour des boîtes.

Il a encore présents dans les oreilles son rire un peu rauque, le cri étranglé des trompettes. La guimauve des violons et des harpes. Le tempo endiablé du *cuatro* et les accords de *guitarrón* malmenés par les ongles sales des musiciens Mariachis dans leur costume de Charros.

Il pense aussi à Isabel qu'il délaisse depuis plusieurs nuits.

Isabel est une jolie brune de seize ans à peine, une pure Indienne uto-aztèque qui s'exprime en *náhuatl*. Il l'a tirée des ordures et achetée à sa famille pour l'installer comme ses autres maîtresses dans le quartier de ses amours, une baraque de la *callejón* 61.

Isabel. Une adolescente. Une presque enfant, un début de femme qui lui fait penser à Linda, sa propre fille.

Linda Asunción, sa blessure, son monstrueux secret. Linda, sa toute petite fille trop maquillée dont l'entrain de la vie n'est plus là.

Linda, issue d'un premier mariage avec une pharmacienne de Dallas.

Linda qui s'y entend à faire saigner le cœur de son père et ne lui adresse plus jamais la parole.

Depuis le surplomb de la loggia où il se tient, don Rafael contemple la maison qui s'éveille.

La fenêtre à balcon en fer forgé donne sur un patio paisible comme un chemin de cloître. Tout au bout du déambulatoire se trouvent les appartements de María, sa femme. Sa femme légitime. Son épouse devant Dieu. Au centre du couloir se dressent une petite chapelle octogonale et une fontaine carrelée.

Le regard du roi des ordures s'étale brusquement sur le vague. Étranges palissades de la cervelle humaine ! Le téléphone sonne sur le bureau de l'homme d'affaires, mais il ne l'entend pas. Sa pensée fugue et vagabonde un moment jusqu'à la chanson de l'eau de source qui, après avoir coulé sous la putréfaction de la plus grande décharge du monde, jaillit pour lui, intacte et pure, entre les lèvres d'une nymphe joufflue, et cascade sur les carreaux *azul* du lavoir.

Tout s'achète, pense-t-il en laissant darder en lui l'aiguillon de la perversité. Tout s'achète : la pureté de l'eau, les collines et les bois clairs. Et même les femmes, ces longs vases entrouverts.

Le député des pauvres s'immobilise devant la tablette du lavabo. Il y cueille un vaporisateur, ouvre sa bouche où l'or des bridges étincelle, et dirige sur le fond de sa gorge un flux de parfum. Son esprit revient presque aussitôt, par un obsédant chemin, se poser sur le souvenir de la fille du Montana.

Difficile d'échapper à Lola, ce matin.

Don Rafael Gutierrez Moreno sourit à l'évocation de sa bonne fortune.

Il a rencontré l'Américaine au Tenampra, un endroit réfrigéré comme une banquise où il vient chaque soir boire la même bière de Moctezuma.

C'était il y a trois jours. Le bar était vide, à l'exception d'un nègre à bretelles calé devant un quart de queue.

La calvitie incendiée par une lampe, Crâne de mort pianotait un blues cafardeux dans la veine primitive de Jimmy Noone et dérivait en solitaire sur un océan de Martini.

Mais *elle* était là.

À elle seule, elle enlevait la peur. Elle allumait la salle.

Quand il l'a abordée, juchée vertigineuse sur son tabouret de bar, elle l'a tout de suite noyé dans sa beauté fatale.

Ses épaules étaient nues. Son corps, ganté de noir. Sa chair transparente inventait l'espace. Son regard l'a brûlé comme un jardin de feu.

Il a gardé la bouche ouverte, indifférent au barman tamisé et serviable qui glissait devant lui son habituel verre de *clara*, le sel et le jus de citron.

Elle, Lola, de découvrir comme ça, au coin d'un bar, un type en danger, pendu à ses yeux, ça lui a arraché un rire rauque de fauve apprivoisé. Elle a murmuré avec sa voix étrange :

– Chaque fois la même chose ! Mon érotisme dérange les hommes. Ne comptez pas sur moi pour vous achever, monsieur Je-ne-sais-qui !

Les yeux levés au ciel, elle a écouté un grand moment son silence élogieux. Puis elle a posé une main compatissante sur son épaule. Avec un savoir-faire de saint-bernard, elle lui a tendu un verre de scotch charitable pour l'empêcher de tomber au fond de la crevasse.

– Vous êtes pris dans la glace ? elle a demandé.

Elle paraissait un peu ivre.

Il ne trouvait rien à lui répondre.

Elle a pivoté sur son tabouret.

– Jamais vu ça ! elle a dit au barman. Faites quelque chose, vous, un spécialiste ! Essayez de dégager ce type ! Attaquez-le au piolet ! Il respire peut-être encore un peu...

Don Rafael continuait à se taire à double tour. Il fixait l'échine souple de la rousse, ses épaules harmonieuses, la naissance de ses seins.

– Non mais, arrêtez de hurler dans mon dos ! elle a fini par protester en se bouchant les oreilles. Je ne suis pas sourde !

Et comme il ne bougeait toujours pas, elle a pris l'air furieux pour lui enjoindre de se tirer plus loin, elle attendait quelqu'un.

– Qui ?

D'un coup, il avait recouvré l'usage de la parole.

– Un chouette marin, elle a répondu. Un type décidé qui mettra franchement le cap sur les étoiles.

– Si l'on admet que la vie est une croisière autour des nuits du monde, je revendique l'honneur d'être le navigateur en question...

– Un peu ampoulé, a jugé Lola.

Elle a tout de même consenti à poser les yeux sur lui.

– Regardez les choses en face, en a profité le milliardaire. J'ai de quoi vous payer plusieurs verres.

Il avait sorti de sa poche un rouleau de grosses coupures.

Elle a évalué la liasse avec un soin méticuleux, déployant un vrai talent de douanier habitué à peser les nouvelles espérances.

– *My God, that's it !* elle a pouffé. J'ai rencontré l'homme de ma vie !

Elle a attendu un court moment sans le lâcher avec ses yeux noirs. Puis elle lui a intimé :

– Vos papiers !

Du coup, il a lancé dans la bataille ses mains assez belles, surtout la droite, ornée d'un fameux diamant. La pierre précieuse a fait son boulot. Lola l'a tout de suite remarquée.

Elle a dit :

– Oui, mais bien sûr ! Approchez-vous !

Elle l'a palpé. Ses cheveux. Ses joues. Sa peau. Les parements de sa veste.

Elle a murmuré en le fixant avec des yeux pénétrants :

– C'est ça ! Depuis toujours vous êtes *la personne* couverte d'imperfections et de bactéries que je recherche... Mais qui êtes-vous exactement ?

– Demandez autour de vous.

– Je vais me renseigner, a promis Lola. En attendant, vous pouvez toujours m'offrir le premier verre.

Le sourire de Rafael Gutierrez Moreno se ravive au souvenir de cette première nuit avec elle.

La main nouée à la rondeur de son bras, il s'était penché sur son épaule et lui avait dit :

– Vous et moi nous trouvons dans le même cas que deux êtres qui cherchent les neiges éternelles.

En lui parlant, il mesurait le grain satiné de sa peau, l'arrondi fuyant de ses cuisses. Cette fille américaine renfermait une exubérance de vie que, sans doute, il ne reverrait jamais.

Ils avaient décidé de voyager ensemble et avaient entrepris la tournée des grands-ducs. L'espace d'une nuit, ils étaient allés de verre en verre.

L'obscurité était dangereuse, criblée par des archipels de bars. L'alcool leur délivrait un brevet d'existence. Éblouis de découvertes, ils côtoyaient sans les voir des ombres interlopes. Ils dérivaient au milieu d'un bonheur d'une violence sourde.

Don Rafael avait oublié Isabel. Il avait oublié Linda Asunción. Il avait oublié femme et enfants.

Lola pensait à Harry. Elle pensait à la façon mortelle qu'il avait de la regarder. À sa bouche qui sentait le dentifrice.

« Passage des Morts », ils avaient déambulé au milieu d'un véritable coupe-gorge et frôlé pickpockets, prostituées et clochards. À peine étaient-ils sortis d'une boîte jamaïcaine que l'Américaine tirait le grossium par la manche vers un rade asiatique :

– Allez, capitaine ! disait-elle. Maintenant, en route pour les mers de Chine ! Montrez-moi que vous êtes ce fameux marin !

Elle le menait par la main. Il la suivait, lui, le député fédéral, l'empereur des pauvres, le briseur de syndicats, le milliardaire de la fange et du rebuté.

Parfois, les pieds gonflés dans ses vernis, il sentait qu'il pesait son âge. Un peu plus de la soixantaine.

Il se retournait pour voir si sa Bentley les suivait. Au hasard des reflets, il distinguait au travers du pare-brise le visage glacial de Vasco Mendoza, son chauffeur garde du corps. Difficile d'évaluer ses états d'âme. La limousine glissait le long du trottoir, son museau gris souris partageant la foule.

Parfois, elle stoppait presque, encalminée dans une flottille de *peseros* jaunes, ces taxis collectifs qui déversaient leurs sempiternelles hordes de touristes. Quand on la jugeait perdue, engloutie sous les rires, les ribambelles de robes à fleurs et les bronzages en provenance de Cabo San Lucas, la somptueuse voiture repartait doucement. Les enseignes des *cantinas* traçaient des hypoténuses de néon sur sa carrosserie. Les ivrognes s'écartaient en grognant devant son bouclier de chrome.

Troublé par la caresse des ongles de Lola dans le creux de sa main, le magnat des immondices se laissait guider par elle dans le dédale des rues populeuses. Il retenait ses doigts comme un poisson captif. Il oubliait ses ennemis. Il s'extasiait sur sa beauté. Il la suivait à grandes enjambées. Il s'émerveillait d'elle.

Cette grande fille rousse, son bruit, c'était la soie.

Dans la pénombre et la lumière, un cheval s'était mis à galoper au fond de la poitrine profonde du nabab. Les yeux brillants de plaisir, il aurait donné la moitié de ce qu'il possédait pour continuer son obscur voyage par-dessus les bas de Lola, tout au bout d'interminables jambes, et remonter l'estuaire de sa jupe fendue jusqu'au blanc des cuisses.

C'est sur cette plage de sable fin qu'il aurait voulu terminer sa nuit. Au lieu de cela, vers trois heures du matin, Lola avait regardé sa montre. Elle avait décroché une de ses boucles d'oreilles et, parce que c'était son genre, elle avait dit sans la moindre explication : je rentre, il faut que je rentre. Perchée sur ses talons, elle dominait la piste de danse où froufroutaient les maracas.

Il avait laissé filer la Cendrillon...

Depuis, la vie entière du maître des décharges de Santa Cruz Meyehualco est devenue un rêve furieux. Il ne pense plus qu'à la belle Américaine. En tout lieu, à tout moment, Lola sommeille au fond de sa bouche. Elle est le puissant dérivatif qui lui fera oublier Asunción.

Croule le vieux monde éteint, il s'en moque !

Qu'importe si la lagune de Mexico s'est transmuée en plaine de poudre. Si les anciens cours d'eau ne sont plus que des noms de rues. Si le ciel s'écoule en un jus ruisselant. S'il tombe en permanence une pluie noire, huileuse, charbonneuse sur des norias de bus, de voitures, de camions. Si les yeux piquent. S'ils pleurent, s'ils brûlent. Si l'atmosphère se met en glaires. Si la peau se fendille et sèche. Si l'air est pourri. Qu'importe si le fond du monde supplie. Il s'en moque !

Juché sur le rostre de sa villa de verre et d'acier construite à même l'épaisseur du magma, il ne perçoit pas que les affamés, les efflanqués, les oubliés crachent des bulles de soufre sous la voûte de sa nef de béton. Et qu'ils sont enragés.

Échoué dans son fauteuil, il délaisse ses affaires. De sa langue qu'il passe sur ses lèvres gercées, il réveille la lave brûlante qui bouillonne en lui. Il ronge son frein en attendant la nuit.

Qu'importe si le pire est à venir ! Il s'en moque !

Ce matin, c'est à peine s'il prête garde au téléphone qui sonne de façon insistante au fond de la galerie.

Onze heures.

Dans la glace de sa coiffeuse, María García Moreno, vingt-huit ans, tressaille.

L'épouse de don Rafael se jette un dernier regard, vérifie le contour de ses lèvres et se lève.

De sa démarche balancée, elle va jusqu'à la table basse voisine. Elle décroche le téléphone épileptique et dit allô d'une voix nette.

C'est une belle brune aux yeux verts. Le buste droit, le menton levé, elle caresse un moment son visage aux pommettes hautes, son cou délié. Elle écoute celui qu'elle vient de pêcher au bout du fil et réalise aussitôt qu'elle se trouve en face d'un interlocuteur résolu.

Elle prend l'air amusé et répond oui, qu'elle est la señora Moreno. Elle dit oui plusieurs fois encore, mais, tout en parlant, elle regarde ailleurs. Elle s'absorbe dans la contemplation de ses ongles argentés. Elle s'efforce de rester d'une froideur extrême. D'un ton détaché, elle fait savoir à l'intrus que son papa, dès son plus jeune âge, l'a mise en garde contre tous les démarcheurs.

Le type lui répond qu'il n'est pas là pour lui vendre un soutien-gorge musical. Il a un culot d'enfer.

Elle essaie de le reconduire à la niche en lui disant que, quoi qu'il propose, elle n'a pas l'intention de l'acheter dans la prochaine décennie parce que son mari, qui est vieux, riche et méchant, lui offre tout ce dont elle rêve.

– Sauf la liberté.

Le type vient de dire ça.

– Ne gardez pas votre cœur sous la glace, ajoute-t-il. Il y a encore deux ou trois choses colossales à entreprendre.

– Ah oui ? Et quoi ?

– Une nouvelle vie, dit le dénommé Harry Whence au bout du fil.

María le fait répéter.

L'instant d'après, elle sourit imperceptiblement. Son regard mobile se pose sur les ravissants flacons de parfums parisiens qui encombrent la psyché. Ses doigts manucurés filent jusqu'à un crayon à paupières. À l'intérieur du couvercle d'un pot de *cold cream,* elle écrit ce nom qu'elle vient d'entendre pour la première fois de sa vie : Harry Whence, détective.

Tandis que ce dernier cherche à la persuader de le rencontrer le plus vite possible, elle suppute qu'elle ne sait évidemment pas du tout à quelle personne elle s'apprête à avoir affaire.

Elle proteste soudain :

– Je vous trouve bien direct, monsieur Whence. Je me demande si vous savez vraiment où vous mettez les pouces des pieds.

Elle l'écoute à nouveau et, tandis qu'il lui parle, elle se dit que l'homme est habile.

Il a su s'approcher d'elle sans attirer l'attention du personnel de surveillance. D'habitude, la moindre de ses conversations téléphoniques est filtrée. Mais, cette fois, la cuisinière lui a passé la communication comme s'il s'agissait d'un simple fournisseur venu prendre la commande d'épicerie ou d'eau gazeuse de la semaine. Et quoi de plus naturel ? María n'est-elle pas en charge de toutes les contingences matérielles de la maison ?

À l'autre bout de la ligne, Whence supporte mal le silence prolongé que vient de lui imposer la jeune femme. Il dit :

– Depuis deux minutes, j'ai l'impression de parler au papier peint.

Elle répond :

– N'en croyez rien. J'ai parfaitement compris de quoi il s'agit, monsieur Whence, mais je continue à ne pas trouver votre proposition très attrayante.

Son ton reste de glace, même si la voix de cet homme persuasif s'infiltre dans sa gorge serrée comme des rayons de miel.

Comme il insiste, elle répond qu'elle a besoin de vingt-quatre heures pour réfléchir.

Il lui conseille de ne pas rater le dernier bateau. Elle répond d'une voix neutre qu'il faut savoir lutter contre les élans irraisonnés.

Ils se taisent.

Les minutes s'embourbent.

– N'attendez pas trop, finit par dire le détective. Votre beauté se lézarde. Je l'entends craquer d'ici.

Elle a un geste fataliste qu'il ne peut pas deviner.

Elle a l'impression de commencer la traversée d'un lac noir, elle présage un état d'insécurité sournoise, mais accepte un rendez-vous pour le lendemain. Parce qu'elle ne croit pas au hasard.

Elle raccroche et se sent heureuse comme après une promenade matinale.

La porte s'ouvre sans qu'elle sursaute. C'est don Rafael. Il glisse son corps de taureau dans la pièce. Il porte une chemise immaculée. Une cravate large. Il sent l'eau de Cologne.

– Bonjour, tu rêvais ?

María se débarrasse aussitôt de sa peau, de son esprit, de sa sensibilité, de son cœur. Elle se tourne vers son mari et dit avec une intonation mélodieuse :

– Pas du tout ! Je m'apprêtais à aller prendre mon déjeuner sur la terrasse.

– Je vais te tenir compagnie. Qu'en penses-tu ?... Ce sera le moyen de te raconter ce qui se passe derrière les portes capitonnées de mes hommes d'affaires !

Elle lui oppose un sourire éblouissant. Elle s'écrie :

– Magnifique ! Quel honneur !

Sur le visage net de la jeune femme, pas de cris de frayeur. Pas de mépris. Pas d'impatience. Elle lève les bras, ramène ses lourds cheveux en arrière et, d'un geste vif, les noue d'une torsade.

Calle Pedrote Gante, numéro 105.
Second étage du building General Anaya. Agence Whence.
Midi trente.

Depuis que j'ai raccroché le téléphone avec la señora María García Gutierrez Moreno, je me sens inutile. Rayé de la carte des humains ordinaires. Plus inexistant qu'une huître sur le bord d'une assiette.

Je tire à moi le tiroir où dansent trois trombones, un Culbuto, un crayon rouge et bleu, un appareil photo compact, quelques rouleaux de pellicule sensible et une paire de ciseaux.

J'ouvre un des trombones, je me cure les ongles.

Je me cure les ongles, je bâille.

Je bâille, je pense au rendez-vous de demain, je reste au bord de l'assiette et trouve que toute ma vie pue l'échec.

Avec un sourire inusable, avec un charme d'acier sous son feutre, Phil Marlowe fait irruption dans mon esprit vacant.

L'ai-je assez dit ? Philip Marlowe est le genre de détective énervant qui suscite toutes mes admirations. Exactement la sorte de type à la coule que j'aurais voulu être.

Dans tous ses livres par Chandler, Phil a une chance d'enfer avec les femmes. Au fond des bars tamisés où montent des airs de danse, il boit du scotch dans la lassitude du soir bleuté et il se trouvera toujours des tonnes de *jolies femmes blondes et langoureuses, aux longues jambes fuselées*, pour l'embrasser sur la bouche.

Exactement le contraire de ma vie à vomir.

À quoi tient la chance, direz-vous ? Dans le cas de Marlowe, au talent de Raymond Chandler, c'est indubitable. Mais la déveine, cette espèce de persécution personnelle, d'où tire-t-elle sa source ? Pourquoi frappe-t-elle celui-ci et contourne-t-elle celui-là ? Pourquoi traîne-t-elle dans les pattes d'un type aussi entreprenant que votre serviteur ?

À trop raisonner, j'entends claironner la voix de mon père. La déveine, Harry ? C'est une histoire de prédestination !

Il faut dire que mon vieux s'y connaissait assez bien en fatalité pour les autres. Et, quoique à la fin de sa vie son absence de clairvoyance envers lui-même l'ait acculé plusieurs fois à déménager à la cloche de bois pour cause de faillite frauduleuse, force m'est de reconnaître la justesse de ce qu'il avançait à mon endroit quand j'étais jeune homme : « Placez deux pêcheurs devant la même rivière à truites, disait-il. L'un se mettra du poisson plein les poches, même s'il est le dernier couillon venu. L'autre sera bredouille, et ce sera mon fils. »

L'auteur involontaire de mes jours connaissait la force des prophéties. Mes divagations autour d'une vie ratée en sont la preuve. Hourra donc pour sa chère voix disparue ! Et même si depuis dix étés de truites, Neal Fenimore Whence a les mains froides, quelque part sous l'herbe grasse d'un cimetière du Montana, il n'en demeure pas moins que ses imparables calculs sur les chances de réussite de son fiston restent toujours valables. J'ai beau me regarder dans une glace et me gratter le menton, la désinvolture triomphante de Phil Marlowe n'est pas dans mon jeu : jamais une foutue blonde *avec les yeux brillants, une bouche sensuelle et avide*, ne franchira ma porte pour me proposer l'affaire du siècle.

Je tempère cette orgie d'introspection par un ricanement désabusé. Signe qu'il est bientôt l'heure de déjeuner, j'arrête machinalement la danse de Saint-Guy du réveil qui orne mon bureau. Mickey Mouse fluorescent reprend son battement régulier sur le cadran. Je me dirige vers ma bouteille de whisky, au fond du placard. À chaque goulée que j'avale, ma gorge caresse un luth et je reprends chaleur.

Avec son sourire inusable et son charme d'acier sous un feutre incliné, Phil Marlowe remet la gomme dans mon esprit. Cet enfant de salaud me fait signe.

– Dans le fond, qu'est-ce qui ne va pas avec toi, Harry Whence ?

Ses yeux sont engageants.

– La poisse me suit comme un chien, mec.

Marlowe sourit avec indulgence. Avec un grand art de magicien, il fait mine de tirer un lapin du fond de son chapeau.

– Retourne-toi, Whency ! Le soliloque est terminé. Et dans un avenir proche, je t'annonce de la visite...

Je me retourne et doute de la vérité de ce que je vois.

Parce que l'être le plus laid du monde vient de faire son entrée dans la pièce et traverse le tapis juste en face de moi.

Je prends des allures de madrépore incrusté dans un monde cruel et biscornu et dévisage le petit homme avec un pif en bec d'oiseau qui vient de franchir ma porte.

Il me sourit. C'est d'une grande hideur à voir.

Je consulte ma bouteille de scotch et dis mécaniquement :

– Si vous êtes une putain d'image virtuelle, je vous demande d'ôter votre cul pourri de ma cervelle !

Mais j'ai beau me frotter les yeux, le gnome reste fermement planté devant moi.

Une flatulence le traverse. L'instant d'après, sans crier gare, un vent de gros intestin déchire son fond de pantalon en toile camouflée.

– Pour te montrer que je suis vrai, déclare-t-il laconiquement.

Je m'éclaircis la voix et dis au vaniteux petit salaud :

– Hé ! Mister sac à pets !... Qui êtes-vous ?

Il ôte sa minuscule casquette kaki frappée de trois étoiles rouges de dessus son crâne d'œuf. Il ferme son petit poing et crie d'une voix de sansonnet :

– *Ya Basta !* Vive la révolution ! *¡ Viva Chíapas !*

– Un communiste ?

– Non, patate, un zapatiste !

Le timbre grêle, il devient professoral.

Il m'explique la rébellion des paysans des provinces du Sud-Est mexicain. Il me parle de *la composante humaine et sociale.* Du droit des Indiens Tzotziles à ne pas vivre les pieds nus et le ventre vide. Des enfants qui ne vont pas au-delà de la première année d'école. Des exclus qui cherchent la parole. De la lutte armée. Et des maquis du sous-commandant Marcos.

– Sous-commandant Marcos ?... Je tombe des nues. Qui c'est, celui-là ?

Il se rengorge et dit d'une voix subaiguë :

– C'est un révolutionnaire de la postmodernité. C'est le Che Guevara avec l'humour en plus.

Il vient de sortir de la poche de son minuscule treillis une photographie jaunie. Il me la tend.

Assis sous un immense arbre tropical, un *ceiba* ou fromager, je distingue la silhouette d'un type affublé d'un passe-montagne rapiécé qui fume la pipe avec un fusil d'assaut américain sur les genoux. Dans le lointain, un cheval paît. Des poulets efflanqués picorent le sol marbré par les ombres. Des paysans vaquent à leurs occupations.

– Je te présente le sous-commandant insurgé Marcos ! stridule le petit homme en me fixant derrière la loupe de ses lunettes. C'est lui qui est en charge de l'Armée zapatiste de libération nationale.

Je lui rends la photo. Le souffle coupé, je le dévisage. Il ressemble à un oiseau mazouté. Il a l'air d'avoir cent ans, mais ses yeux couleur miel ont la pureté d'un enfant.

– Et vous ? Qui êtes-vous ?

– Je m'appelle Arturo Xolaxola, énonce-t-il de son inimitable voix de tête.

Il se dandine sur ses jambes torses et ajoute fièrement :

– Mon frère, Juan Guerrero Secundo, combat aux côtés du Sub... Mon frère est un vrai guérillero ! Il boit l'eau des ruisseaux au fond de la montagne !

Il ajoute avec une nuance de tristesse :

– Je n'ai pas pu le suivre au maquis, parce que je ne marche pas assez vite. Mais je reste une sorte de mascotte de ville. Le sous-commandant Marcos m'a envoyé sa photo pour me soutenir le moral à l'arrière. Et même avec mon physique de crabe, la vie continue de la même façon... Je suis un ennemi du régime !

Il s'interrompt un moment. Il semble reprendre sa respiration défaillante. Après avoir happé un bol d'air, il demande :

– C'est toi, le grand méchant flic qui sait tout faire sur les réclames ?

Il exhibe un papier rouge criard.

J'opine. La semaine dernière, j'ai distribué des tracts vantant mes mérites de fin limier et d'ancien militaire dans toutes les rues de Santa Catarina.

Je tends le cou et essaie de prendre l'air féroce sous ma moustache pâle :

– Qu'est-ce que je peux faire pour vous ?

L'homuncule paraît réfléchir. Il se cambre. Il mesure à peine un mètre.

Il me fixe avec gravité au travers de la loupe de ses lunettes vert cacatoès.

– À combien s'élèvent tes honoraires journaliers ? s'informe-t-il de sa voix aigrelette.

Je me penche sur lui avec incrédulité.

– Vous venez me consulter ?

Le nabot hausse ses épaules dissymétriques.

– T'es sourdingue ou quoi ? Je te confie une affaire !

Les paroles de mon premier client me semblent à peu près aussi précieuses à recueillir qu'une goutte de rosée dans un désert sans source. Je tends mes mains vers lui avec sollicitude.

– Je vous écoute !

Une ombre traverse son front dégarni de jeune vieillard.

– Il faudrait pouvoir commencer par le commencement, soupire-t-il.

– Asseyez-vous ! J'ai tout mon temps !

– Ça m'étonnerait que je puisse grimper là-dessus, dit-il en refusant le siège que je lui propose.

Je remarque de délicates veines bleues qui méandrent sous la peau diaphane de ses tempes. La vie s'y balade dans des tuyaux si fragiles qu'on a envie de lui noyer le crâne dans les frisons dès qu'il contourne un angle vif.

Je me précipite. Je m'esclavage. Je m'apprête à le hisser sur mon propre fauteuil tournant.

Arturo Xolaxola fait un écart. Il brandit frénétiquement son jonc de trente-cinq centimètres de long et m'en assène trois coups sur les doigts.

– Bas les pattes ! claironne-t-il.

Il pointe son nez en forme de bec de mouette vers le haut et stipule :

– Je resterai appuyé sur ma canne !

Mon esprit industrieux me souffle alors d'empiler devant lui les trois premiers tomes de mon encyclopédie de criminologie. De fabriquer un banc à son échelle.

– Mon cul pour ça aussi ! récuse Arturo. J'ai passé l'âge des bricolages !

Il contourne les bouquins d'un élan saccadé et s'achemine dans ma direction. Quand il marche, il a l'air aussi cassant que du verre.

– Prends-moi plutôt sur tes genoux, trompette-t-il avec une grande autorité. Je vais t'expliquer un peu de quoi il retourne...

Xolaxola fait l'ascension de mes tibias et installe ses fesses de poulet sur mes genoux.

Brusquement, il me toise :

– Dis donc, lance-t-il, il y a un truc que je veux te demander avant de commencer...

– Oui, bien sûr.

– Est-ce que c'est vrai ce qui se dit dans le quartier ?

– Qu'est-ce qu'on dit ?

– Que tu es une telle merde de détective que tu n'arrives même pas à accrocher une affaire !

Santa Cruz Meyehualco.

À cette minute même, Linda Asunción Gutierrez Moreno fait irruption dans le bureau de son père.

Dans une talonnade d'escarpins, elle pénètre dans le saint des saints sans frapper, sans s'annoncer. Elle chasse la frange qui mange ses paupières et essuie son front bombé.

Elle ne dit rien. Elle conserve ses yeux farouches.

La pièce est bleue de la fumée des cigares. Il fait chaud et monotone, une moiteur fade, en tout point comparable à celle d'une serre. Le roi des ordures est en audience avec l'avocat Bronstein. Les deux hommes sont entourés par une demi-douzaine de membres du Parti révolutionnaire institutionnel.

Les visages de ces messieurs du PRI sont unanimement tournés vers la jeune fille. Ils expriment la réprobation.

Linda Asunción est en chemise de nuit malgré l'heure avancée de la matinée. La nuisette de coton est soulevée sur ses jambes nues. Elle n'est pas coiffée. Il est clair qu'elle n'a pas encore fait sa toilette.

La voix d'ordinaire si autoritaire du roi des ordures s'étrangle dans son gosier. Il dessine un sourire compassé sur son visage massif et ses yeux emplis d'égarement demeurent levés sur sa fille.

Derrière le cercle doré de ses petites lunettes, l'avocat Bronstein échange un regard furtif avec le patron. Le juriste a l'art de juger des situations. Il respire le danger, la catastrophe. Il se lève à demi sur son siège comme s'il jugeait convenable de se retirer.

– Non, non, reste, Bronsty, s'ébroue don Rafael. Nous n'avons rien à te cacher.

Linda braque ses yeux impitoyables sur le petit avocat d'affaires. On la sent les nerfs à fleur de peau.

Elle lâche, mâchoires serrées :

– Restez, Bronsty. Vous êtes le bras droit de mon père pour toutes ses affaires, le dépositaire de tous ses secrets d'argent. Vous avez donc le droit de savoir quelque chose qui ressemble à la vérité...

Elle relève les lourds bandeaux de ses cheveux. Le soleil chatouille ses épaules comme une main.

Elle parle avec aisance. Elle s'adresse à son père. Elle ne l'avait pas fait depuis trois ans. Elle dit d'une voix distincte :

– Je voudrais que ton chauffeur m'emmène en ville.

La stupeur souffle des mots informes à don Rafael.

– Par Notre-Dame-des-Serpents ! Le soleil fond !... Tout est repeint !... Je suis si heureux d'entendre le son de ta voix ! Tu m'adresses donc enfin la parole, ma petite fille ?

– Fichaises ! C'est pour mieux tuer le père ! rétorque la femme enfant.

Elle s'approche de l'homme au poitrail de buffle. Elle se penche sur lui. Elle lui picore la cage thoracique avec ses doigts réunis comme un bec pâle.

Elle dit :

– Tu vois, je tue le père !...

Elle répète sans cesse, sans répit, sans fièvre apparente :

– Je tue le père ! Je tue le père !

La scène se fige curieusement.

Les hommes politiques, le mental gonflé par les chiffres astronomiques qu'ils viennent de manipuler en vue de la prochaine campagne électorale, sont comme paralysés. Linda Asunción elle-même sent venir sa raideur.

Elle se redresse, recule pour leur faire face.

Sous les yeux fascinés des sexagénaires, elle devient une femme naissante et belle comme on n'en espère plus. Ses hanches, son ventre sont opulence. Sa taille, une tige verte. Ses seins montent au soleil.

Elle dit :

– Père, j'avais envie de mettre un peu de musique dans ta journée. J'aimerais que Vasco m'emmène dans la Bentley.

– J'y consens volontiers, dit le nabab.

Sa voix est blanche. Sa pâleur extrême. Il porte la main à son portefeuille, en sort une liasse de billets.

– Tiens ! Amuse-toi avec les filles de ton âge. Prends ton après-midi, petite !

Elle accepte l'argent. Elle avance au-devant du front de son père sa grande bouche fraîche aux lèvres partagées et y dépose un baiser. Don Rafael lui caresse les cheveux.

Un miroir de douceur passe dans les yeux de la jeune fille.

– Merci, père. Tu ne regretteras pas ta générosité.

Elle lui sourit gracieusement ainsi qu'à ces messieurs.

– Voyez, leur dit-elle, comme j'ai un père magnifique ! Il est humain ! Bon et humain !

Don Rafael se détend tout à fait. Le diamant de sa bague jette un éclat bleuté. Il plaisante presque.

– Surtout, n'allez pas croire des choses pareilles, messieurs ! J'ai des pouces d'assassin ! Quand je ferme les yeux, je vois des poignards !

Linda baisse les paupières. Une voix gronde dans son ventre. Elle pense à la langue de son père fouillant entre ses dents.

Elle laisse sa main remonter le long de sa jambe, jusqu'entre ses cuisses. Elle se dénude lentement. La chemise de nuit tombe à ses pieds. Elle expose les radieuses collines de ses seins. Sa touffe frisée. Elle étale ses pétales de beauté dans un lumineux sourire qu'elle destine aux cacochymes requins à cheveux blancs qui entourent son père.

Puis ses prunelles tournent au velours de cruauté. Elle dit avec une intonation impitoyable :

– Encore un mot, messieurs... Pour défaire les lacets du passé, je n'ai pas voulu laisser se terminer le jour anniversaire où papa a baisé sa fille... sans l'annoncer à ses vieux amis ! Trois ans exactement que j'ai laissé ma peau d'enfant dans les ronces ! Trois ans que je pense à son sexe comme à un gourdin hérissé de vilains clous ! Et devant vous, permettez, je saigne !

Elle cède aux larmes.

Elle s'abandonne, crépite comme de l'électricité. Elle donne libre cours au tourment de la fatalité, à sa boulimie de désespoir.

Elle est triste au-delà de ce qui se peut exprimer dans un regard.

– Au moins, c'est clair, hoquette-t-elle dans un sanglot. Plus personne ne peut tricher avec ça !

Et, soudain, elle s'échappe.

Ils sont tous partis. Les politiciens, l'avocat.

Le roi des ordures est seul. Le bord de ses paupières semble fardé de rouge. Il fait face aux sièges vides. À la salle imprégnée d'une écœurante odeur de cigares froids.

En partant, les hommes du PRI ont abandonné cinq porte-documents sur le bureau encombré.

Don Rafael Gutierrez Moreno se lève de son fauteuil. Il ouvre l'une après l'autre les cinq mallettes, les vide de leur contenu sur le plateau de la table. Des liasses de dollars s'échappent des soufflets de cuir. Un million deux cent cinquante mille dollars exactement. Le prix de sa réélection. Le prix qu'il envisageait de verser à chacun des membres du bureau du parti pour qu'ils cautionnent son investiture en vue des prochaines législatives. Le prix de la sueur, de la pestilence, de l'esclavage docile payé par les *pepenadores*, les *chicleros*, les *talacheros* de Ciudad Nezahualcoyotl pour que le roi reste le roi. L'argent des pauvres, blanchi par le mensonge des urnes et sanctifié par le pouvoir.

Don Rafael pousse un grognement d'ours blessé.

Les gras messieurs ont refusé son offrande de billets verts ! Les coyotes ! Les abominables coyotes de décharges publiques ! Ils ont fait le fin museau ! La mine arrogante ! Ils ont refusé l'argent non par vertu, mais uniquement pour ne pas être contaminés si le scandale de l'inceste éclatait chez l'un des leurs !

Don Rafael reste les mains pendantes. Il a le sang au bout des doigts. Il ne bouge pas. Une patiente mélancolie suinte de son regard d'alcoolique. Il se forge de nouvelles perspectives.

Il décroche son téléphone. À l'autre bout de la ligne, il bouscule une secrétaire trop lente à son gré. Il demande à parler à Bronstein qui vient tout juste de regagner son cabinet d'affaires, quelque part en ville.

Beuglerie hystérique.

L'avocat répond au grossium. Il essaie de calmer la tempête.

Grotte immobile et lointaine, don Rafael l'écoute. Il chasse de son esprit l'ombre d'un doute passager. Il bougonne :

– Bronsty, tu ne vas pas m'apprendre à conduire mes affaires, tu sais pertinemment...

Le visage éclaboussé d'un éclat de lumière, il martèle son bureau de son poing fermé. Il se gonfle de sang noir. Il hurle :

– Je sais ! Je sais ! J'ai de la terre et des ordures jusque sur l'intérieur des cuisses !

Il dégrafe son col de chemise, poursuit :

– ... mais je sais aussi de quels grelots chinois sont faits ces politicards de merde ! Si demain je double mon offre, leurs grandes résolutions voleront en éclats ! Et s'ils refusent, je ferai casser leurs permanences par les *mierdas-punks* de Neza-York ! Tu sais que je peux le faire !

Il raccroche d'une main qui écrase.

Il laisse errer ses yeux sur les champs d'immondices à perte de vue, où dansent des charognards.

– Qu'est-ce qu'on croit ? murmure-t-il en cherchant l'apaisement dans une respiration profonde. La mort n'est pas encore dans mon jardin !

Il sait que, moyennant quelques billets, il peut s'attacher les services des bandes de toutes les colonies entre San Felipe et San Agustin. Il suffira de distribuer aux jeunes des manches de pioches et quelques tee-shirts avec, marqué dessus, un slogan du genre *¡Con Mexico, Sí !,* et les cols blancs prendront peur. Ils viendront chercher leurs remèdes dans la main de l'empereur des décharges.

Il se lève pesamment.

Il accède à un coffre disposé dans la muraille de béton et confie à son berceau d'acier blindé la matelasserie de billets qui n'a pas changé de mains par la faute de Linda.

Linda.

Linda, rouverte comme une blessure. Linda saignante en son hymen. Linda à la jupe de serpents, impure bâtarde de Notre-Dame-la-Malinche, amante maîtresse de son père, putain de fille du plus pourri des Mexicains.

Brusquement, le taureau se secoue.

Quelque chose d'insatisfaisant, comme la haine de l'espoir, le remet sans cesse dans le rail de ses obsessions.

Son coude se détend vers l'arrière dans un mouvement de bielle. Son poing lancé vers le blindage repousse le métal froid.

La porte du coffre referme sa mâchoire codée.

Arturo Xolaxola est sur mes genoux depuis plus d'une heure.

Il possède l'énergie de ceux qui vont bientôt s'éteindre et parle de lui avec un grand détachement. Chaque fois qu'il s'exprime, il démasque une dentition de grotte préhistorique, et je sens son haleine danser contre mon oreille.

Il lance d'une voix de pinson :

– T'as remarqué ? Les trisomiques sont des prix de beauté à côté de nous !

Il m'apprend qu'il est frappé d'une ignoble et rarissime maladie génétique baptisée « progéria ».

– Nous, les progéristes, avec notre tête de pingouin écrasée par un ours, quand on va acheter des hamburgers, c'est assez difficile de se faire accepter par les commerçants...

De temps à autre, il est obligé de s'interrompre et de reprendre souffle.

– Notre espérance de vie est de l'ordre de dix à douze ans... Moi, j'en ai vingt... Tu te rends compte ! Ça me fait à peu près centenaire !

Il pouffe derrière sa menotte ridée de jeune vieux et dit :

– Je crois bien même que je suis le doyen mondial des progéristes !

L'homme à tête de mouette me toise au travers de la loupe de ses extravagantes lunettes et se repose un instant. Ses yeux couleur miel font la boule derrière ses paupières bleutées.

Comme il rouvre les yeux, je risque une question :

– Combien de temps pensez-vous pouvoir vivre encore ?

Il paraît réfléchir, puis répond sans emphase :

– En vérité, les jours où je me fais le général de mes forces et où je les inspecte, je ne donne pas cher de mes projets d'avenir. Depuis six mois, c'est la dégringolade, j'ai de plus en plus de mal à me déplacer. Mes poumons me trahissent. Mes os se bloquent ; ils sont douloureux. Ma canne n'y suffit plus...

Il s'arrête de parler, comme s'il était à bout de forces. Il semble somnoler un moment. Ses lèvres attendent. Son cou ourlé d'un délicat duvet fléchit insensiblement sous le poids de sa tête. Il pique du bec et se reprend, frotte son front pour chasser la fatigue et accommode sur moi :

– La mort, tu sais bien, conclut-il dans une modulation de clarinette fêlée, tu touches là à un sujet où Dieu est inconnaissable... Inconnaissable !

Sa bouche reste ouverte comme si le principal lui manquait encore. De toute sa laideur, il me sourit chaleureusement. Ses yeux exorbités frôlent la douceur.

– Une fois, dit-il, j'ai terriblement aimé une fille que m'avait présentée ma mère. Je l'avais vue dans un journal. Une fille avec des jambes qui n'en finissaient pas. De ces jambes, tu sais, qui se passent de bas.

– Oui, je vois assez.

– C'était une pianiste. Il paraît que c'était un prodige international en son domaine. Je suis arrivé à ce qu'elle vienne me chercher de temps à autre pour que je puisse l'écouter quand elle s'exerçait au piano. Nous allions chez elle. Elle avait des mains blanches et nerveuses. Ses doigts encourageaient ou domptaient les flots d'une musique passionnée. Quand elle avait plaqué le dernier accord, elle se tournait vers moi. Elle avait un doux regard exalté où perçait l'égarement. Son chignon était lourd et dérivait sur ses épaules. Elle me souriait. Une fois, elle a sorti mon zigoto de ma braguette pour le dégourdir. Elle a su inventer une aventure très douce et très maternelle dans sa main. Je lui en ai voué une grande reconnaissance. Je crois qu'elle m'aimait bien...

Victime d'une nouvelle absence, son esprit l'éloigne de moi.

Je le secoue par la manche :

– Si nous en venions à ce qui vous amène ?

Il a un sursaut qui lui dresse le col.

– D'accord, flic ! D'autant que ta mission a un rapport direct avec ce que je viens de te raconter...

– Vous voulez que je retrouve votre petite amie ?

Arturo Xolaxola lève sa canne en signe de dénégation.

– Seulement que tu remettes la main sur le fauteuil roulant qu'elle m'a offert !

Aussitôt, un train fantôme entre en hurlant dans la gare de ma cervelle. Depuis l'arrière-cour du jardin des Morts, j'entends monter le ricanement de mon père. Vache d'affaire à démêler pour un détective à la gomme, fiston ! Pour ton premier client, tu accumules déjà toutes les clowneries possibles !

Je reste mâchoire pendante.

Xolaxola s'aperçoit de ma déroute. Il saute sur le sol, exhibe un portefeuille en croco et m'allonge une dizaine de billets à titre de provision.

L'instant d'après, son haleine fiévreuse tambourine à mon tympan :

– J'aimerais aussi que tu me portes sur ton dos. On partirait maintenant. Toi et moi, on ferait le tour du bloc. On se paierait un gueuleton dans un grand restaurant pour célébrer l'anniversaire de ma mère. Et après, vers le soir, je te montrerais les sacrés salauds qui m'ont piqué mon *dragster* d'infirme devant un cinéma. Ensuite, gringo, ce sera à toi de jouer pour le leur reprendre.

Je reste coi.

Nullement ému par mon état de catalepsie stationnaire, il claque des doigts.

– Alors, tu te magnes ? Reste pas enfoncé comme un clou !

Il ajoute en vissant sa casquette vert olive sur son crâne d'œuf :

– Prends ton pétard, minable ! J'ai bien peur que tu n'aies pas affaire à des enfants de chœur !

Je glisse mon Llama sans balles dans sa gaine et hisse Arturo sur mes épaules.

Au royaume des pêcheurs de truites, Neal Fenimore Whence relance son fil dans le courant d'une rivière en furie et dit que pour s'embringuer dans un truc aussi pourri, il y a des coups de pied au cul qui se perdent, fiston.

Quatorze heures.

Don Rafael Gutierrez Moreno emprunte un escalier en colimaçon et accède au premier étage de son bunker personnel. Il pénètre dans la salle de bains qui, à l'inverse de son bureau, est inondée de lumière.

Il évite sa propre image dans le reflet des glaces, passe sous la douche et en ressort cramoisi. Sa nuque est brûlée par la vapeur.

Un instant, il s'arrête sur le carrelage frais. Sa silhouette pesante semble captive du temps immobile.

Il se souvient de la cruauté du désir. Des jours harassants où il cédait aux pulsions de ses désirs nacrés. De l'instant délicieux du danger, lorsqu'il traversait pieds nus la maison endormie pour se rendre jusqu'à la chambre de Linda. De l'exaltation qui s'emparait de lui lorsqu'il franchissait la porte de la petite.

Il se souvient, il donnerait sa fortune pour oublier ce moment impie où il a glissé pour la première fois sa main entre les blanches cuisses de son innocente victime. Où, à l'extrême bord du précipice, il a bravé le regard étonné puis passif de l'enfant sous ses cheveux d'ange.

Il se souvient, il n'effacera jamais de son esprit le silence de plomb, le risible picotement glacé derrière les reins, quand il s'est relevé pour la première fois de dessus son ventre mouillé.

Elle, Linda, les yeux secs, la respiration sèche, le cœur sec – agile ensorceleuse aux petits seins pointus.

Lui, avec ce grand vide dans la tête. Mon Dieu ! Qu'avait-il fait ?

La première fois, il était resté un moment au pied du lit. Linda paraissait sans vie. Son corps était raide comme celui d'une poupée de bois des Caraïbes. Elle venait d'avoir treize ans. Elle commençait à avoir des poils. Son pâle visage n'indiquait ni haine ni souffrance.

Il s'était éloigné comme un voleur. Qu'était-il d'autre ? Un père aux jambes nues qui abandonnait sa fille en s'excusant. En suppliant. En promettant cadeaux et merveilles pour se faire pardonner.

Trois ans de folie prodigieuse et de souvenirs féroces ! Jour après jour, il avait essayé de refermer le lit sur sa faute. Il en bordait hermétiquement les draps. Il effaçait la trace de ses propres pas. Il prenait des maîtresses.

De longues semaines passaient alors sans qu'il osât revisiter la fillette. À vue d'œil, il lui avait semblé qu'elle grandissait pour devenir son égale.

Il la rencontrait au détour du patio. Elle passait devant lui sans lui adresser la parole.

Linda Asunción, obsédante comme un fantôme... Son visage blanc, son front fermé qui n'avait plus rien à apprendre de lui, sinon l'autodestruction.

Et puis, une nuit, encore une fois, il cédait à ses fantasmes. Il se glissait jusqu'à la chambre interdite. Il devinait le visage de la presque jeune fille dans l'obscurité. Il se penchait sur elle. Il l'appelait Linda, ma jolie petite pierre précieuse.

Il collait sa face mouillée de transpiration à la méduse de ses cheveux. Encore il demandait pardon.

Il se punissait, une fois réintégrée sa propre chambre. Il s'agenouillait sur des tessons de verre en priant jusqu'à l'aube.

Seigneur ! Comme le corps est absurde ! Pourquoi avait-il toujours si faim avant de s'endormir à même le sol ?

Restaurant Chapultepec,
excellents fruits de mer et poissons renommés.

Celui qui est né sans bosse dans le dos, sans béquilles sous les aisselles, sans papillotes au bord des tempes, sans borgnitude dans le regard, celui qui ne s'est jamais promené avec un autiste dans un grand magasin, qui n'a jamais été turc en Bohême, bohémien à Wall Street ou pédé chez les mormons, ne peut pas comprendre l'état d'esprit d'un type dans mon genre qui a marché dans la rue en portant sur son dos le fardeau d'un minuscule disgracié de cent ans acharné à vous pointer son bec de mouette dans la nuque et à vous harceler avec ses rêves inaboutis.

Le cœur percé, j'arrive au restaurant après avoir plus de cent fois mis en déroute le regard fuyard d'une foule de salopards en bonne santé, des types gonflés aux vitamines, des balaises de plus d'un mètre quatre-vingts qui nous ont dévisagés avec des yeux comme des soucoupes en nous croisant sur le trottoir, et leur mépris ou leur dégoût m'ont mis en pleine forme pour casser la tête à la Terre entière. Jusqu'aux triceps, je ressens un sentiment de force et de plénitude qui m'a quitté depuis Quang Tri, lorsque ma vie submergée de napalm a basculé dans les hôpitaux.

Hip-hopez ! Soulevez les pieds ! Envoyez promener les problèmes de la vie ! Le nabot me pilote par les oreilles entre les tables. Je jauge la salle aux lambris dorés, palpe l'épais silence réprobateur des personnes attablées et je sais que, grâce à Xolaxola, le vrai retour de Super Harry Whence est en train d'avoir lieu.

Un maître d'hôtel s'avance au-devant de nous.

– Bienvenue au temple du capitalisme ! souffle la mouette à mon oreille. Bientôt, toute la boutique va sauter !

Je ne tiens pas compte de ce qu'il vient de me dire. Avec des précautions de nounou, je dépose Arturo sur le parquet ciré. Le progériste ôte la casquette trois étoiles du sous-commandant Marcos de dessus son crâne d'œuf. Par-dessus ses lunettes rondes, son clin d'œil me galvanise, tant il excelle à explorer la vie avec des bottes de sept lieues.

– Ne perdons pas de temps, pépie-t-il.

Je mène le larbin tambour battant.

– Une table bien située.

– Tranquille ? Un peu à l'écart ?

– La meilleure.

Quinze secondes plus tard, nous nous retrouvons devant nos serviettes. En attendant qu'on nous serve, Xolaxola me scrute au travers d'une forêt de verres.

– Je préférerais que tu me prennes sur tes genoux, dit-il sérieusement. Ça les emmerderait davantage. Et tu me couperais mon steak de chihuahua.

– Accordé.

Xolaxola rapplique.

Je m'absorbe un moment dans la lecture du menu. Mon doigt s'attarde à la rubrique des bars, turbots et églefins.

L'invité de mon genou droit proteste avec la dernière énergie :

– J'ai peut-être une gueule de mouette, claironne-t-il, mais c'est pas une raison pour te taper du poisson en ma présence ! Jamais pu pifer son odeur fadasse !

Xolaxola s'est soudain transformé en enfant exigeant. Il s'enquiert à brûle-pourpoint :

– T'aimes ça, toi, l'huile de foie de morue ?

Il me donne le délai d'une réponse honorable et, voyant que je n'en trouve pas, me tend la perche :

– Te dégonfle pas ! Dis-le ! C'est dégueulasse !

Arturo est en vapeurs. Son visage translucide et sensible exprime maintenant une étrange et terrassante laideur.

– Ma mère m'en refilait des pleines cuillères quand j'étais môme. Pour que je grandisse !... Jusqu'à ce fameux jour où elle a enfin compris que j'étais une cause perdue pour le saut en hauteur... Je venais d'avoir cinq ans. Mamita est entrée dans ma chambre au milieu de la nuit. Dans un hoquet de désespoir, elle a admis que j'étais rendu au quart de ma vie. On a éteint la lumière et on a pleuré sur mon malheur comme des soupes renversées. Le lendemain matin, il n'y paraissait plus sur le visage de maman. Elle s'était maquillée. Elle était devenue géniale pour le reste de sa vie. Elle a dit : « C'est moche, Arturo, mais c'est pas le tout, il faut rattraper le temps perdu ! » Elle et moi, on s'est mis au champagne glacé et j'ai pu enfiler mes premiers pantalons longs.

– Votre mère avait du caractère...

– Ma mère était belle comme une Vierge acculée à la lumière. Elle avait décidé de claquer tout le fric que mon père nous avait laissé en se tirant du conjugal. « Ça durera bien dix ou quinze ans ! » elle disait. Elle cachait toujours qu'elle pleurait. Elle ne me quittait pas. Rien n'était trop beau pour moi. Elle répétait sans cesse : « Bon Dieu, Arturo, est-ce que tu as vu ça, cette chouette chemise à encolure : c'est du huit ans et ça irait à ravir avec ton costume ? » Ou : « Qu'est-ce que tu en penserais, Arturo, si toi et moi, dimanche, on filait jusqu'à la plage ? » Et elle riait de tous ses nerfs dès que j'étais malade.

Brusquement, l'homuncule s'absente :

– Quand j'y repense ! Quel gâchis de force et de noblesse ! Maman est morte ce printemps. Quelle perte pour nos fous rires !

Il regarde ailleurs.

– Ça me rend hagard, ces histoires de disparition, exhale-t-il.

Il remue un moment sous son crâne disproportionné les pensées enfantines d'un carré de violettes blanches au sommet du mont Popocatépetl. Dans un brouillard de larmes, il pépie :

– Vois un peu où se niche la beauté des êtres, flic ! L'argent laissé par mon père n'existait pas. Sans jamais que je le sache, Mamita s'était faite putain pour m'offrir une existence dorée !

Dans un moment pareil, comment ne pas avoir envie de respirer quelque chose de pur ?

Je lui pose d'autres questions. Pendant un quart d'heure, nous avons une conversation d'hommes. J'ai oublié son âge et sa laideur, notre position ridicule, lui grimpé sur mes genoux, moi qui lui donne la becquée comme à un vilain oisillon.

Soudain, il s'essuie les lèvres avec sa serviette, repousse son assiette. Il consulte sa montre d'enfant.

– En route, flic ! glapit-il. C'est l'heure d'aller récupérer ma décapotable !

Je le hisse sans barguigner sur mes épaules.

Ah ! si Lola me voyait !

Quinze heures.

L'air est étouffant. Les voitures roulent par flots.

Depuis un quart d'heure, mon client et moi-même sommes en planque devant un cinéma. Derrière le fronton art déco du Royal Río, un ciel brouillé annonçant des pluies salissantes amoncelle une concentration sombre et dense. Il y a une immobilité presque minérale au-dessus de l'enseigne lumineuse en forme de Betty Boop.

Betty s'allume et s'éteint. Elle fait trois pas dans le ciel. Elle trousse sa jupette à mi-cuisses, s'arrête et cligne de l'œil. Elle envoie un signal encourageant à destination de la foule qui se presse sur les trottoirs défoncés. Épaulée par une sonnerie stridente, elle engage un public nombreux à venir voir *Le Grand Sommeil* dans cette salle de quartier.

Dans le hall, Bogart est sur toutes les affiches. Humphrey prend l'air froid et nonchalant en grillant une blonde. Au-dessus de la caissière enfermée dans sa cage de verre gigote une petite statue de la Vierge de Guadalupe. Sous les néons se bousculent sans apparente gaieté des groupes de jeunes dont la mine ressemble à un chewing-gum mâché trop longtemps.

En face du cinéma, à l'ombre d'un porche qui abrite des marchandes de fleurs, j'allume ma troisième cigarette et je pense à ce que Phil Marlowe ferait dans mon cas.

Je laisse traîner un regard indifférent sur un petit groupe occupé à faire tourner un joint, et je me tourne vers Arturo.

Je lui tends une Lucky.

Il la refuse. Appuyé sur son jonc, il a l'air épuisé par l'effort qu'il a fourni pour me suivre.

– Non, merci. Bien que je fasse des rêves de havane, je n'ai toujours pas le droit de fumer. C'est parce qu'avec nos poumons du genre éponges rétrécies, les médecins disent qu'on s'étouffe pour un rien... Paraît aussi qu'on n'a pas de défenses contre la nicotine...

Nos regards se séparent. Je tire sur ma cigarette et consulte ma montre.

Le temps s'étire et fait guimauve. Plus de queue devant la cabine de verre. Les derniers spectateurs sont entrés. Les cheveux de la caissière sèchent sous la lampe. Le ciel est devenu carrément noir. Betty Boop s'en donne à cœur joie en attendant l'averse.

Assis sur une borne de pierre, Arturo Xolaxola guette l'arrivée de ses voleurs. Il ouvre et ferme les mâchoires comme une truite en manque d'oxygène.

– Ils devraient être là...

Tout en guettant moi aussi leur entrée en scène, j'essaie d'imaginer le nabot au rendez-vous de sa pianiste et, pour le plaisir de l'imagination, je me fabrique une vision colorée.

Mes yeux posés sur le vague fabriquent un voile rouge. Voilà ! Musique ! Le temps s'emballe ! Je vogue ! Arturo est renversé dans un fauteuil profond. Ses sandales éculées se balancent sans que ses pieds touchent le sol. Il a l'esprit englouti par les arpèges. Son cœur transporté entre marteaux et étouffoirs bat la chamade. Ses nerfs sont tendus, vibrants. Un dernier accord tenu, et les mains de la virtuose s'arrêtent de courir sur le clavier du Steinway. Autour d'elle s'élève une faible émanation de parfum. Son chignon défait oblige la jeune femme à incliner la tête. Elle fixe Xolaxola et l'enveloppe d'une douceur torride. Avec ses doigts d'ivoire, elle entrouvre le tabernacle à fermeture Éclair du petit homme et, tandis que ses yeux s'égarent sur le vide, elle lui parle de l'enfant Mozart sur un ton confidentiel...

Je pose une question à brûle-pourpoint :

– Vous l'avez fréquentée longtemps ?

Pas besoin de dire qui. Les lunettes du progériste font loupe et ses yeux billent à tout va lorsqu'il me regarde.

– Mercedes ? Non...

Il avale sa salive.

– Si ! Enfin, à peine cinq ou six jeudis...

Il se rembrunit. Il se détourne vers le spectacle de la rue. Soudain, les passants se hâtent. Une petite fille passe en courant. De larges gouttes de pluie chaude commencent à marquer la poussière.

De profil, comme il est, Arturo laisse surgir la forme bombée d'un front exigeant et pâle.

Il soupire :

– Ça ! On peut dire que le bonheur étrangle !

Et se ressaisissant :

– Ça te fait poiler, mes peines de cœur ?

– Pas du tout. C'est plutôt le signe que vous, les minuscules, avez les mêmes démêlés que nous avec la vie.

– Bof, inutile de mentir ! Ma sexualité ne m'a pas intéressé très longtemps. À cause de toutes les insatisfactions que nous ressentons... D'ailleurs, maintenant que je suis vieux, ces tourments me sont sortis de la cervelle. Je préfère écouter des enregistrements.

Il baisse la tête et ses yeux roulent sous ses paupières bleutées. Il finit par murmurer :

– Ça, c'est moi tout craché ! J'avais les nerfs en pelote chaque fois que je voyais Mercedes. Et après nos séances, je me mettais les doigts dans la gorge pour vomir l'excès de cafard qui me paralysait. Si bien qu'un jour, par petits arrachements, j'ai fini par ne plus aller à son rendez-vous... À peine si je l'ai revue une fois ou deux à la télé. Avec la lumière des projecteurs, elle avait perdu beaucoup de son mystère. Elle jouait ses *Polonaises* pour un parterre de militaires...

Hachures grises sur fond noir, un rideau de pluie s'est abaissé entre les deux rives de la rue. Au travers de sa trame obstinée, je distingue le hall vide du cinéma. Sous sa lampe, la caissière blonde en tailleur rouge est parfaitement immobile.

Quinze heures trente.

L'averse a cessé. La nue s'éloigne vers le nord-ouest. L'eau ruisselle des toits. Les écoulements se rejoignent. Une large flaque constellée de vieux papiers et de bouteilles de plastique stagne devant le Royal Río. Et le soleil, jamais blasé, s'allume en face de nous.

Arturo Xolaxola décroise ses bras courts et repousse ses lunettes sur son bec. Il suit des yeux l'arrivée dans le hall d'un individu à crête de coq. Le type est bras nus, en gilet. Il passe nerveusement sa main dans son ébouriffade de cheveux orange et s'arrête sur fond d'affiches de Bogart. Son corps amaigri incarne les expressions les plus fugitives d'un naufragé qui n'a pas fait une croix sur l'arrivée des sauveteurs. Le regard biais, il hume un moment l'espace à la façon d'un chacal privé de charogne. Il fait un signe derrière lui. Il est aussitôt environné de types de son espèce.

– Les camés ! Réveille-toi, flic ! Les *dealers* ne vont pas tarder à rappliquer, souffle l'avorton aux lunettes farce.

De fait, brusquement, le hall du cinéma prend des allures tourbillonnaires. Tout un peuple de camés, de rebutés, de jetés surgit des lisières.

Sous les néons, les choses vont désormais très vite. Une sculpturale créature, le corps moulé dans la poigne d'une robe blanche, vient de faire son apparition. Elle pousse devant elle un infirme sans sexe défini qui a pris place sur un fauteuil roulant équipé à l'arrière d'un coffre à bagages peint d'une croix rouge.

– Drag-Mex et le baron Chac-Mool ! s'excite Arturo de sa voix haut perchée. Mon fauteuil !

Sur le passage de cet attelage imprévu, des remous se forment. La dope change de mains. L'infirme puise ses doses dans le plâtre qui entoure sa jambe droite. Injection. Flash ! La poudre est bonne ! Les premiers servis cèdent le terrain aux autres. Ils entrent en congé chimique et perdent la boule. Allumés loufs, ils s'affalent dans les coins. La Croix-Rouge continue la distribution jusqu'à ce que les rangs des accros se creusent. La caissière aux cheveux platine semble dériver sur une banquise de lumière froide.

Xolaxola, la bouche entrouverte, fixe ses mortels ennemis et nasille :

– C'est ton heure, flic ! Les deux types à qui tu as affaire sont les plus vicieux, les plus camés, les plus tordus de la colonie.

– J'en ferai une bouchée !

Xolaxola agite la tête en tous sens :

– Gaffe ! Ce sont des *antibutichácharas !* Des anti-tout... Qu'ils apprennent seulement que les œufs de tes mouches ont été élevés sur la gangrène d'un mort et ils sont capables de te faire la peau pour une portion de tarte *al ahuautle !*

Xolaxola a l'air sérieux et illuminé. Il a posé sa main sur son cœur pour contenir son angoisse.

J'incline mon feutre sur mes yeux pour couper la lumière et lance à mon client :

– N'oubliez pas d'embrasser tous mes enfants et de réconforter mes veuves !

Je quitte le refuge du porche et, d'une démarche ferme par Charlie Dunn, je chemine au travers des flaques vers mon destin foireux.

Le visage contrarié, de toute la force de ses poumons sans air, Arturo stridule dans mon dos :

– N'y va pas, Harry ! Ils vont te massacrer !

En vérité, je me serais volontiers contenté de rester où j'étais, appuyé au mur, en ayant l'air d'un dur, tellement les types du quartier ont l'air plutôt vachards et défoncés, mais, cette fois, c'est Marlowe, le détective énervant, qui m'a poussé à traverser la rue.

Une vague appréhension me soude la nuque. En balançant les épaules dans mon costume élimé, je repense à cette question idiote qu'on pose de temps en temps aux hommes célèbres : « Sous quelle forme aimeriez-vous revenir sur terre ? », et à la réponse faite par Truman Capote : « Sous la forme d'un vautour, parce que les vautours sont gentils et libres. Personne ne les aime. »

Exactement la sensation qui m'assaille lorsque je pose les pieds dans le hall du cinéma.

Les junkies refluent sur mon passage avec un visage de haine. Même les marchands ambulants de souvenirs pieux qui se servent de leurs bondieuseries pour écouler un peu de *peyotl* mêlé à du chocolat replient leurs étals et se débinent par les arcades. Qu'est-ce qu'un gringo peut bien avoir à faire au milieu de leurs rites ? Ils trottinent comme des rats apeurés le long des murs et finissent par évacuer le terrain.

Drag-Mex et le baron Chac-Mool, peu soucieux de rencontrer celui qu'ils imaginent être un agent des stups, viennent de se replier en direction des toilettes.

Je mets le cap dans cette direction.

J'emprunte une portion de couloir en faïence blanche annotée de virgules et pousse le double battant de la section *Gents*.

À peine me suis-je demandé pourquoi mon père ricane sous mon chapeau que je marche vers les mirages, exactement entre l'odieux et le ridicule.

Drag-Mex est de dos.

Dès qu'elle m'entend, elle se retourne. Elle dégrafe sa robe de scène. Elle déballe toute sa niche. Ses hanches, son ventre, son opulence. Porte-jarretelles et tout le saint-frusquin.

Elle dit très vite :

– Regarde-moi en dessous de la ceinture, che. J'ai ma grosse bombe cachée dans mon slip !

J'essaie de ne pas ciller.

Grimpé sur ses chaussures-tiges argentées, le travesti fait deux pas chancelants dans ma direction.

Je me retrouve nez à nez avec son plâtras. Sa frange qui fait la herse. Ses paupières bleutées. Sa bouche en double file. Une faramineuse drag-queen, une ogresse sûre de son stick multi-protecteur, mais qui a oublié de se laver les dents. Jamais reniflé une puanteur pareille.

Un sourire crispé étire ses lèvres lorsqu'elle me caresse le visage. Le yeux rivés aux miens, elle cherche une bonne phrase et susurre :

– Enfant joli ! Je ne te connais pas, mais pour un beau gosse dans ton genre... je suis prête à craquer de bonheur.

Je fixe les racines de sa perruque hissée vers le haut par un glacis de laque et, en souriant avec une désarmante suavité, je lui fais savoir que, de mon côté, je suis prêt à être plein d'indulgence pour une civilisation en péril à condition qu'elle ne pue pas si fort du bec.

J'amorce un pas vertueux vers l'arrière.

Une pointe aiguë et inamicale entre dans mes côtes et me dissuade de reculer davantage.

– Qui tu es, l'Amerlo ? D'où tu sors, gros malin ?

Je me retourne et, en lisière de mon regard, je trouve le faciès aplati du baron Chac-Mool. Trois anneaux dans les oreilles. Cuit et recuit comme une vieille terre de l'ère du ve Soleil. Il s'est dressé derrière moi. Il a abandonné le fauteuil roulant dans l'angle de la pièce. Il grimace un sourire coyote au bout d'un poignard effilé.

– Qui es-tu ? aboie-t-il de nouveau.

Drag-Mex passe sa langue sur ses lèvres. Une légère oscillation de tout son être pourrait donner à penser qu'elle est ivre. À moins qu'elle ne soit droguée vive.

Elle ramène sur son épaule la bretelle de sa robe moulante qui glisse et, sûre de son fait comme une élégante, me regarde avec autant de gourmandise que si elle s'obstinait à vouloir s'offrir un éventuel mariage.

– Enfant joli, décrète-t-elle en faisant battre ses long cils collés et bleus comme des papillons, je trouve que nous vivons dans ces chiottes un moment parfait pour échanger un long baiser avec la langue.

Je réponds que, ces derniers temps, j'ai beau multiplier les expériences sexuelles, celle-ci me semble au-dessus de mes moyens.

Drag-Mex se met à rire. À rire trop fort et trop longtemps. Sa gaieté paraît peinte en trompe l'œil sur son visage.

– Ne sois pas puritain, enfant joli, susurre-t-elle d'une voix rauque. Notre vie de couple est dans la balance !

Elle tangue doucement dans ma direction et passe ses bras autour de mon cou pour m'entraîner vers de nouveaux maléfices.

Mon regretté père, Neal Fenimore Whence, reste muet dans ces circonstances. Il est rentré depuis longtemps se coucher dans sa tombe du Montana.

– Embrasse-moi, gringo, murmure Drag-Mex.

Elle approche de ma bouche une haleine à fermer les grilles du ciné. C'est à ce moment-là que j'aurais dû avoir une cigarette allumée. Je l'aurais écrasée avec le pied. Le regard Bogart. Et l'affreux travelo aurait compris que j'allais lui foutre mon poing dans la gueule.

Au lieu de ça, le poignard de baron Chac-Mool s'appuie sur ma jugulaire tandis que sa main gauche me déleste de mon revolver.

– Et ça !... Et ça ?... Qu'est-ce que c'est que ça ? aboie-t-il à la cantonade.

Mi-fou, mi-chien, il tient le Llama comme une poêle à frire brûlante. Entre pouce et index, il le brandit par la crosse.

– Ah ! mais... Ah ! mais..., il fait en dodelinant de la tête.

Il semble avoir des cadavres plein la gorge et du mal à avaler. Ses yeux riboulent dangereusement dans ses orbites. Il danse un moment sur lui-même, fait pirouetter l'arme dans sa paume et la braque sur moi.

Je me dis que, de ce côté-là, rien à craindre, puisque le pistolet n'est pas chargé. Drag-Mex prend la suite des opérations à son compte. Elle dit qu'elle subodore que je suis un type du FBI ou quelque chose comme ça. Elle plonge sa main à l'intérieur de ma veste et s'empare de mes papiers.

À la vue de ma licence, elle recule :

– C'est un poulet, Chac ! Un poulet *made in* Montana !

Aussitôt, la reine des délabrés pense qu'elle entame une fois de plus le combat entre l'aigle blanc américain et le diabolique serpent à plumes Quetzalcóatl, symbole du passé aztèque.

Sa nuque s'épaissit. Ses yeux lancent des éclairs de chaleur. Elle se dandine, timbrée maboule. D'une voix éraillée, elle pousse un cri sauvage et m'expédie son sabot monté sur tiges en plein milieu de l'entrejambe.

Je hurle plus fort que la terre. Je monte à pic vers les nuages. Je suffoque sur place et j'expectore, plié de douleur vers l'avant.

J'entends détaler dans mon dos et me traîne jusqu'au lavabo le plus proche pour y vomir.

Quand je relève la tête, les yeux chargés de larmes, je m'avise que tout a disparu : la drag-queen, le baron, le fauteuil, ma licence et mon revolver.

Le sol se dérobe doucement sous mes pas et tourne au flou. Tout gondole. Le carrelage frais se rapproche de ma joue. Je ferme les yeux. J'entre sans frapper dans une pièce où le mobilier a l'air d'être en ordre. C'est une demeure paisible pendant les cruautés de l'hiver. Le feu bondit dans la cheminée et mon père compte des liasses de billets qu'il vient de sortir de la bedaine d'une horloge.

Je lui dis :

– C'est l'argent que tu as détourné, p'pa ?

– Quel mal à ça, fiston ? rétorque-t-il. Caissier de banque, j'ai pillé patiemment l'argent des spéculateurs et, crois-en mon expérience, ces salauds de riches sont toujours des personnes malhonnêtes.

Il gratte sa barbe avec ses ongles pas nets. Il a bu un peu de gin et d'arquebuse de pays. Il glousse :

– Pas vrai que, jusqu'à maintenant, tu me prenais pour une moule, hein, petit ?

Je veux lui répondre tout le bien que je pense de sa malhonnêteté casanière, mais on me secoue bien trop fort. Et même, on me met le doigt dans l'œil.

C'est Xolaxola qui veut que la vie recommence :

– Debout, flic ! Prends-moi sur tes épaules et cavalons jusqu'à une station de taxis ! Je sais où tu peux récupérer ton gibier !...

Dix-sept heures.

La Bentley grise de don Rafael Gutierrez Moreno rôde le long des façades lépreuses de Tepito. La limousine aux vitres fumées s'approche en butinant d'une *vecindad* où les pauvres s'agglutinent à six ou huit par logement. Au volant, Vasco Mendoza. À l'arrière, en lieu et place de son père, Linda Asunción.

Le monstre mécanique lèche une borne et s'arrête au bord d'un trottoir. Un jeune homme aveugle tourne son regard absent, perdu comme le vide d'une vitre cassée.

Immobilité temporaire.

Plus loin, mur blanc qui déchire les yeux. Mur ombré en diagonale.

Façades à rictus de caca. Contours irréguliers. Urine. Graffitis. Vestiges de libations.

Quelqu'un a écrit sur le plâtre : *after the fiesta, the siesta.*

Une ribambelle d'enfants débouche en riant d'un couloir sombre et entoure la voiture.

Comme sortis de l'enfer des âmes en peine, les gosses sont costumés en squelettes, masqués de crânes ; ils ont endossé la laideur puante de la Ville. Une mariée à tête de mort les accompagne. Montée sur patins à roulettes, elle gratte une guitare éventrée.

La portière arrière de la somptueuse limousine s'entrebâille. Quelqu'un va sortir et les enfants s'écartent.

La fille avec une robe en éventail a les seins beaucoup trop hauts. La fille avec les seins trop hauts a des jambes de femme. Elle a des hanches de femme. Mais elle a seize ans.

Elle suce un sucre d'orge.

Les enfants crient :

– Lollipop ! Lollipop !

Complice ou simple témoin, le chauffeur Vasco Mendoza ne bouge pas de son siège. Sur son visage ne transparaît aucun sentiment. Il est partout où l'on veut qu'il aille.

Il est partout. Au bout du monde. Au coin de la rue. Dans la souillure ou dans le luxe. Et d'ailleurs, peu importe qu'il soit gominé ou laconique, attentif ou insomniaque, brutal ou jaloux ; ce qui compte, c'est qu'il soit là.

Il est le chauffeur, le témoin immobile.

Au travers du pare-brise, il regarde s'éloigner Linda Asunción dans son curieux déguisement de poupée vivante et déjà un peu morte.

Derrière la fille de don Rafael, la Ville referme ses doigts moites.

Au coin de la rue, la Mort danse sur les pointes de ses patins à roulettes.

Harry Whence est un sacré type.

Ouais, Harry Whence est un sacré bonhomme. Peut-être même de la graine de héros.

Quand Arturo Xolaxola lâche son détective appointé au coin de la calle San Cristobal de Las Casas (où vient de s'arrêter le taxi que nous avons affrété), je peux même prétendre que ce que je distingue dans la double loupe des lunettes vertes de mon client est quelque chose qui ressemble à une vraie dose d'admiration pour mon courage illimité.

– Bonne chance, flic ! Ne t'en laisse surtout pas conter par ces fieffés salauds ! recommande le nabot. Ils vont te dire qu'ils ne savent plus à qui ils ont revendu le sacré fauteuil, mais ils mentiront ! Ces gars-là ont appris à mentir depuis leur plus jeune âge pour ne pas avoir faim !

– Pas de soucis à te faire, Arturo ! (Nous avons décidé de nous tutoyer pendant le trajet.) Je vais régler ton affaire en moins de deux coups de cuiller à pot.

– Pas forcément, Harry, nuance l'homuncule, mais tu as le mérite d'essayer pour la seconde fois.

La portière du taxi claque. Le chauffeur s'est fait tirer l'oreille pour nous amener jusqu'ici. Il refuse d'éteindre son diesel qui tousse dans la chaleur moite.

Sous les trois étoiles rouges de sa casquette Marcos, Xolaxola dépasse à peine de la carrosserie. En surimpression sonore des cliquetis du diesel, son filet de voix me parvient dans les aigus :

– Harry, j'ai ton numéro de téléphone au bureau. Si j'ai du nouveau, je t'appelle. Et toi, si tu réussis, tu sais où me trouver : devant la porte du ciné, demain soir à dix-neuf heures. Tâche de pas t'amener les mains vides !

La bagnole démarre dans une fumée noire. Elle me laisse devant le Circo Mágico et c'est à moi d'aller planquer devant l'entrée des artistes de ce cercle très privé où s'exhibent Drag-Mex et sa bande.

Vingt heures.

Dans une ruelle du quartier Luciano, un rideau de plastique se soulève sur des avant-bras bronzés. Un homme sort d'une baraque rapiécée. Il regarde la lune à peine dessinée dans le vaste ciel. Il achève d'uriner et se secoue longtemps.

– Je voudrais te donner au moins dix dollars, l'interrompt une voix rauque dans son dos.

Pepe, le *chiclero*, se retourne.

Il se trouve en face d'une petite fille avec un air de femme. Elle suce un sucre d'orge.

Derrière elle, la Ville fait son manège. Chaleur humide. Pleurs de goudron. Envies de ventre et rires de gorge.

La petite fille fardée se dresse sur ses talons aiguilles. Elle tend sa main jusqu'au visage de Pepe et caresse sa peau criblée de barbe. Les cheveux-casque de la gamine tirent un trait sur son mauvais front bombé. Elle fronce des sourcils qui se rejoindraient si elle ne les épilait pas. Ses yeux sont des truites arc-en-ciel.

Elle laisse filer un mot ordurier entre l'ourlet de ses lèvres. Elle fixe l'homme et flaire son odeur de transpiration.

Elle répète d'une voix cassante :

– Je te donne dix dollars si tu me baises longtemps.

Pepe fait crisser sa barbe. Il prend l'air ennuyé. Il regarde ses mains noires de crasse. Ses paumes qui ont l'aspect fendillé de l'asphalte. Il semble hésiter.

Il dit :

– Je ne suis pas fait pour toi, señorita. Après, si l'envie t'en prend, tu appelleras les gens de l'association du quartier. Ils me battront comme ce malheureux voleur qu'ils ont pincé l'autre nuit... Ils lui ont rasé le crâne et coupé un doigt. Ils l'ont jeté sur l'Eje 1 Norte, la voie rapide...

La fille du roi des ordures répond :

– Je ne ferai rien de la sorte.

Du coup, l'Indien ose regarder la fille. Il trouve qu'elle est peinte comme une Vierge aux pétales de son village. Ses yeux de chien fuyant franchissent les dunes de ses seins hauts, escaladent son ventre sous ses vêtements et captent la source chaude qu'elle lui propose en se déhanchant.

Elle lui sourit pour l'affoler. Elle suce son sucre d'orge.

Une bouffée de vent nauséabond chasse un papier gras aux pieds de Pepe.

Derrière lui, la rue s'est emplie d'ombres. Ils sont tous là, ceux qui ont peur du jour. Ils sont tous là, les exilés, les solitaires, les junkies et ceux que les regards des autres effraient sincèrement. Ils sont tous là, tapis dans les encoignures, enrobés de fumée, prêts à ramasser les miettes de cette situation hors du commun.

– Je ne suis pas assez belle pour toi ?

Pepe se sent brusquement prêt à toutes les déraisons. Il finit par opiner du chef.

– Marchons jusqu'à l'hôtel, dit-elle aussitôt.

Elle se met en marche. Elle frôle les murs. Il la suit avec l'humilité d'un porteur d'eau. Ils s'éloignent par les ruelles de Tepito. Ils longent un jardin échevelé, planté d'eucalyptus, et disparaissent dans la touffeur peuplée d'oiseaux.

La petite fille marche devant Pepe.

Au rythme de sa jupe éventail, Lollipop a des hanches de femme. Une attitude de femme.

Dans sa bouche, la sucette n'est plus qu'un filament de sucre qui finit par casser.

Vingt heures trente.

Dans un hôtel de passe de Tepito, Linda Asunción est étendue sur le lit. Elle est nue. Elle s'est lavé le ventre. Elle a encore les mains fraîches.

Pepe retire son pantalon et garde son maillot de corps. Il entre son sexe roide dans celui de la petite fille. Mordue au ventre, elle se pince les lèvres pour ne pas crier. Il assume deux fois sa sexualité. Il le fait sans joie. Par hygiène. Juste pour trouver le calme. Juste pour satisfaire cette folle, sous lui, qui gémit les yeux ouverts.

Quand c'est fini, il se rejette sur le côté.

Il regarde la fille, sa peau blanche à faire peur.

Elle dit, elle exige :

– Fais-le encore. Jusqu'à ce que tu sois fatigué.

Pepe ne répond pas. Il se rend à la fenêtre et l'ouvre toute grande.

– Viens, dit la fille. Sinon, tu n'auras pas gagné ton argent.

Pepe sourit en regardant la nuit qui tombe.

Tout est si vaste sous le ciel étoilé. Les voix désenchantées, l'éclat des querelles, même les éclats d'une rixe prennent des proportions de timbre-poste.

Il goûte la paix qui s'est installée dans ses muscles. À petites goulées, il aspire l'âcre fumée d'une cigarette. Il garde la cendre dans sa main et sent l'envie de baiser qui le reprend.

Pepe crache dehors le jus de sa bouche. Il referme la fenêtre.

Sous la lumière blafarde de l'éclairage public brille le toit de la Bentley. Au travers du pare-brise de la luxueuse automobile, Vasco Mendoza observe deux types jeunes qui échangent des capotes anglaises contre des images du Sacré-Cœur de Jésus.

Il rêve qu'il épouse Linda Asunción pour la sauver.

Le ciel est mauve.

Soudain, il écrase le klaxon de sa paume pour prévenir la jeune fille qu'il est temps de rentrer chez son père.

Vingt et une heures trente.

La nuit étend son drap de suie sur Mexico. Depuis les pentes de Santa Fe, de San Lazaro, le bruit de la circulation prend des allures de songe lointain.

À Santa Cruz de Meyehualco, la villa est silencieuse. Les enfants dorment. María se glisse dehors.

Par la fenêtre voisine de la chambre des petits, elle découvre le profil appliqué de mademoiselle Delmas, la gouvernante française qui, sans doute, travaille à son mémoire sur Buñuel.

Près de la chapelle, elle écoute un moment le passage de l'eau intacte et glissante qui coule sur les carreaux du lavoir. Elle ferait croire que l'histoire tourmentée de l'existence n'est qu'un simple murmure *azul.*

Mariá se souvient avec bonheur du temps où elle-même, jeune étudiante chez ses parents, faisait la queue pour prendre le taxi collectif qui l'amenait, quarante-cinq pesos plus tard, à la cité universitaire.

Elle se souvient comment, du haut des marches de la station Universitad, elle découvrait les flancs nus de l'Ajusco, brunis par le premier soleil, qui se détachaient clairement de la brume. Elle se rappelle cet homme en complet blanc, à la maturité triomphante, accoudé au garde-boue de sa Bentley. Sa façon polie de découvrir son front ombré par un panama pour la saluer dès qu'il la voyait paraître. La patience qu'il avait montrée de l'attendre, jour après jour, à sa sortie de la fac, avant de l'aborder. Ses manières d'ogre pour lui prendre la main, cette inusable capacité de lui déchirer le cœur en petits lambeaux jusqu'à ce qu'elle se jette dans ses bras avec un petit cri d'oiseau étouffé.

Don Rafael Gutierrez Moreno !

Elle regarde du côté de ses appartements situés de l'autre côté de la galerie. Elle hausse les épaules, traverse le patio à pas glissés et frappe à la porte de son vieux mari.

Elle le trouve prostré dans un fauteuil. Il a ôté sa veste et défait son nœud de cravate comme s'il avait renoncé à sortir. Il est large dans son siège, à peu près comme si son corps avait coulé.

Elle l'aborde avec une voix de muguet :

– Ta fille n'est pas encore rentrée ?

Elle se glisse derrière sa nuque sans qu'il ait manifesté la moindre attention à sa présence. Elle pose ses mains sur ses épaules. Elle sent la tension qui habite tous ses muscles.

Elle commence à lui parler de cette voix de dévote un peu niaise qu'il déteste. L'intelligence des gestes et des paroles de María est maintenant entièrement tournée vers la reconquête de sa liberté.

Oh ! elle sait comment s'arranger pour que Rafael lui fasse une scène. Pour qu'il la frappe. Ce n'est pas bien difficile de le provoquer, ces derniers temps, et les coups, à force, María en a fait son affaire. Huit ans d'humiliations et d'infidélités !

Ce soir, pour mettre ce balourd de Rafael hors de lui, Mariá prend vraiment sa voix la plus geignarde. Pour le faire sortir de ses gonds, il suffit qu'elle commence à traîner dans la boue cette putain de seize ans, Isabel, qu'il vient d'installer comme les autres dans une cabane, à Santa Catarina, afin de pouvoir la visiter plus commodément. Quinze concubines réparties sur les collines de détritus !

Elle lui demande aussi s'il saigne toujours d'amour sur le parquet à la vue de sa dernière conquête, cette Américaine à l'accent de canard dont il lui a vanté le teint si transparent.

Rafael élève ses mains soignées vers le ciel. Il s'écrie qu'au nom du Christ Roi elle cesse de lui reprocher ce fourbi sexuel :

– Mêle-toi de ce qui te regarde, María !

Elle lui répond :

– Si ta pauvre mère voyait ce que tu fais de ton mariage, elle mourrait une seconde fois !

Il éclate. C'est comme s'il basculait dans un passé lointain, il hurle :

– Ne me parle pas mal ! Tu es la mère de mes gosses ! Tu ne partages la maison avec aucune autre, mais reste à ta place !

Il a fermé ses poings avec une violence contenue.

Elle ne désarme pas. Elle continue à lui enfoncer deux doigts dans la cervelle. Elle lui dit :

– Mon pauvre Rafael aveuglé par l'orgueil ! Tu perds ta salive à faire briller tes chaussures hors de prix ! Même ce bellâtre de Vasco Mendoza, ton garde du corps, trouve que c'est ridicule, pour un homme avec ta soixantaine enveloppée, de mettre sa langue au fond du gosier de cette poule ! Elle n'en veut qu'à ton fric !

María en rit encore. Elle a vu la fureur s'allumer dans les veines de son mari.

Elle le pousse plus loin encore en lui demandant pourquoi il éprouve le besoin de faire savoir à la Terre entière qu'il a des pulsions sexuelles supérieures à la moyenne.

– Est-ce que tu lui as donné, à ton Américaine, des nouvelles de la dizaine d'enfants que tu as engendrés depuis cinq ans au milieu de la pourriture ?

L'ogre lui paraît soudain à bout de souffle, sans doute à cause de ce harcèlement de phrases qui ne lui sont pas coutumières. Avec une immobilité surnaturelle, il la fixe. Ses tempes, son front, ses joues sont tatoués de chemins creux.

Alors, elle l'achève :

– Est-ce que tu lui as parlé de Linda ?

– Pas ça !

Il porte la main à sa nuque comme s'il était brûlé à la vapeur.

Elle montre son mépris. Rien n'est pire pour un homme aussi vaniteux que Rafael, et il se jette sur elle pour la battre, la faire taire. Il lui décoche un coup de pied, un autre, un autre encore lorsqu'elle est au sol. Elle protège sa tête. Il s'acharne. Il s'essouffle.

Le vilain porc. Elle le déteste !

Vingt-deux heures.

Calle San Cristobal de Las Casas.

Néons alternatifs. Taxis collectifs. Rires qui fusent.

Devant la vitrine d'un bijoutier, un vieil Indien imite un avertisseur de police en contemplant les montres japonaises.

À dix mètres de là, je, Harry Whence, détective privé, filatures en tout genre, suis planté devant l'entrée des artistes du Circo Mágico.

Deux heures que je suis en planque à l'entrée de l'impasse, et pas l'ombre d'un travesti.

Seigneur ! Pourquoi suis-je en train de rater mon entrée dans le monde des durs à cuire ? De quelle fatalité suis-je le bouchon ? Déjà, j'entends résonner à mes tympans la voix rauque de Lola quand elle va me classer catégorie nullité flagrante.

Comme le répétait interminablement mon père longtemps après qu'on l'eut renvoyé de sa banque pour indélicatesse, malversations, trafic d'écritures, et qu'il se fut noyé dans la boisson : « Où donc est passé l'énorme type en acier bleuté et à l'intelligence lucide que j'étais ce matin même à mon lever ? »

Où ?

Je fais quelques pas au milieu de la foule pour me détendre. C'est l'heure où sortent les élégants. L'air vibre des accents des orchestres baroques et des sons de la province de Jalisco.

Je dresse le bilan de la journée et entends mon père grincer des dents dans son cimetière. Vieux Fenimore mange ses joues par l'intérieur. Il racle ses mâchoires avec un bruit insupportable, mais son jugement simplificateur me parvient aussi clair et vif que si j'étais dans le Montana : « T'es une truffe, Harry ! Tu t'embarques avec un nain qui va bientôt mourir et t'es même pas foutu de remettre la main sur une chaise roulante ! »

Je bascule mon feutre vers l'arrière et finis par lever la tête en direction de la porte étroite que je surveille depuis des temps immémoriaux.

Je pense aussitôt, Harry, qu'aujourd'hui n'est pas un bon jour pour ma résurrection. J'abandonne l'idée de retrouver Drag-Mex ce soir.

Je fais quelques pas au hasard et me trouve embarqué dans la foule.

Pourquoi rentrer à l'hôtel El Mirador ? Pourquoi affronter une fois de plus une nuit lugubre dans des draps sales et attendre jusqu'à trois heures du matin que rapplique Lola ?

Plutôt que de barboter de chagrin dans mes draps sales, je, Harry Whence, regonflé par un nouvel hélium intérieur, décide d'aller prendre un verre.

Je rentre au Catacumbas, un rade entre parenthèses. Lumière tamisée. Mouillage extra-dry.

Au début, je ne vois personne. Je finis par localiser le tôlier tout au bout du comptoir.

Il est immobile.

Une éponge à la main, il fait mine d'en chasser la solitude. Il contourne les coquetiers, les salières, la *tabasco* sauce, et m'attend près de la tireuse à bière, comme à la pointe d'une jetée. Chemin faisant, il a coiffé un calot blanc. Il me décoche un grand sourire huileux :

– Tequila ?

– Tequila !

Il approuve mon choix. Un coup de torchon, il glisse l'eau de feu sous mon nez. Je prends une pincée de sel dans la soucoupe et je la bois cul sec. Un train sans freins entre dans mon estomac.

– *Muy, muy forte ! Explosivo !* apprécie l'homme au physique de poivron.

Il s'appuie sur ses mains aux ongles rongés, avance le cou et ajoute :

– Maintenant que vous avez résisté, señor, vous avez la capacité d'acheter une deuxième tequila ou de me payer seulement la première... et de mettre ainsi votre vie dans la balance.

– Je ne vois pas encore très bien où vous m'embarquez, lui avoué-je distraitement, mais vous allez sûrement me dire où votre raisonnement nous mène.

Un éclatant sourire donne un saisissant relief de légumineuse au nez bourgeonnant du tôlier.

– *Si ! Límpido, señor !...* Ou vous restez ici deux minutes de plus et vous buvez une autre tequila, ou vous prenez le risque de sortir de mon établissement... et alors, qui sait ? Peut-être que vous allez mourir d'un collapsus de ventilation en traversant la rue !

Il lit un flottement dans mon regard.

– Vous avez raison d'hésiter, señor ! La vie, la mort, tout se tient peut-être dans l'achat ou le refus d'un prochain verre.

– Que me conseillez-vous ?

– Oh ! tequila ! dit le cabaretier en affichant des dents du bonheur.

Aussitôt, il me verse un second verre de suc de maguey.

Un peu de sel dans le creux de la main, j'ingurgite le mezcal et suce une tranche de citron vert.

Piment-de-la-même-couleur a l'air fier de moi.

Suave et attentif comme un proche parent, il susurre :

– Ce raisonnement vaut bien sûr pour la suite de votre nuit, señor gringo !... Quand faut-il se risquer dehors ? *Tat is ze questchion !*

Je jauge mieux la justesse de son argumentation en jetant un coup d'œil sur la rue sombre. J'y aperçois Super Drag-Mex perchée sur le trottoir d'en face. Je sens remonter le long de mes vertèbres ce risible picotement glacé annonciateur de moments affreux.

Travestie en reine des abeilles, la drag agite les congas de la bonne humeur. Elle me fait les signes convenus qu'on réserve à un vieil ami. La môme se marre avec une grande bouche étincelante. À côté d'elle se dresse le genre d'humanoïde extra-souple qui n'arrête pas de danser sur place avant d'enfiler des gants de huit *ounces* pour défoncer des sacs de sable.

Derrière ces deux-là vient d'apparaître le baron Chac-Mool. Toute philosophie sous son front bas semble se résumer à ses poings noués autour d'une batte de base-ball.

Je desserre ma cravate et, par curiosité pour mon destin, commande un troisième verre d'eau de feu.

Au cinquième, je parle seul et en appelle à l'intercession de mes dieux lares.

– Tu vas drôlement te faire cartonner la gueule, m'avertit mon père.

– Bof ! Ça fait pas vraiment mal, plastronne cette pomme de Marlowe. Suffit d'être un héros.

Alors je prends un dernier double verre avant de sortir.

Il est vingt-deux heures trente.

Au bidonville de Netza – pour Netzahualcoyotl –, dans l'obscurité du dédale de planches et de tôle ondulée, les corps nus se touchent. Au creux des maisons de carton, les âmes se vident et l'amour se monnaie.

À quel dieu sacrifie-t-on les pauvres ?

Sur les écrans cathodiques, *Televisa* flirte avec Ford, Coca-Cola offre une tournée de bulles, Juarez lutte contre l'envahisseur français.

Au défouloir de la chanson *ranchera, El Rey* égrène ses textes tragiques sur des sanglots de valse à trois temps :

Avec argent ou sans argent,
Je fais toujours ce que je veux,
Et ma parole, c'est la loi.
Je n'ai ni trône, ni reine,
Mais je continue d'être le roi.

Devant les regards des travailleurs ahuris de fatigue, les images Kleenex-Tampax alternent avec les feuilletons romances qui rabotent les épines de la vie en version soft et numérique.

Vingt-deux heures trente-cinq.
Santa Cruz de Meyehualco.

María suit des yeux la silhouette massive qui marche comme un fauve sous le patio. Don Rafael traverse la terrasse sud de la villa et emprunte l'allée de gravier pour rejoindre le garage où est remisée d'habitude la Bentley. Où normalement l'attend Vasco, son gorille. Son ombre. Sa mauvaise conscience.

En constatant que Linda Asunción n'est pas encore rentrée, que le box est vide, que son chauffeur ne l'attend pas, don Rafael pousse un grognement de désenchantement. C'est la première fois que se produit un tel manquement à ses ordres.

Un instant, María reste sous la galerie déserte. Depuis cet endroit tapi dans l'obscurité des arbres, les paupières mortes, elle hume le parfum du jasmin mêlé aux relents âcres des fumées de décharge. En écoutant le chant lointain de la Ville, elle se demande, pauvre sotte, quel amour radieux elle a pu espérer avec son mari.

L'amertume du fiel monte à sa bouche. Six mois à peine après son mariage, n'avait-elle pas déjà constaté que la vérité de l'amour est autrement plus basse que le piédestal sur lequel on l'installe ?

L'argent de la dot à peine placé, Rafael avait commencé à sortir comme il va le faire encore ce soir pour aller respirer les aisselles des femmes de passage.

Vingt-deux heures quarante.

Harry Whence, le détective qui pourfend l'injustice et protège les nains, sort de la *pulquería*.

Le pas incertain, le sourire indulgent des ivrognes au coin des lèvres, il s'avance au-devant de ceux qui l'attendent pour le tailler en pièces. Il est habité par une idée fixe : cette nuit ne doit pas passer sans qu'il ait remis la main sur un fauteuil roulant.

À la même heure, emplie de ses secrets, de ses songes, la Bentley aux garde-boue gris glisse sans effort dans la nuit. Elle rase les trottoirs. À l'arrière, l'une des vitres fumées s'abaisse sur le profil d'un visage mort : une jeune fille, somnambule d'un sommeil de vie, regarde la chaleur grouillante des rues.

À un carrefour où la peur sent les œufs cuits à la poêle, la somptueuse limousine marque un temps d'arrêt. Une *cantina* propose sur son ardoise des *tortas al ahuautle*, des tartes aux œufs de mouches, et du tatou rôti. L'odeur du sol humide se mêle à celle du porc grillé, des oignons frits et de l'*epazote*.

Sous une ampoule au tungstène, un joueur de guitare au visage de lune, comme pris dans la cire, aiguise savamment les notes de sa désespérance.

Les poumons de Linda Asunción s'emplissent de l'air des étoiles. La limousine bondit en avant pour éviter l'attroupement qui se forme.

Dans une impasse, des hommes se battent. Trois contre un. Le gringo plonge, rattrapé dans les reins par une batte de baseball.

Par une fenêtre sans vitres, une femme au sourire de Joconde se penche au passage de deux jeunes gens enlacés. Elle leur propose *huitlacoche*, le champignon ténébreux :

– *Un taco con hongos alucinógenos ?*

Dans une ruelle avoisinante, un détective minable se traîne sur les genoux. Il sait que si Phil Marlowe cesse de l'encourager, il n'atteindra jamais la prochaine poubelle avant de s'évanouir.

À l'autre bout de la Ville, dans la villa forteresse, María, tapie à l'extrémité du patio, écoute crépiter comme une décharge de fièvre le rire de Linda Asunción.

Lollipop vient de rentrer au bercail. Les yeux de son père se posent sur ses jambes nues. Sur son accoutrement de femme enfant. Sur ses paupières luisantes et sur l'opacité insonore de ses lèvres gonflées.

À propos de son retard ou de l'incongruité de sa tenue, Linda ne fournit aucune explication. Le visage de la jeune fille se ferme en passant devant son père comme s'il s'agissait, par cet énorme poids sur sa langue, de lui faire payer encore et encore les trois années où il a abusé de son corps d'enfant.

En tournant sur elle-même, elle ouvre la corolle de sa jupette. Ses yeux virent au noir. Dans un claquement de talons hauts, elle s'éloigne. María suit du regard son ombre chinoise qui se découpe sur la lumière de la galerie.

Une porte claque. Linda est dans sa chambre.

La Bentley, de son côté, s'efface dans la nuit. Le chauffeur est resté invisible.

María reste dans son monde. Ses lèvres sont devenues à peine une ligne. Elle repense à Harry Whence. Elle sort brusquement de sa langueur migraineuse et se glisse à son tour sans bruit en direction du jardin.

Un taxi l'attend au pied du bunker. Elle y prend place et retrouve son calme intérieur. À peine si une nervure de contrariété froisse le lisse de son front.

La pleine lune flotte dans un halo proche du rouge. L'air stagnant au-dessus de la décharge garde une odeur de butane et de fleurs fanées.

Vingt-trois heures.

Malgré l'heure tardive, María García Gutierrez Moreno a rendez-vous avec le commissaire Fernando Cabrera.

Cabrera est ce gros type aux nerfs à vif qui s'est illustré en 68 lorsque le gouvernement présidé par Gustavo Díaz Ordaz dut affronter un puissant mouvement étudiant dont la rébellion dura plus de deux mois. De trois à cinq cents morts sur la place des Trois-Cultures. En ce temps-là, l'ordre s'y entendait assez bien pour organiser l'amnésie sur un assassinat de masse.

Cabrera relance de temps en temps María. Il est le plus motivé de tous les ennemis de son mari. Un fouille-merde dans un costume à raies. Un rat d'égout avec une pochette triste, aiguillonné par la haine. Un flic flasque sous un panama borsalino, qui ne lâche jamais ce qu'il tient un peu. Un homme désabusé que Rafael Gutierrez Moreno a fait mettre sur la touche grâce à ses puissantes relations. Un enquêteur à face de bouledogue qui s'est permis de venir renifler d'un peu près la façon dont les déchets se transforment en argent frais, et les dollars en politique.

Vingt-trois heures quinze.
District de terminal Aerea.

María entre sans frapper dans le commissariat. Pour trouver le bureau exigu de Fernando Cabrera, elle suit ses instructions. Au téléphone, il a ricané. Il a dit : « Poussez la porte du pied et suivez les lumières aveuglantes. Là où elles sont tamisées, vous arrivez chez moi. »

Elle constate qu'il vit dans un placard vitré, au fond d'un commissariat de quartier, dans un coin pourri de la banlieue la plus déshéritée.

Mince de vie à la mie de con. Maboulite sur les terrains vagues. Les gens méchants comme des bestiaux. Violence, dernier bastion du désespoir.

– Bonjour, dit-il en apercevant la découpe de son ombre dans la lumière du couloir. Entrez, entrez chez le gros ours ! Le taxidermiste n'est pas encore passé.

Cette pièce unique lui sert de bureau et de chambre. Les draps du lit sont froissés. Des dossiers éventrés, un téléphone portable, un appareil-photo et des mocassins tressés couchés sur le flanc s'entremêlent sur le parquet. Une lampe, une boîte de cigares, une paire de maracas côtoient de la ficelle en pelote, des bouteilles vides, du papier argent, un réveil et des journaux.

Pour l'occasion, le policier a conservé son chapeau sur la tête. Le col de sa chemise est d'une blancheur douteuse, et l'étoffe tendue sur son estomac proéminent raconte ce qu'il a mangé la veille.

Il fait mine de raccommoder une chaussette sur un œuf et finit par lever son mufle vers elle.

Par-dessus ses lunettes demi-lunes, il surprend le regard de la jeune femme posé sur son plastron criblé de taches.

– *Enchiladas* mijotées dans une sauce au *chile*, à la tomate et à l'oignon, renseigne-t-il aussitôt en se retranchant derrière le triple repli de son cou. Vous n'ignorez pas, señora, que ma femme m'a quitté au printemps.

Elle ne sourit pas.

Elle se sent froide et déterminée.

Elle retire les verres noirs qui masquent ses admirables yeux verts.

Il fixe sa paupière bordée d'ecchymoses. Il remise son ouvrage d'aiguille et place ses mains carrées à plat sur son buvard. Il dit :

– Ça ne m'étonne pas que vous vous soyez décidée.

Il ajoute :

– Une vengeance, ça ne se décommande pas. Ça se mûrit.

Elle s'assied en face de lui sans qu'il l'y invite et croise ses jambes dans un bruit de polyamide, d'élasthanne et de soie auquel elle sait qu'il n'est pas insensible. Elle porte des collants noirs. La lampe chromée des années trente est orientée de façon à éblouir le visiteur. Elle en détourne le projecteur sur le mur écaillé.

Le flic pose ses yeux bridés sur les genoux de sa visiteuse et se met à bouffer rageusement des plaquettes de chocolat en maugréant que ça fait bien deux ans qu'il attend la grande occase de mettre son gros nez dans les affaires du *diputado* Moreno. Il jette le papier argent de l'emballage derrière son épaule.

Des boulettes. Des boulettes.

Il fricote. Il mâchouille. Il tripote.

– Eh bien, jeune dame, marmonne-t-il, ayons le courage de nous retourner sur notre propre vie !

Elle commence par lui parler de Harry Whence.

VENDREDI,

le troisième jour...

Ce matin, à Santa Cruz de Meyehualco, don Rafael Gutierrez Moreno, le nabab aux cent folies de femmes, s'extirpe doucement de la tourbière de ses songes.

En proie au mirage d'une bande de chair blanche furtivement mise en lumière au-dessous d'une petite culotte noire, il lutte un moment contre une sensation de malaise.

Les yeux clos, allongé sur son lit, il récite comme chaque matin la plus vilaine affaire de sa vie, la partie iceberg de son cœur.

Victime d'une haine tenace envers lui-même, il déteste sa propre viande dès qu'il pense à sa fille, et implore à mi-voix la clémence de Linda :

– Miséricorde, ma chère enfant ! Pardon, chère petite !

Il fait un geste sous les draps. Peut-être se signe-t-il ?

Très grand tremblement ! Il repense à des attouchements litigieux.

Il ouvre en grand ses yeux aveuglés d'obsessions. Un brouillard d'escarbilles envahit sa cervelle. Trois années se sont écoulées, laissant père et fille noués par le mystère et la haine.

Il aimerait se rendormir dans la glace. Il écoute s'éloigner le tambour de son sang.

Il chasse Asunción de son esprit. Il pense à l'Américaine. À leur nuit folle, encore une fois.

Il frissonne.

Cette nuit, donc, don Rafael a revu Lola.

Elle l'attendait au bar et son visage était d'une beauté étrange et terrassante. Elle lui a déballé toutes ses bonnes choses. Elle sait faire mousser son joli cul dans ses longues jupes serrées. Vulgaire et désirable. Cuisses consentantes. Les joues en feu.

Ils ont dansé, ils ont noué leurs doigts jusqu'à l'aube.

Sur fond de saxos urbains, il l'a raccompagnée jusqu'à son hôtel borgne. Elle paraissait ivre et gardait sa cigarette au coin des lèvres.

Le maître des déchets a jeté un regard du côté de la façade lépreuse de l'hôtel El Mirador. La nuit était bleue et faisait chanter les couleurs à vomir de l'enseigne au néon.

– Pourquoi buvez-vous tant, Lola ? a-t-il demandé.

Elle a rejeté la fumée de sa cigarette par le nez et s'est ainsi enrobée d'un voile de fumée.

– Pour éviter de rencontrer mes rêves, j'imagine.

Il a replongé ses yeux dans ceux de la jeune femme et trouvé refuge dans leur marécage chaud et tramé.

– Je pourrais monter avec vous, a-t-il suggéré.

Le visage de la rousse a disparu dans les ténèbres.

– Non, a répondu sa voix rauque. Vous commettriez une imprudence.

– Vous n'êtes pas seule ?

– Quelque chose comme ça.

Derrière eux, la Ville refermait ses mains d'étrangleuse. Dans chaque renfoncement de la rue emplie d'ombres, des types serrés contre des femmes avaient des folies qui leur sortaient de la bouche.

Queues gonflées d'un désir lourd. Une balle dans le canon. Dollars. Dealers. Rasta-punks. Police power.

Rafael Gutierrez Moreno s'est détourné.

Derrière le pare-brise de la Bentley, il a croisé le regard impavide de son garde du corps. Il a semblé hésiter sur la marche à suivre. Il a supputé qu'à tout moment il pouvait lâcher ses chiens à gâchette d'acier sur qui se mettrait en travers de ses moindres désirs.

– Comment est la personne qui vit avec vous ? a-t-il demandé.

– C'est un Américain. Un ébouillanté dans mon genre. Un type avec beaucoup de fracas personnel.

– Vous partagez sa vie depuis longtemps ?

– Depuis ce jour fatal où il s'est avancé vers moi avec un verre de whisky dans chaque main.

– Vous l'aimez ?

– Depuis qu'il a posé sa tête sur mon ventre comme sur un oreiller neuf.

– Qu'a-t-il de si particulier ?

– C'est un naufragé comme moi. Genre rescapé du *Titanic*.

– Quittez l'épave ! Je vous offre la terre ferme !

– Sur un radeau, on ne se sépare pas. On s'entre-dévore, mais on ne se sépare pas.

Le roi des ordures a réfléchi un moment.

– Savez-vous que je peux broyer ce type ? Qu'à ma guise je peux l'acheter ou le faire tuer ?

Il s'était enflammé, soudain. Sa figure paraissait encore plus massive.

Lola l'avait dévisagé avec une bizarre concentration.

– N'en faites rien, a-t-elle dit. Vous me perdriez à jamais.

Don Rafael a ricané. Il s'est perché au bord du trottoir et s'est tu un long moment. Peut-être voulait-il montrer qu'il n'avait pas peur du silence ?

– Vous êtes après moi pour mon argent, n'est-ce pas, Lola ? a-t-il fini par exprimer.

– Qu'est-ce qui vous fait penser cela ?

Il n'a pas répondu. Elle a détourné la tête et regardé dans le vague. Elle a paru s'éloigner de lui. Son sourire mystérieux le tenait en haleine.

– Combien ? s'est écrié Gutierrez Moreno. Combien pour le faire reculer ? Combien pour qu'il s'efface ?

Ses poings s'étaient fermés. Ses yeux rapprochés envoyaient des orages. Elle a fait non avec la tête pour faire obstacle à sa folie naissante. Ses dents éblouissantes ont dessiné un sourire triste.

– Je ne le laisserai pas tomber.

– Demain, a-t-il dit, vous serez à moi !

Elle est sortie de l'ombre et s'est jetée dans son regard comme dans une forêt noire. Elle a caressé ses cheveux argentés. Le crépitement de sa colère n'avait pas cessé. L'ombre épaississait son front.

– Je peux regarder ce qui est sous la carapace ? a-t-elle murmuré.

De ses doigts translucides, elle a fait mine de soulever la peau de ce sombre bouclier.

– Vous me faites penser à un rhinocéros mal léché.

– Je n'ai pas besoin qu'on me plaigne. Je peux acheter n'importe quoi, a sifflé Gutierrez Moreno.

Il s'était retourné vaguement vers deux filles en short bouffant qui marchaient sous un parapluie, bras dessus, bras dessous, en enjambant des flaques imaginaires. Le ciel dégagé était clouté d'étoiles.

– Je veux vous embrasser, a-t-il fait savoir.

– C'est une maladie facile à soigner, a-t-elle répondu. Qu'est-ce qui vous manque ?

Elle s'est penchée vers lui et lui a enfoncé le fer chaud de sa langue dans la bouche. Mais elle s'est reculée aussitôt parce qu'il mettait ses mains sur sa taille pour la capturer.

Elle a sorti son mouchoir pour lui frotter les lèvres.

– Laissez-vous faire... Je vous ai mâchuré jusqu'aux joues...

Docile, il lui a laissé faire sa petite toilette. Dessous l'écaille de ses paupières lourdes, tout au fond de ses prunelles sombres, perçaient des restes d'enfance. Deux rides amères paralysaient ses lèvres.

– Quittez-le ! a-t-il supplié. Je vous donnerai tout l'argent que vous voudrez !

Droite sous son casque de cheveux fauves, les bras posés sur ses épaules, elle le tenait à distance. En même temps, elle approchait sa bouche pas trop loin de la sienne. Doucement, elle tanguait.

– Méfiez-vous, don Rafael, je suis si gourmande !

– Que m'importent les possessions ! a-t-il frissonné. J'en suis arrivé à un point de dégoût de moi tel que la mort me serait délivrance !

– Ce soir, ne comptez pas sur moi pour vous achever, a dit Lola en se détachant de lui.

Elle lui a paru insaisissable comme le serpent qui rentre dans l'herbe.

Elle ondulait déjà sur ses talons aiguilles en direction de l'hôtel.

– Ne me laissez pas seul ! a crié le milliardaire.

Jamais il n'avait ressenti un tel désert autour de lui.

Il est allé se coucher sans la promesse de son regard.

Miss Lola *from nowhere*... Une fleur rousse à épingler à la boutonnière de ses nombreuses conquêtes ? Une simple orchidée de plus pour sa boulimie de collectionneur ? À moins, à moins, pensait don Rafael en dégrafant son pantalon, en le laissant glisser sur ses genoux, en écoutant la maison silencieuse où reposaient les enfants, à moins qu'il n'y ait quelque chose de plus dans le mystère de leur rencontre. Quelque chose d'indicible. Quelque chose qui ressemblerait à cet incurable besoin qu'ont les êtres de se rapprocher du vertige de la mort et de la charogne. De la charogne et des déchets.

Fatigue extrême.

Au terme de cette nuit, les traits tirés, il n'était plus, devant sa glace, qu'un homme aux forces déclinantes qui contemplait son sexe flétri et le considérait comme un bien désespéré.

Proche de la mutilation.

Callejón Emiliano Zapata.
Hôtel El Mirador.

Ce matin, quand Lola sort de la douche, une envie de crier lui déchire la poitrine. Harry lui court vraiment sur le système.

Elle en est sûre et c'est ce qui arrive ; il arrête de nouer sa cravate luisante de crasse et répète :

– Tu es encore rentrée complètement ivre, cette nuit !

– Toi, tu empestais la tequila ! Tu ronflais sur le ventre, ta chemise était tachée de sang et tu n'avais même pas ôté tes bottes !

Elle suspend aussitôt son activité du moment : disposer les tasses du petit déjeuner sur la table. Elle a la jungle dans les yeux.

– Harry, dit-elle, stop ! Nous sommes des dieux ! Ne devenons pas des épiciers !

– D'accord, admet-il. Mais quand tu n'es pas là, je compte chaque seconde.

Elle recommence à disposer le couvert. Ses lèvres sont sèches. Elle dit :

– J'ai fait ce que le type a voulu que je fasse. La tournée des boîtes. Il voulait que je boive. Alors j'ai bu. Il voulait que je l'écoute. Alors j'ai écouté sa vie de milliardaire. Et s'il avait insisté pour que je baise, j'aurais...

– Lola !

– Je me serais mise au pageot pour lui piquer son fric ! hurle-t-elle. C'est comme ça ! Parce que c'est ce que nous avons décidé de faire en nous associant, merde ! Et, bon Dieu, tu l'oublies trop souvent ! Piquer le fric des connards qui cherchent des corps et de la chaleur humaine ! Voilà ! C'était tout le programme ! Et nous l'avons fait depuis six mois ! Deux petits escrocs dans la mouise, deux paumés issus du même bled qui mettaient leurs talents dans la même corbeille ! Et je n'ai pas de comptes à te rendre, merde ! Même s'il se trouve que je finis toujours ma conne de nuit entre tes bras pourris ! Merde !

Elle devient hystéro, au fur et à mesure.

– Merde ! elle répète.

Elle couve des larmes plein les yeux.

Soudain, elle s'élance et vient se caler contre lui, avec ses poings fermés sous ses aisselles.

– Harry ! Harry ! suffoque-t-elle. Notre amour refroidit !

Il est capable de percevoir chaque spasme de son corps.

– Cette nuit, tout ce que tu avais à faire, c'était de séduire ce type, dit-il d'un air las. Pas besoin de boire pour cela.

Une série de tressautements incoercibles monte en elle et sa voix noyée dans les larmes lui parvient, enfermée dans un cri sans oxygène :

– Séduire ?... C'est pas le tout de séduire, Harry-blue ! Dans le business qu'on a monté, toi et moi, il faut aussi payer avec le corps... Donner pour mieux prendre...

Elle sanglote. Elle prend son temps. Il sent ses épaules qui se relâchent graduellement. Son buste qui s'alourdit.

D'un coup, elle bascule la tête en arrière, ses cheveux se dévident, elle le dévisage avec un sourire arc-en-ciel.

– Quelle conne ! Quand je pleure, c'est le bouquet, hein ?

– Non, ça me convient.

Elle plante les yeux dans les siens. Elle lit en lui. Elle se mord les lèvres. Elle pousse un gros soupir enfantin. Elle finit par murmurer :

– Harry Whence, si on ne tient pas compte de l'argent, je crois que je t'aime.

Elle respire à fond, un peu comme si elle venait d'enfiler les habits d'un nouveau personnage. Quelqu'un qui serait calme et qui aurait des forces neuves.

– Le député fédéral Gutierrez Moreno trempe dans beaucoup d'affaires sales, dit-elle. De l'argent va passer à notre portée.

L'esprit accaparé par cette pensée, elle ajoute machinalement :

– Je vais faire du café.

Elle s'éloigne. Il la suit des yeux. Il sourit. Cette fille-là possède une science pour arrondir ses hanches à chaque pas qu'elle fait.

Elle ouvre le placard où est rangé le moulin électrique qui a connu Raymond Loewy.

Lorsqu'elle réapparaît, son visage s'est fermé. Elle demande à brûle-pourpoint :

– Au moins, as-tu été capable de joindre la femme de Gutierrez Moreno ?

– J'ai fini par l'avoir.

Lola s'éclaire :

– Tu ne me disais rien ! Tu l'as eue au bout du fil ? À quelle heure, ton rendez-vous ?

– À neuf heures.

– Qu'a-t-elle dit, Harry ? Raconte-moi !

– Elle n'a pas manifesté un enthousiasme excessif à l'idée de me rencontrer.

– Où la vois-tu ?

– Au bord d'un trottoir. Devant la grille du parc de l'Alameda. Elle a refusé de passer à mon bureau.

– Tout ce que tu as à faire, c'est de lui proposer une série de photos en flagrant délit d'adultère, Harry. *Le député des pauvres et sa maîtresse yankee surpris dans leur petit nid d'amour !* Dis-lui que c'est ce qui marche le mieux avec les tribunaux pour obtenir le divorce.

– Qui te dit qu'elle veut divorcer ?

Il s'avance au-devant d'elle en enfilant sa veste. Il réfrène mal une grimace de douleur qui lui poignarde les reins. Il s'abstient de parler de sa soirée mouvementée. Il ne mentionne pas non plus ses débuts au pays des *drag-queens* ou sa rencontre avec le progériste.

Il répète :

– Pourquoi la señora Moreno souhaiterait-elle le divorce ?

– C'est de notoriété publique. Le couple du chiffonnier milliardaire et de la grande bourgeoise catholique a fait long feu depuis longtemps.

Harry se tient devant Lola. Elle inspecte sa mise. Remarque une coupure au coin de sa lèvre.

– Tu t'es battu ?

– Juste un combat de rue ordinaire.

– Qui a eu le dessus ?

– Ma propriétaire.

– Ce n'est pas le moment de plaisanter.

– Oh ! je cherche seulement à gagner du temps sur un avenir envisageable !

– Ton costume est dans un état pitoyable.

Elle rectifie son nœud de cravate, tapote la poussière accumulée dans le rembourrage de ses épaules, élève ses mains derrière sa nuque, fait voyager ses yeux sur les parements de sa veste.

– Tu n'es guère présentable, mon pauvre amour, mais je n'ai rien à t'envier... Ma dernière paire de bas vient de rendre l'âme...

– Pas grave, Lola. Tu vas continuer à faire un score d'enfer rien qu'avec la longueur de tes jambes.

Elle bat plusieurs fois des paupières et hausse les épaules.

– Harry, dit-elle, encore un point capital. Don Rafael veut m'installer dans mes meubles. Un studio pas trop loin de chez lui pour m'avoir sous la main. Je crois qu'il faudra que je cède si nous voulons faire avancer nos affaires.

Elle laisse s'installer un silence qui les plonge tous deux dans un inexplicable malaise.

– Ne peut-on pas échapper à cette situation... embarrassante ?

– Embarrassante, Harry ? Tu te contenterais d'un petit chantage aux sentiments alors que nous pouvons certainement prétendre à un pactole ?

– Qu'est-ce qui te fait dire ça ?

– L'odeur de la politique, mister Marlowe. Voici venir les élections, et d'importantes sommes d'argent transitent par le coffre de notre député.

– Attends au moins de voir ce que je peux tirer de sa femme.

– Moi, je sais déjà ce que je peux tirer du monsieur.

Les yeux gris acier de Harry encombrent soudain toute la pièce. Il tire une cigarette de son paquet et l'allume.

– J'espère que tu ne me doubles pas, Lola, dit-il en exhalant la fumée de la Lucky dans sa direction.

Elle cille rapidement.

– Harry, dit-elle en le fixant avec intensité et en prenant son visage buriné dans la coupe de ses mains. Harry, la vie est si moche sans bas et sans bijoux ! Montre-moi que je n'ai pas misé sur un tocard !

Elle est sur le point de reculer, il la retient contre lui.

Elle fait mine de s'effaroucher.

– Qu'est-ce que vous attendez de moi, monsieur ? demande-t-elle alors qu'une jolie lumière lui monte aux yeux. Que je prenne mon air de gamine vicieuse pour vous allumer les veines ?

– Vous n'arriveriez à rien, dit-il en entrant dans son jeu.

Ses yeux gris se fixent sur l'étoffe entrebâillée de la robe de chambre. Il sourit dans les vieux plis de sa jeunesse.

– Tout ce qui m'intéresserait à la rigueur, ce serait de vous pincer le bout des seins, mon petit. Est-ce que vous avez la poitrine lourde, au moins ?

Elle fait signe houlala que oui. Elle fixe sa bouche. Ses yeux adoucis se tapissent d'îlots de bonheur. Elle se hausse sur la pointe de ses pieds nus et effleure ses lèvres.

– N'oublie pas notre pacte, Harry, souffle-t-elle.

– Celui de Toronto ?

– Oui. Le pacte des enfants sauvages. Tu te rappelles ?

– Oui, récite-t-il. *Quoi qu'il arrive, où que tu sois, rendez-vous au petit matin blême...*

– *... à la gare routière, Harry.*

– *Je serai là dans l'état où je serai, et je t'attendrai.*

– *Et je viendrai.*

Ils se mesurent d'une façon étrangement pure et disent ensemble :

– *Si nous n'avons plus rien, il se trouvera toujours un bus pour aller ailleurs... À Santiago, Valparaiso, au Honduras... À Tempico, à Key Largo, à pile ou face...*

– *Et je t'aimerai.*

– *Et je t'aimerai.*

– Bonne chance, Harry ! dit-elle en retrouvant un ton ordinaire. Bonne chance pour ton rendez-vous.

Il la prend dans ses bras et écrase sa bouche contre la sienne. Elle ferme les yeux.

Comme on boit une source entière, il la serre contre lui. Elle se laisse emporter, puis chuchote dans un souffle :

– Et ne t'étonne pas si je ne rentre pas cette nuit. Rien n'est différent.

Quand il sort en claquant la porte, elle garde de lui un goût de dentifrice.

Huit heures du matin.

À Santa Cruz de Meyehualco, la villa bunker est silencieuse. Les enfants viennent de partir pour l'école avec leur gouvernante.

Dans la glace de sa coiffeuse, María García Moreno frotte ses lèvres l'une contre l'autre pour aviver l'éclat de son rouge. Gestes coutumiers. Gestes du matin.

Elle sort de sa chambre et passe sans s'arrêter devant les appartements de son mari. Pour sortir tôt ce matin, et bien que Rafael soit venu cette nuit tambouriner contre sa porte, elle a fait chambre à part.

Quelques minutes plus tard.

La jeune femme suit le couvert du patio. Elle est habillée avec élégance. Ses talons hauts résonnent sur le dallage. Des lunettes de soleil masquent son regard. Elle passe par le quartier des domestiques. Elle demande sa voiture à Clemente Lazaro, le factotum à tête de poisson séché. Elle conduira elle-même. Elle fait savoir qu'elle se rend chez son oncle Jacinto, qui est propriétaire à Xochimilco.

Cela aussi fait partie de son plan.

Son plan... Elle sourit imperceptiblement en se glissant derrière le volant de son cabriolet Volkswagen, et lance le moteur.

Huit heures vingt.

Manuel Ramos court sur la décharge de Santa Cruz de Meyehualco. Sur son parcours, les déchets croupis ajoutent leurs relents à la pestilence des charogneries. Les cendres de la veille fumotent au soleil naissant. Partout flotte une idée de pourriture mêlée à un parfum d'orchidées.

Manuelito court.

Un écart : un tesson de verre. Il s'arrête devant la grille électrique du service de sécurité.

Il remet son laissez-passer et sa dispense au chef flic. L'autre, sous sa casquette, le regarde méchamment. Il s'appelle Basilio Guerrero Barranca. C'est le genre de type puissant, avec une main ouverte pour accepter les pourboires et un poing fermé sur une matraque pour rappeler le réglement. Il n'aime pas les *pepenadores* protégés, mais Manuel sait y faire en tendant avec un sourire un cigare acheté spécialement.

À peine le chef l'a-t-il allumé qu'il le cache derrière son dos. C'est qu'il doit lever la barrière pour laisser passer le cabriolet blanc de la vraie femme du señor Moreno.

Celle-là, avec ses grands airs d'être ailleurs, elle fait bien de profiter de son mariage légal. Il se pourrait qu'il ne dure pas toute une vie.

Encore une fois, elle passe près de Manuel sans le voir.

L'enfant lui tire la langue dès qu'elle est loin, emportée dans un tourbillon de poussière.

Un jour il se vengera.

Huit heures trente.

Sur une colline de détritus.

Popeye se redresse, l'estomac en descente. Vieux débris tout au bout de la pente. Soixante-dix-huit ans, un air de tango dans la tête. Il ne se pose pas la question de savoir pourquoi il est là. Il crache son jus de tabac, gratte vaguement son maigre biceps et profite de la vue pour regarder passer au loin l'automobile blanche de la señora María qui s'en va vers la Ville.

Il se courbe à nouveau, avance d'un pas, gratte le sol fumant et met au jour une boîte de cirage. La boîte, c'est dans la musette qu'elle doit aller. Rayon des semi-précieux. Avec les vieilles branches de lunettes, les pièces qui n'ont plus cours et les médicaments périmés.

Ah ! voilà son petit-fils, Manuel, qui arrive en courant. Popeye affecte de ne pas le voir. Il a de nouveau son air de tango dans la tête.

Le gosse s'approche du vieux. Il dit :

– Don Rafael n'est toujours pas venu voir Isabel.

Le vieux farfouille la poudre du terrain, sourd à la mauvaise nouvelle.

Manuelito coupe la route à son grand-père. Une grande immobilité habite le visage de l'enfant, dominé par des yeux immenses.

Il dit aussi :

– Isabel a souri à Felipe.

Cette fois, Popeye prête l'oreille :

– Felipe ?

– Un garçon de vingt ans qui jouait au *blaid* sur le fronton de Santa Catarina. Isa dit qu'il aurait pu devenir champion de *rebot,* l'an prochain, s'il n'était pas parti au maquis des Chiapas.

– Il ne faut pas qu'elle sorte avec un zapatiste !

– Felipe veut l'emmener à la procession de Zacatecas.

– Don Rafael peut se décider à venir n'importe quel soir. Il ne faut pas qu'elle provoque sa colère !

– Elle parle à son amoureux par la fenêtre. Il lui a fait cadeau d'une balle en caoutchouc recouverte de peau. La dernière fois qu'ils se sont parlé, le vent a soulevé leurs cheveux. Il faisait presque nuit. Je crois qu'elle l'a embrassé !

Popeye se dresse en faisant sa grimace sans dents qui indique la colère. Le soleil est en boule de feu au-dessus de sa tête.

Il dit :

– Je passerai voir Isabel. N'en parle surtout pas à ton père.

Manuel s'éloigne. Popeye le suit des yeux tandis qu'il court jusqu'à sa parcelle. Il voit le gosse s'accroupir pour soulever une pierre sous laquelle est caché son croc.

Le vieux fixe un moment la lumière plate et aveuglante qui ôte tout mystère au terrain défoncé et banalise chacun des objets orphelins qui surgissent au hasard de la fouille. Il reprend sa quête au milieu des oiseaux. Poupées décapitées, pneus éclatés, machines à laver sans tambour, juke-box dérisoires, journaux porteurs d'ex-catastrophes...

En même temps que lui, tout un peuple asservi se déplace. Attentivement courbé, avec des bâtons, des gaffes, des outils de fortune, il creuse, fouille, trie, soupèse, rejette, entasse. Pieds nus à Albuplast, mains crevassées, visages tendus par la quête, une sorte de boulimie du désespoir emprisonne des centaines d'êtres, les pousse vers le sommet de la décharge, les oblige à passer à côté de leurs semblables sans les voir, sans les regarder, sans que se glisse le moins du monde dans leur lente recherche la plus infime trace de fraternité.

« Si tu es pauvre assez, tu n'as rien à donner de trop », a coutume de dire Popeye.

Chacun pour soi. Chacun son cuivre. Son papier. Son poids d'immondices. Son incertitude de l'avenir. Son tracas de chair.

Et la peur du meurtre qui rôde.

Neuf heures trente-cinq.

Déjà une demi-heure que la Ford sèche sur ses pneumatiques en plein soleil. Déjà une demi-heure que je fais les cent pas devant la grille du parc de l'Alameda.

À force de raboter le macadam au milieu des cireurs de godasses et des petits marchands de ballons, je parie que j'ai le dos voûté par cent ans de malheur.

Les yeux réduits à l'état de meurtrières pour filtrer la lumière, je me redresse, histoire de lutter contre le signe des vaincus, et, persuadé que je viens d'encaisser un lapin de la part de la señora Moreno, je jette rageusement ma cinquième cigarette à mes pieds et l'écrase sur le goudron en fusion.

Elle se manifeste aussitôt. À croire qu'elle guettait mon impatience. Surgie du flot de la circulation que déverse le paseo de la Reforma, sa petite Volkswagen s'immobilise au ras du trottoir.

Par la vitre côté passager, je vois s'encadrer le visage autoritaire de María Gutierrez Moreno. Elle a un chignon net et porte des lunettes fumées.

Je m'efforce de lui sourire avec autant d'enthousiasme que si elle faisait partie de cette catégorie de personnes incandescentes qui déclenchent l'amour à première vue et je lui dis la vérité :

– Il me semble bien que j'ai déjà vu passer plusieurs fois votre joli cabriolet devant mes moustaches.

Elle répond que c'est bien possible et me fait signe de monter dans la Coccinelle.

– Pourquoi ne pas bavarder plutôt devant un verre ?

– Nous parlerons tout en roulant, tranche-t-elle. Je vous redéposerai ici quand nous en aurons fini.

– Pourquoi ne pas vous être manifestée avant le troisième passage ?

– Quatrième, rectifie-t-elle. Je voulais voir à quel sorte de type j'avais affaire.

– Déçue ?

À la place de son regard, elle impose ses lunettes noires et des reflets.

– Guérie depuis longtemps, répond-elle.

Je touche le bord de mon feutre, je me marre et suis sur le point de me glisser auprès d'elle dans la Volkswagen lorsque mon attention est attirée par le manège d'un obèse en imper. L'homme ploie sur ses genoux avec une aisance de pachyderme et envisage de me prendre en photo.

Je proteste instinctivement :

– Hé, vous ! Je ne vous ai pas demandé de me tirer le portrait !

– C'est bien possible, marmonne l'éléphant avec un air un peu cinglé.

Le nez écrasé par son appareil, il se remet à besogner sa bague de mise au point. Il cafouille assez longtemps avec ses diodes et finit par appuyer sur le bouton déclencheur.

Avant que j'aie pu l'interpeller à nouveau, il fait un petit signe de remerciement avec une main potelée d'enfant. Il remise son appareil au fond de sa poche et en sort une tablette de chocolat qu'il enfourne aussitôt dans sa bouche. Il se met à mâchouiller à toute vitesse et s'éloigne en tripotant une ficelle.

Au bout de quelques pas, il se retourne. Ses yeux porcins croisent les miens. Tout en gouvernant sa marche à reculons, il tend sa ficelle d'un index à l'autre, dessine un cadre avec ses deux mains en forme de parenthèses et m'adresse un sourire attendri :

– Joli couple !

– Montez vite, ordonne la señora María García Moreno d'une voix précipitée, sinon il est capable de nous tenir la jambe pendant une heure !

Elle démarre sur les chapeaux de roues et nous empruntons l'avenue Juarez, lancés comme des bolides.

– Un photographe de trottoir, commente-t-elle. Il est souvent là.

– Qu'est-ce qui l'attire en moi ?

– L'odeur du gringo ! Demain, s'il vous revoit au même endroit, il vous proposera d'acheter votre portrait et de vous guider pour le tour de la ville.

Elle conduit à gestes précis, l'œil rivé sur le rétroviseur, et ne me laisse pas trop longtemps coincé contre le tableau de bord spartiate de sa bagnole. Elle dit sans se détourner de sa conduite :

– Je vous conseille de reculer votre siège si vous voulez retrouver un peu de prestance.

Puis elle enchaîne :

– Vous êtes américain... Pourquoi avoir choisi de vivre sur le territoire mexicain ?

– Par obligation.

Elle conduit. Elle traverse une place grouillante de vendeurs en tout genre, fleurs, babioles, cigarettes et sucreries, double un peloton de cyclistes multicolores peints sur une façade par un muraliste, vire à droite, plonge dans l'ombre d'une ruelle malodorante et débouche à nouveau sur une grande artère.

Elle prend un demi-siècle pour rêver. Elle se détourne à peine et persifle :

– J'imagine que les États-Unis étaient devenus trop étroits pour vos enjambées, monsieur Whence ?

– Il y a un fond de divination dans ce que vous dites.

Elle réfléchit encore. De sa voix nette, elle demande :

– Qu'est-ce que je peux faire pour vous, monsieur Whence ?

– Vous ne croyez pas que vous êtes en train d'inverser les rôles ?

– Je ne le pense pas. Celui de nous deux qui a le plus besoin de l'autre n'est pas fatalement celui auquel on s'attend.

Je la cueille avec un sourire irrésistible :

– Qu'est-ce qui vous fait dire une chose pareille ?

– L'état de votre garde-robe, monsieur Whence. Votre costume n'a pas vu un pressing depuis longtemps. Votre col de chemise est élimé. Vous avez sûrement besoin d'argent.

– Seulement parce que je débute une clientèle.

– Vous êtes installé depuis quand ?

– Deux mois.

– Combien de cas intéressants ?

Sans tenir compte de ma réponse qui n'arrive pas, elle hausse les épaules. Elle murmure comme si elle épousait ma cause :

– L'adultère ne paie plus, de nos jours. Il est banalisé par la liberté des mœurs.

– C'est vrai, mais les enquêteurs sont quand même très sollicités.

– Vous êtes très sollicité, monsieur Whence ?

Je pense malgré moi à la mythique cliente aux yeux verts, à la capiteuse créature de rêve qui est censée entrer dans mon agence pour me proposer de partir avec elle pour Hawaii dans sa décapotable. D'un coup de bec, Arturo Xolaxola, vieux cauchemar d'oiseau mité, crève la capote et chasse la magnifique blondeur vénitienne de mon écran intérieur. Je cède à la désillusion.

Ma voisine pouffe de rire.

J'essaie de reprendre pied sur la berge. J'allume une cigarette de désinvolture et lui dis :

– Je me suis permis de vous appeler hier parce que votre cas m'intéresse.

– Vous voulez dire : mon argent ?

– J'ai simplement voulu vous informer que mon cabinet était susceptible de vous fournir à brève échéance des preuves juridiques de votre infortune.

– Infortune ! Ça ne m'intéresse pas beaucoup, ce que vous me racontez là, monsieur Whence. Il y a beau temps que je ne m'occupe plus des liaisons qu'entretient mon mari avec la Terre entière !

– Je ne vous offrais pas un compte rendu ordinaire... Je vous proposais l'assurance d'un divorce confortable, argumenté par des preuves irréfutables.

– Quoi ? Des photos scabreuses ?

– Des documents qui vous permettraient de constituer un dossier et de convaincre la cour de vous dédommager royalement.

Elle file sur Piño Suarez, sans doute pour rejoindre le boulevard Presidente Miguel Alemán. Ses yeux s'aiguisent de mauvaises pensées :

– Qui vous dit que je souhaite divorcer ?

Je la laisse mijoter un peu.

– Cette méchante petite ride amère qui commence à s'installer au coin de vos lèvres.

Enfin une parole magique !

Étoile de marbre se retourne. Elle stoppe sa voiture en catastrophe devant le reflet d'une devanture.

– Bien vu, dit-elle. Vous venez de gagner un costume !

Je la dévisage. Vêtue d'une harmonie de violine et de noir qui donne à son maquillage le reflet mystérieux qu'elle a souhaité, elle s'illumine d'un sourire radieux.

– Suivez-moi, voulez-vous.

Elle est déjà sur le trottoir et entre dans un magasin de fringues. Rien que du bon genre *made in England.* Elle va à la rencontre du vendeur obséquieux dont le bras gauche est orné d'un coussinet de velours noir bourré d'épingles.

Elle laisse le chauve en gilet s'incliner devant elle, met un terme à ses palabres et me désigne en faisant aussi peu de cas de ma personne que si j'étais une branche inutile sur un arbre mort.

Elle donne ses instructions sans aucune gêne, avec une belle autorité :

– Il s'agit d'habiller monsieur. Un costume ample et souple. Une toile légère qui convienne à sa silhouette élancée. Vous ajouterez deux chemises et deux cravates.

Elle ne tient pas compte de ma protestation mesurée. Elle s'assied avec désinvolture dans un fauteuil qui fait face à la cabine d'essayage. Au risque de retarder la vente, elle croise ses jambes vertigineuses et laisse entrevoir la soie noire qui commande l'embouchure de son fleuve subtropical. Elle se désintéresse momentanément de mon sort tandis que le vendeur m'entraîne devant un peloton de complets sur cintres.

Quand je ressors de la cabine, elle me détaille comme quelqu'un qui a beaucoup changé. Elle se lève, jette un regard vif sur la vie ordinaire et signe un chèque en passant à la caisse.

De loin, elle me fait signe de la suivre et rejoint sa voiture. L'air est étouffant quand elle nous lance à nouveau dans le flot de la circulation. Elle a remarqué du coin de l'œil que j'ai conservé mon vieux costume. Le neuf est plié dans un sac de papier renforcé à la marque du tailleur, et je le tiens précieusement sur mes genoux. Elle ne formule aucun sarcasme à ce propos.

– Êtes-vous prêt à travailler pour moi ? demande-t-elle à brûle-pourpoint.

– C'est mon plus cher désir, la rassuré-je.

– Combien prenez-vous par jour ?

– Soixante dollars, plus mes frais. Si je constitue un dossier, il faudra prévoir...

– Je ne suis pas en train de vous passer commande pour vos fichues photos pornographiques... Je vous prends à l'essai dans le rôle de confident. Saurez-vous tenir ce rôle ?

– Que devrai-je faire ?

– Rien pour le moment.

– Vous envisagez de me payer à ne rien faire ?

– Le temps de comprendre si vos motivations peuvent coïncider avec les miennes.

Le visage modelé par le plus grand sérieux, j'assure ma cliente qu'avec un homme aussi résolu que moi elle trouvera toujours une épaule robuste et loyale sur laquelle appuyer sa tête.

– À demain même heure, dit-elle d'une voix brève. Voici pour vos premiers frais.

J'empoche l'argent sans regarder la somme.

Du fond de sa tombe sous les feuilles d'érable, cette vieille canaille de Neal Fenimore Whence me fait aussitôt parvenir un clin d'œil encourageant.

Un détective qui a deux clients sur son carnet d'adresses peut se vanter d'être à la tête d'une clientèle.

En signe de réussite et pour me venger de la vie tellement fauchée que j'ai menée jusqu'à l'âge de cinquante et un ans dans deux jours, je passe par les boutiques de la Zona Rosa.

Je les trouve chères et toc.

Je fais donc le détour par El Puerto de Liverpool. J'y achète deux paires de collants pour Lola, plusieurs bouteilles de whisky pour qui aura soif. J'ajoute à mes emplettes une jolie paire de boucles d'oreilles en argent de chez Sanborn's et du parfum français. Pour moi, un feutre avec les bords rabattus dans le style de Dashiell Hammett et une pochette pour faire le joli cœur.

Je décide de repasser en coup de vent par mon bureau pour être certain qu'Arturo Xolaxola n'a pas laissé de message.

Sur le répondeur, je capte sa voix nasillarde et haut perchée. Il m'apprend qu'il a dégoté l'adresse du repaire de Drag-Mex et de sa section Haine de l'espoir. Elle, quelques autres folles de son espèce et le baron Chac-Mool vivent, forniquent et se piquent dans un vieil entrepôt de terminal Aerea. 288, Rafapunk Street exactement. Il me demande d'aller jusque là-bas si j'en ai le courage. Il souffle comme un phoque dans le récepteur et termine sa communication en disant qu'il n'en a plus pour très longtemps. Menace de thrombose généralisée. Les blouses blanches le lui ont dit ce matin de bonne heure à l'hôpital. C'est de là qu'il m'appelle. Il s'apprête à subir quelques examens supplémentaires. Quoi qu'il arrive, il sera à notre rendez-vous de dix-neuf heures devant le ciné El Rio. Est-ce que j'avance, avec le fauteuil ?

J'appelle Lola à l'hôtel El Mirador, mais elle ne répond pas. Je me donne un quart d'heure avant de la rappeler, bien décidé à lui faire la surprise de ma visite dès qu'elle s'éveillera.

En attendant, j'essaie mon costard neuf et mes nouvelles chemises. Je choisis une cravate unie en shantung. Je coiffe le feutre. Je fais bouffer la pochette. Je tente à nouveau plusieurs fois de suite de joindre Lola. J'écoute sangloter la sonnerie à l'autre bout de la ligne. Je laisse sonner. Le gérant de l'immeuble finit par décrocher. Il me parle la bouche pleine de fourmis et m'apprend que la rousse est sortie.

J'allume une Lucky et ferme les poings.

– T'es cocu ! chevrote sans ménagement la voix de feu Fenimore Whence. Ça se voit comme une pioche au milieu du visage !

Je trempe ma cigarette dans l'eau du pot de fleurs et papa se fracasse la gueule dans la rivière. Entraîné au fond des remous par une truite monstrueuse, le pêcheur disparaît. Débarrassé de lui, je fais venir Marlowe pour une leçon de maintien. Le détective de charme sort de la penderie, balance son chapeau à l'arrière de sa nuque et se tâte l'occiput.

– Je vois qu'on joue les avantageux ! persifle-t-il.

Il inspecte ma tenue et se reprend aussitôt :

– Je blaguais. Mais, nom d'un pétard, Whency, voilà un costard qui va te relancer auprès des brunes sensuelles !

J'émets un croassement affirmatif et défile, mains dans les poches.

J'en suis exactement à me trouver une silhouette flatteuse dans le reflet de la vitre ouverte, quand j'entends battre la porte dans mon dos.

Je redescends immédiatement sur terre pour contempler les autres bonnes choses de la vie et mon sourire se fige à la vue resplendissante de la señora Preciosa Vasconcelos-Arrampa.

Sous ses faux cils, les yeux de ma propriétaire luisent ainsi que des pépites d'anthracite. Une robe translucide longe son corps comme une chute d'eau.

– Je viens pour encaisser le loyer, annonce-t-elle d'une voix plus nette qu'un coup de couteau.

– Vous arrivez une petite demi-heure trop tard, suis-je obligé d'admettre. J'ai bouffé mes avances.

Bien que trempé, Neal Fenimore Whence, le caissier indélicat de la banque du Montana et de l'Industrie, reprend pied sur la berge et me reproche aussitôt mon imprévoyance. Son rire sous cape fait la plus grinçante des musiques dans ma tête.

Je retrouve d'un coup une vieille sensation enfouie. Tout le cancan du désespoir qui déferle sous mon crâne. Des hordes de danseuses à talons aiguilles qui lèvent la jambe derrière ma nuque et la rebaissent. Tap, tap, la cadence. L'angoisse complote autour de moi. La baie vitrée se casse la gueule. Les contours de la pièce se gomment. L'immeuble General Anaya s'incline. Du béton et des nuages fuyants entrent dans la pièce.

Sensation fulgurante d'être un autre, *de regarder un monde cassé, monsieur.* Toute l'architecture qui s'émiette. Le balcon, pour commencer. Je regarde mes pouces d'assassin. *Je suis un type méchant, monsieur.* Et on n'a pas intérêt à m'échauffer.

Je m'accroche de façon désespérée à la rambarde. J'ai les jambes qui pendent dans le vide.

– Vous vous êtes mis dans un mauvais cas, bourdonne la veuve. Il va bien falloir trouver un arrangement.

Elle s'assied en face de moi et croise les jambes.

Je porte la main à ma nuque douloureuse et, sur les conseils de Marlowe, j'ouvre le tiroir du bureau. Je bouffe deux pilules bleues et prends une rasade de whisky.

Je siffle encore un peu de Rye. Mon front est couvert de sueur. Lové au creux de mon fauteuil, j'entends craquer les bois du naufrage. J'attends que les verticales se redressent – *Harry avait si mal, monsieur* – et que Preciosa, avec ses cubes et ses diagonales, cesse de se prendre pour la *Femme qui pleure* de Picasso.

– Vous avez deux mois de retard pour vos loyers, dit-elle. Et moi, une bonne année pour le sexe.

Je me sens le cerveau engourdi, mais ce qu'elle dit parvient jusqu'à moi sans que j'aie trop envie de la tuer dans l'immédiat. Je trouve les forces de me lever. Toute agressivité disparue, j'ai l'impression de marcher dans la vase. La baie vitrée retrouve son cadre en alu. Preciosa Vasconcelos-Arrampa est devenue un Botero qui s'ignore.

– J'ai envie d'un bel homme, dit-elle en décroisant ses jambons.

Elle se jette dans mes bras. Je lui abandonne mon corps. Elle dit que c'est le prix à payer.

Je plaque mes lèvres sur les siennes. Marlowe se retire sur un coup de chapeau.

Le visage noyé de brume de reconnaissance, la veuve se cambre. Sa main de gitane s'élève pour atteindre son peigne. Alanguie, elle dénoue d'un seul geste ses longs cheveux noirs.

– Tu sais, souffle-t-elle, je suis si seule ! Parfois, tout ce que je veux, c'est m'allonger à même le sol et sentir un homme.

Dans un grand emboutissement rythmique, elle se jette sur moi. Elle me renverse.

– Rends-moi heureuse ! supplie-t-elle.

Mon Dieu, pourquoi pas ? pensé-je tout en essayant de ne pas céder au vertige. C'est si facile de rendre un avenir à quelqu'un !

Et je ne sais plus ce que j'ai fait.

Douze heures trente.

Lorsque je reprends mes esprits, je, *Harry Whence, monsieur,* suis en train de filer sur le trottoir défoncé de la calle Pedrote Gante. Je slalome entre les nids-de-poule avec un goût de dentifrice dans la bouche.

Je constate que j'ai troqué mon costume de play-boy contre ma vieille défroque de flanelle usagée et que, pendue à mon encolure, ma cravate luisante d'usure a remplacé la jolie régate en soie sauvage offerte par la señora Gutierrez Moreno.

À part cela, rien de notable.

Entre pollutions et détresses, la Ville n'a guère changé. Des nuages brouillés se mêlent au *smog,* annonçant des pluies salissantes. Sur fond gris, une danseuse cubaine en néon allume ses contours. Michael Jackson annonce que *le monde préfère Pepsi.* Et le cow-boy de Malboro fume cigarette sur cigarette dans l'étouffante moiteur de la mi-journée qui s'étiole.

Je hâte le pas.

J'ai décidé d'essayer de boucler l'affaire du fauteuil roulant au plus vite afin de pouvoir me consacrer entièrement aux péripéties qui ne manqueront pas de surgir dans l'épisode Moreno.

Du moins est-ce la raison que je me donne, même si la vérité est beaucoup plus idéaliste. Beaucoup plus sentimentale..., corrigerait mon père.

Mille fois raison, Fenimore !

Et d'ailleurs, pourquoi ne pas avouer que ma rencontre avec un être infiniment petit, infiniment laid et vulnérable, dont la vie fuit comme du sable renversé, m'a fait riche de l'éternité de chaque seconde ? Rescapé de mon inaptitude au bonheur, depuis que j'ai rencontré Arturo, le présent est devenu roi. Cette revalorisation du temps est sans doute la dernière avanie de Harry Whence le raté.

Sur le trottoir, je contourne les jambes couvertes de pansements d'un clochard qui prophétise tout en lisant l'*Excelsior* à l'envers que c'est le 7 qui va gagner ce soir à la Loterie nationale, et je grimpe dans un autobus.

Direction l'enfer.

Rafapunk Street et sa misère. Rafapunk où le brouillard de l'aube ne se lève jamais sur la poussière de ciment. Où les enfants se cramponnent à un sac de plastique, à une pelure d'orange, à un rouleau de papier hygiénique. Parce que c'est tout leur trésor, leur rêve, la mesure de leur endurance. Leur unique moyen de survie. Et que leurs yeux agrandis par la peur guettent si la Dame à patins à roulettes ne va pas venir faire des pointes sur leur thorax décharné.

La Dame passe chaque jour. Impartiale et sereine, la Dame en minijupe de soldat grec. Elle rôde près de leurs abris de carton comme un frisson sur la peau.

Chaque jour. Au bout du monde.

La Dame vient. La Dame est là. Les enfants meurent.

Je me cale sur le siège de bois fendu, près d'une vitre cassée, à l'arrière de l'autobus.

Envie de rien. Désir nul. Plus de mémoire.

Une Mexicaine aux entournures d'Andalouse, les mains lourdement baguées, d'immenses anneaux aux oreilles, s'installe à mes côtés dans un bruissement d'étoffe. Elle cajole un coq noir dans un panier.

Un type en équilibre instable sur ses jambes arquées grimpe après elle. Il se frotte le front avec un vestige de serviette éponge portant la marque d'un bon faiseur. Peut-être est-il ivre. Peut-être est-il déphasé dans la ville par l'abus du mezcal. Peut-être a-t-il oublié que le *mixiote* au goût suave rend le temps inerte. En tout cas, du haut du marchepied branlant où il est juché, il accable de ses sarcasmes la foule des voyageurs qui attendent.

Il leur dit :

– *No digas bobadas !* La révolution, pourquoi on la laisse aux communistes ? Espèces de cons ! Bandes de timides, de dégonflés ! Aussi vrai que ce signe de la croix vaut miséricorde, arrachez les dents de la finance ! Bordel Dieu ! Ne laissez pas faire la politique ! *Es malísimo !* Les paysans ne peuvent plus payer leurs dettes ! Ils revendent leurs terres et rejoignent les bidonvilles de Mexico !

Le chauffeur lui fait signe de dégager le volet de la porte automatique. Dans un bruit de soufflets qui chassent l'air, il embraie en force et lance le mastodonte sur le bitume.

Alors que le bus quitte la cohue de ceux qui sont laissés pour compte à la station, je distingue vaguement la silhouette bondissante d'un gros homme. Son obésité me rappelle quelqu'un, mais je ne sais plus au juste qui, et d'ailleurs, l'essentiel pour moi, en cette minute, est de remettre la main sur Drag-Mex et le baron Chac-Mool.

– Nous n'avons plus comme richesse que la rébellion ! crie le type aux épaules étroites.

En remontant la travée du bus, il adopte le pas chaloupé du marin dans la tempête.

– *¡Compañeros pasajeros ! ¡Viva la Revolución !* hurle-t-il, puis il s'éteint sans raison apparente.

Toute exaltation retombée, il passe sa main dans sa barbe de plusieurs jours. Ses yeux lui dévorent le visage. Il se laisse tomber sur une banquette, se signe plusieurs fois avec un drôle de sourire et paraît s'endormir.

Le bus continue à faire son chemin avec emportement. Spasmes, accélérations, coups de frein intempestifs. Le chauffeur passe les rapports. Le Christ, endimanché de couleurs vives, danse la gigue devant le rétroviseur. La carrosserie gémit de façon alarmante. Le bus tient bon. Le chauffeur fonce. Il crache par la vitre ouverte. Solidaires des soubresauts de la bête mécanique, les passagers encaissent avec stoïcisme les chocs, les secousses, les dérapages.

– *¿ Dónde tengo que bajar para ir a Terminal Aerea ?*

Je me suis tourné vers ma voisine pour savoir à quel arrêt je dois descendre.

Le temps d'un effet de tôle ondulée sur le macadam, nos joues, nos colonnes vertébrales trépident à l'unisson.

– *¿ Terminal Aerea ?* me fait-elle répéter avec beaucoup de chichis et d'embarras.

– Oui.

Elle rougit. La lumière inonde son visage plat.

– C'est là-bas, le long de la trouée Ermita Iztapapla. Tout au bout de la ligne.

Elle montre sept doigts.

Je ferme les yeux et confie ma carcasse aux tressautements de la machine brinquebalante.

Fernando Cabrera, commissaire exilé au fin fond du district de terminal Aerea, chasse loin de ses terres.

Il est en nage. Il a couru.

Depuis le taxi où il a pris place, il ne quitte pas des yeux le bus municipal qui file en cahotant vers l'est et le ramène à chaque tour de roues vers sa banlieue pourrie. À chaque arrêt, il demande au chauffeur de freiner et guette si son gibier va sortir de la boîte.

Canal del Norte. Allende. Morelos. C'est fait.

Terminal Tapo. San Lazaro. Moctezuma. C'est fait.

Terminal Aerea. Nous y voilà.

La musique des haut-parleurs tonitrue dans la poussière grise. Le gros flic baisse la vitre et respire avec bonheur l'air asphyxiant des terrains vagues. Il est revenu dans son fief.

Ici commence un territoire réservé, propriété des miséreux. Ici, au cœur des étendues poudreuses qui ont remplacé les lacs asséchés, les enfants ne grandissent plus. Ils ont sur la langue un avant-goût de sang. Leurs parents construisent leur maison dessus la cendre. Ils sont prêts à défendre cet endroit au prix de leur vie.

Dans la distance, le taxi vert du policier mexicain s'est arrêté. En observant sa proie, Cabrera essuie fébrilement le bord intérieur de son panama borsalino avec un mouchoir qui a déjà beaucoup servi.

Là-bas, le privé vient de prendre pied sur le terrain vague. Il bavarde quelques instants avec une Indienne qui lui indique une direction. Il porte la main à son feutre et s'éloigne sans se retourner, tandis que le bus fait demi-tour dans un épais nuage de poussière.

Cabrera a réglé sa course. Il s'élance aux basques de son homme.

C'est l'instinct du chasseur qui le pousse. Il n'a rien contre l'Américain. Mais un privé qui grenouille en eaux saumâtres mérite toujours qu'on s'intéresse à lui. D'autant que le gringo possède un casier judiciaire.

Hier, après qu'il a faxé la photo prise devant le parc de l'Alameda, Cabrera a reçu communication d'un dossier d'Interpol. Harry Whence n'est pas un soleil doux pour enfant plume. C'est un vrai méchant descendu de la jungle des prisons.

Cabrera gratte son thorax velu. Il tripote tout en marchant une cinquantaine de centimètres de ficelle nouée en boucle. De cette boucle, à force de contorsions de ses doigts boudinés, il tire des prodiges de figures géométriques. Parfois, si ses deux mains sont prises par la complexité de l'écheveau, il tient une extrémité de l'ouvrage avec les dents. Il vient de réaliser successivement le

« Matelas » et la « Scie » lorsque l'Américain met un terme à sa promenade.

Le grand type aux cheveux gris lève la tête en direction du premier étage d'une bâtisse aux fenêtres endormies. Il s'agit d'un ancien entrepôt mangé par la rouille. Peut-être un atelier désaffecté.

Il traverse la rue, feint de s'intéresser à la boutique d'un écrivain public et finit par se poser devant le comptoir d'un de ces marchands ambulants qui, tout le jour, poussent devant eux leur *puesto* de haricots rouges.

Cabrera inspecte une plaque où il est écrit à la peinture qu'on se trouve sur Rafapunk Street. Le commissaire sait de quoi il retourne. Seules les bandes ont ici le pouvoir de rebaptiser les rues. Il sait aussi ce qu'il faut attendre de ce territoire peuplé par les flingués, les camés, les homos, les tordus.

Bordels, rockers et bastons.

Le reste, tout le reste, c'est le fric. La loi, ici, c'est baiser ou être baisé.

Cabrera s'avance à découvert. Harry Whence lui tourne le dos. Le commissaire entre dans une pissotière d'où il pourra observer sans être vu.

Sur les murs, c'est marqué *« Chayo aime la verge »*. Des horreurs comme ça. Le sol est jonché de sacs de colle et de préservatifs usagés.

Cabrera fait des nœuds. Il défait des nœuds. Il regarde manger l'Américain.

Pour ne pas trouver le temps trop long, le policier mexicain se récite la recette des *fríjoles refritos* pour six personnes :

Un demi-kilo de haricots rouges préalablement trempés pendant plusieurs heures en changeant l'eau deux ou trois fois.

Faire cuire les haricots rouges dans de l'eau salée avec deux oignons, une gousse d'ail, un bouquet garni. Laisser cuire une heure. Égoutter, mais conserver le jus de cuisson. Faire revenir dans une poêle quatre cuillerées d'huile d'arachide. Y faire dorer un oignon haché et ajouter une partie des haricots. Faire frire. Remuer. Ajouter un peu de bouillon. Écraser les haricots à la fourchette. Laisser cuire jusqu'à ce que la mixture prenne un aspect de purée frite. Ajouter le reste des haricots, un peu d'huile. Écraser à nouveau. Remuer.

Remuer. Remuer. Remuer.

Ajouter cinquante grammes de râpé. Éteindre. Couvrir pendant cinq minutes.

Servir.

Les yeux mi-clos pour filtrer la lumière blanche du smog étincelant qui se déploie comme le fantôme d'un lac disparu, Fernando Cabrera rêve à une sauce guacamole, riche, sombre, onctueuse, subtile et relevée.

Treize heures.

Sous une drôle de lumière un peu verte de produits chimiques, Santa Catarina, un faubourg nouveau.

Une femme mord dans un sandwich, assise à l'aplomb d'un réverbère qui clignote.

Une voiture de patrouille passe au ralenti.

Un chien au pelage jaune rend visite au tronc déplumé d'un ficus et lève la patte.

Lola traverse la rue en courant.

Elle est maquillée. La taille sylphide, les cheveux défaits en crinière, elle court le long des maisons récentes, toutes semblables.

Callejón 61, elle s'immobilise devant un petit immeuble. En donnant des hanches, elle grimpe l'escalier de cinq marches. C'est vraiment une beauté à regarder.

Elle sonne. La gâche de la porte se libère. Elle suit un couloir jusqu'à son extrémité et rallume la minuterie qui vient de s'éteindre.

À l'étage, une porte s'ouvre. Il y a une légère palpitation dans l'air. La chanson *El Triste,* interprétée par José-José, parvient jusqu'à l'Américaine. Le visage grave d'Isabel Ramos se penche par-dessus la rambarde de l'escalier. Elle devine que don Rafael est en train d'installer une nouvelle conquête dans ses meubles. Elle épie un moment sa rivale, fascinée par son teint transparent et sa crinière fauve qui bientôt disparaît à sa vue.

Lola s'est immobilisée devant une porte entrouverte. Elle pénètre dans un appartement récent aux normes standardisées. Les peintures à peine sèches exhalent une odeur vinylique.

Immobile dans la grotte profonde d'un canapé, don Rafael l'attend. Le torse soudé, attentif à lire les pensées de celle qui se risque dans le living contemporain, il sourit d'un air engageant.

La rousse tourne autour des murs à la façon d'un chat. Elle flaire la cuisine, la chambre et la salle d'eau. Elle revient sur ses pas. Il a l'air amusé par l'état d'exaltation où elle se trouve.

– Ce studio est à toi ! lui dit-il. Tu vas t'installer ici !

Elle ouvre la bouche de surprise, mais fait tout pour se calmer. Elle le regarde.

Don Rafael s'ébroue.

– Eh bien ! s'écrie-t-il en se frottant les mains, tu es l'hôtesse ! Sers-nous à boire quelque chose ! Qu'attends-tu ?

Elle se rend au bar, s'acquitte de sa tâche. Elle ajoute des glaçons.

– *Es estupendo !* Je vois que tu sais déjà où se trouve l'essentiel !

Elle pivote sur ses talons. Elle lui sourit en protégeant ses prunelles de l'éclat du contre-jour.

– Tout est si facile, ici. Si logique... J'ai l'impression d'être de nouveau dans la bonne direction.

Les deux verres à la main, elle s'approche du nabab et lui tend son whisky. Elle élève son verre embué et le pose contre sa joue.

Elle prend l'air grave :

– Tu te moques de moi, n'est-ce pas, Rafael ?

C'est la première fois qu'elle l'appelle par son prénom.

– Pas le moins du monde.

– Si. Tu crois que je renie mon monde. Mais ça m'est égal... Je suis si fatiguée de la glissade. De la crasse. Des accommodements.

Les mains à plat sur ses genoux, il lève les yeux et la fixe.

– Ça, au moins, je crois que je peux le comprendre...

Il ajoute avec bienveillance :

– La vie n'est pas à subir, petite fille. Elle est à vivre... Va jusqu'à la chambre... Ouvre la penderie... pour me faire plaisir !

Une surprise ? Le jeu reprend ? Elle y court !

Elle fait coulisser les portes. Elle découvre une garde-robe en ordre de marche. Elle va de découverte en découverte. Une envie de crier soulève sa poitrine. Sa main butine les soieries, le linge de maison, les bas fins. Elle revient avec une robe blanche à col de dentelle.

– Ça aussi ? C'est à moi ? Comment te remercier ?

– En enfilant cette jolie parure.

Il a exprimé son désir aussi tranquillement qu'on dit : J'aimerais voir le fleuve.

– Quoi ? Essayer la robe ?

– Oui, à l'instant. Devant moi.

Linda a un geste effarouché.

– Tu vas me faire pleurer de honte. J'ai la peau si froide quand on me regarde...

Pourtant, la rousse sait ce qu'elle doit faire. Déjà la fameuse robe fourreau de Jane Russel tombe à ses pieds dans un bruit d'averse. Grand jeu ! Le vieux veut du nu, il va en avoir.

Lola lambine pour se déshabiller. Elle est lisse. Elle s'écosse.

L'homme fronce les sourcils et incline la tête. Il regarde son corps pâle embellir la lumière. Il encaisse sa beauté sans plisser ses paupières lourdes.

– Maintenant, c'est du sérieux, dit-elle avec un mystérieux sourire.

Elle retire son petit slip.

– En effet, dit Don Rafael. D'ailleurs, l'idée qu'une dame puisse s'asseoir sur mes genoux pour me donner un baiser me paraît toujours digne d'intérêt.

– L'ennui, avec moi, quand je suis heureuse, c'est que je souris entre les larmes.

En trois bonds, la voici sur les genoux de son bienfaiteur. Lola plaque sa bouche contre la sienne et, la nuque puissante, renverse fermement le taureau vers l'arrière.

– Laisse-toi faire ! Je vais te sortir de tes jours glacés !

Lui, empaqueté dans son costume à trois boutons, la laisse faire. Elle le chevauche. Elle le décoiffe.

– Doucement, petite ! Doucement...

Elle croit tenir entre ses bras un amant poupée, il rit de tous ses bridges, le buste basculé entre ses cuisses guerrières. Elle ignore qu'il a floué ses devancières. Qu'il a joué la même comédie de l'adoration à toutes ses maîtresses. Qu'elles sont quinze femmes relogées dans des cabanes en bois. Qu'il en va de leur destin selon leur usage. Et que seul le bon vouloir du maître des ordures les maintient dans une situation décente ou bien les oblige à quêter leur subsistance sur la décharge.

Plusieurs minutes passent dans un état de fièvre. La main baguée du nabab a rejoint la cuisse de Lola et remonte vers son ventre.

– Prête-moi, prête-moi ton petit porte-monnaie !

Il roule des yeux de phoque, amour, amour, amour. Essoufflé, il retourne la rousse en la prenant par les hanches. Elle le laisse mourir doucement.

Lola est persuadée qu'elle a terrassé le dragon. Que, sur la blancheur du lit, elle va désormais pouvoir se faire donner beaucoup d'argent.

Elle prend ses mains et les met sur ses joues. Elle pleure. Elle se fait dolente.

– Mon chéri ! C'est exténuant d'être dans ses meubles !

Don Rafael pousse un grognement et se redresse. D'une main, il se recoiffe. Puis se rajuste. Des ouragans lointains reviennent dans ses yeux.

– Repose-toi, mon adorée. Je viendrai te retrouver ce soir. Tu es chez toi.

Elle lui propose sa bouche sèche. Elle dit :

– Il n'y en a jamais assez. Je t'attends encore, je t'aime.

Il l'embrasse. Il dresse son buste massif.

– Je vais demander un taxi. J'ai un rendez-vous d'affaires. L'argent réclame des soins dont tu n'as pas idée !

Il compose un numéro : « Allô ! je voudrais un taxi. » Elle enfile sa petite culotte.

– Tu n'as pas ta superbe voiture, aujourd'hui ?

– Non. J'ai envoyé le chauffeur chercher ma fille à sa pension.

– Ta fille ?

– Oui. J'ai aussi une grande fille : Asunción ! Elle étudie chez les sœurs très chrétiennes. Au couvent Santa Teresa.

Don Rafael Gutierrez Moreno s'est fermé. Il pense à l'énormité de son mensonge. L'ombre de ses préoccupations coutumières lui retombe sur le visage.

Quinze heures.

La Bentley grise est arrêtée devant les façades lépreuses d'un quartier de Tepito.

Vasco Mendoza est immobile devant son volant. Il pense à Linda Asunción qui a souhaité se perdre seule dans le dédale des ruelles ensoleillées.

Il tripote la clé de contact argentée de la luxueuse voiture en écoutant la radio. Une voix de sirop lèche ses blessures de cœur et lui chante que *« l'amour est payé d'amour, et la douleur de douleur... »*. Une cigarette Viceroy achève de se consumer dans le cendrier du tableau de bord.

Par-delà le pare-brise en verre fumé, la Ville bourdonne. Des chiens s'accouplent près d'une pile d'assiettes sales. Le sommeil ensable les maisons étroitement serrées.

Sur le passage de la fille du roi des ordures, un volet vert orné de fleurs peintes au pochoir s'entrebâille. Dans le prolongement d'un œil immobile barré par une ombre diagonale s'avance une bouche méfiante. Plusieurs bracelets d'argent tintent en se rejoignant sur un avant-bras qui s'élève pour protéger de la lumière.

Une odeur de plumage brûlé stagne dans une arrière-cour noyée de blancheur. Du linge sèche entre deux piquets. Un coq méditatif incline la tête et reste sur une patte.

Linda, la petite fille avec un air de femme, passe.

Elle longe une porte mauve défendue par des grilles. Un mur trop blanc. Un chapeau de paille tressée posé sur un banc.

Au bout d'un couloir, assis dans l'ombre, quelqu'un, dont on ne distingue que les pieds nus, cherche une station de radio.

Les yeux baissés, Linda, la petite fille avec un air de femme, passe.

Dans le quartier, on la connaît. On la surnomme Lollipop.

Elle suce un sucre d'orge.

Une ombre bistre domine sur ses paupières trop fardées. Les hommes se retournent sur elle. Elle défile devant eux. Vertigineuse sur ses talons rouges, elle suce son sucre d'orge. Sa langue est vive. Sa langue est rose. Elle a seize ans. Elle passe devant eux. Elle passe devant leurs ignobles queues gonflées à l'air plombé de Mexico.

Chaleur. Rires. Gloussements d'envie.

À chaque pas qu'elle fait, les types ont des folies qui sortent de leur bouche.

Elle déteste tous les hommes pour ce que son père lui a fait endurer.

Seize heures.
Rafapunk Street.

Je me souviens, après ma deuxième assiettée de haricots frits, j'ai eu quelques doutes sur ma capacité de digérer le béton.

J'ai chassé avec ma langue endolorie la présence aiguë de petits dés de piments verts entre mes dents. J'ai souri au jeune cuisinier qui se tenait derrière son *puesto*. Sur son faciès énigmatique, il avait gravé l'expression de l'homme en retrait, occupé à vivre une bonne plaisanterie. Nous avons échangé un regard un peu long. Un doute me taquinait. Je répète, cette affaire de se regarder a été assez longue. Peut-être même a-t-elle duré une minute entière. L'auteur des haricots frits n'avait pas peur du silence. Jusqu'à ce que je voie briller au fond de ses prunelles d'Indien la lumière narquoise de celui qui s'était dit : et si on vendait des *fríjoles* ensorcelés à ce gringo égaré sur nos terres désespérées ?

Je lui ai fait un clin d'œil. Il y a répondu. Ça pouvait aller entre nous et j'ai entamé une demi-douzaine de parties de dominos avec Quique, le marchand ambulant.

Neal Fenimore Whence a aussitôt rappliqué sous mon crâne. Le vieux ne supporte pas qu'on entame une partie de quoi que ce soit sans l'y associer. – « Double six ! Double six ! il hurlait dans mon subconscient. C'est nous qui l'avons pioché, fiston ! Et après, n'oublie pas de défiler tous tes blancs ! Ce gars-là n'est pas près de placer ses pions ! »

J'ai fini par confier les destinées de mon jeu au vieux et je me suis concentré sur la surveillance de l'entrepôt.

De ce côté-là, tout était désespérément calme. Les fenêtres étaient aveugles. L'escalier de métal flambait dans la fournaise. L'ancien atelier de tissage transformé en loft, où Drag-Mex et ses folles amies tenaient repaire, ne semblait pas disposé à livrer ses secrets.

J'ai fini par ne plus penser à rien d'autre qu'à aller visiter les lieux. Ça tournait à l'idée fixe, cette histoire de chaise roulante. Je n'avais jamais eu autant envie de rendre service à un être humain qu'à mon affreux copain Arturo. Sans doute parce que lui, avec son physique de mouette affectueuse et mazoutée, moi, avec ma mentalité de vétéran des anciens champs de napalm, nous étions des échantillons hors norme. Des gars du fond de la marmite.

Fenimore n'était pas d'accord pour quitter l'ombre du *puesto*. Il a dit qu'on jouait si bien.

J'ai fait exprès de perdre la dernière partie de dominos. En cinq coups, j'étais au tapis. Quelques pesos étaient en jeu. Humilié par ma défaite, le pêcheur comptable de la banque du Montana et de l'Industrie est illico entré en vapeurs : « T'es plus con qu'un *black-bass !* » il a fait. Ça lui a échappé. Pour Neal, le *black-bass* était le plus minable des poissons.

Je l'ai encore laissé s'essayer à quelques commentaires désobligeants au sujet de ma poisse, mais je l'ai toisé avec un regard épais sitôt qu'il a débiné les progéristes. Il a paru douloureusement surpris. Il a fait mine de vouloir taquiner le sujet, mais je l'ai aussitôt envoyé paître à l'autre bout de mon esprit.

Mon esprit, puisqu'on en parle, était préoccupé. Ces temps-ci, il y a d'ailleurs des tas de sujets *que je ne souhaite pas aborder, monsieur.* Ça me ferait mal à la nuque d'en parler.

Au rencart, donc, Fenimore Whence ! À la soute ! À la trappe !

J'efface le vieil escroc. Je paie mes dettes. Je salue Quique, le marchand de haricots. Je traverse la rue d'un pas nonchalant et commence à monter les degrés de l'escalier en plein soleil.

Après un coude, la structure métallique s'infléchit vers une zone d'ombre. Une nouvelle volée de marches me conduit à une galerie palière.

– Où allons-nous ? s'angoisse mon père.

Je ne lui réponds pas.

– À la catastrophe ! mouronne-t-il. À la catastrophe, comme d'habitude !

À cent mètres de là, Fernando Cabrera est écœuré par les projets du genre humain.

Alors que, les yeux à hauteur de meurtrière, il se tenait penché vers l'avant, occupé à épier l'Américain, un bel enfant torse nu est entré dans la vespasienne dont il avait fait son observatoire. Avec des yeux très purs, le gosse lui a proposé de prendre sa racine dans la bouche et de le soulever dans les airs.

Sur le moment, le commissaire n'en a pas voulu croire ses oreilles.

– Je te prends pour un cauchemar, balbutie-t-il.

Mais le gosse remet ça. Obstiné sous sa tignasse, il sait de quoi il parle :

– Si tu veux me baiser par derrière, tu n'as qu'à ajouter cent pesos.

La face un peu violace, le policier ferme le poing. En provenance des gogues à la turque, des puanteurs méphitiques font le tour de ses narines humantes. Il s'essuie le front avec le dos de la main. Les yeux sauvages, il tonne :

– Malheureux petit salaud ! Tu n'as donc pas de mère pour t'élever ?

Mais le gosse lui répond que, pour un peu plus cher encore, il peut aussi prendre sa mère, lui faire fleur de rose ou la niquer par l'anus. À la maison, même la chèvre est dressée pour ouvrir le cul.

Cabrera souffle du feu.

– Sodomite et zoophile ! Tu n'as donc pas de religion !

Il se penche vers le gosse, neuf ou dix ans à peine. Il le domine de ses fanons effrayants.

– Comment t'appelles-tu ? C'est toi, le célèbre Chayo dont l'écriture ennoblit les murs ?

Avec une concentration qui finit de mettre le gros poulet knock-out, l'enfant fait signe qu'il n'a pas de temps à perdre avec les moralistes.

– Ça va, gros lard, me dis pas que t'es pas entré ici pour te faire sucer !

Même s'il en a vu d'autres dans son commissariat de merde, même s'il se tape des putes depuis que sa femme l'a quitté, Cabrera ne s'est jamais fait à l'idée que le désespoir de vivre puisse pousser des êtres aussi jeunes à se tromper de corps ou à se réchauffer dans de mauvaises housses.

– Prends ça ! gronde-t-il soudain en sortant cent pesos de sa poche. Et disparais de ma vue, ou je te coffre !

Son aspect de colère bleue décontenance le gosse. Celui-ci empalme l'argent et fait un saut de côté.

Cabrera redresse sa haute carcasse. L'esprit affamé de grandeur, il est gigantesque dans la pénombre. Il pense que notre affreuse petite planète est à refaire de A à Z. Que, s'il avait le pouvoir, il verserait la même quantité d'argent à chaque jeune qui débute dans l'existence. Que le pain se partage et que l'argent est cynique.

– Essaie d'acheter de la nourriture plutôt que de la colle, dit-il d'une voix rauque.

En guise de remerciement, les lèvres du gamin déposent un baiser furtif sur la main de Cabrera. Ce dernier regarde détaler la silhouette haillonnée. Il souffle et se mouche. L'odeur des étrons, des mouillures, vomis, souillures, sanies et autres urines, l'environnent. Il reste un moment sur place, les joues pendantes. Même le projet de respirer lui semble inutile.

Puis, poussant plus loin son corps pesant, il remonte le plan incliné de béton et se hisse jusqu'à la lumière. Ébloui par tant de blancheur, il constate la disparition de l'Américain.

Il se met à gambader gauchement en direction du marchand de haricots pour aller aux renseignements.

À l'étage, le corps de bâtiment de l'ancienne manufacture de ponchos a été aménagée en logements.

Le premier loft, dont la façade a été récemment maçonnée, abrite la tanière des drag-queens. J'en veux pour certitude une pierre de lave au-dessus de la porte, sur laquelle est scellée la statue en position semi-allongée du dieu Chac-Mool.

Fenimore Neal émet un ricanement fielleux dès que je pose les doigts sur la clenche de la porte. Il a le mauvais goût rampant de me rappeler qu'à la belle époque des sacrifices humains les Aztèques utilisaient le récipient posé sur le ventre de Chac-Mool pour recueillir les cœurs encore battants des suppliciés.

Je prends mon élan et essaie de forcer le double-battant, mais il résiste à toutes mes tentatives d'effraction.

L'épaule meurtrie, je suis en train de penser à Marlowe, à Sam Spade, à tous ces petits génies de la Continental Op', des types en noir et blanc, aux chapeaux rabattus sur les yeux, qui pénètrent à peu près n'importe où en insérant seulement leur bristol dans l'interstice des verrous Yale, lorsqu'une force brutale ouvre en grand la porte. En même temps, une voix éraillée me délivre de mes questionnements :

– Blindage intérieur et trois points d'ancrage. Tu vas t'abîmer les clavicules, minable !

J'accommode sur l'intrus placé à contre-jour et découvre la face plissée du baron Chac-Mool. L'étalon des drag-queens est chaussé de rangers noirs. Ses chaussettes à pompons sont le juste reflet à damier de sa jupette écossaise. Il est coiffé d'une tiare emplumée de guerrier toltèque.

Après hello et comment allez-vous, je lui suggère aimablement de le conduire jusqu'au pressing pour se faire repasser le blair à la vapeur, mais, au moment où j'ouvre la bouche pour lui réclamer mon 38 et ma licence, il m'enfourne entre les dents la gueule d'acier bleuté de mon propre revolver.

J'ai immédiatement l'impression d'avoir le palais empli de tessons de cannettes de bière et que mes incisives s'ébrèchent. Je note aussi que chaque chemise du barillet est garnie d'étincelantes balles de cuivre.

– Un revolver sur la langue, c'est ce qu'il y a de plus près de la cervelle pour la faire sauter, dit le Baron. Tu te sens bien ?

– Pas complètement.

Je viens de parler avec autant de facilité que si j'avais un écarteur de dentiste dans la bouche.

Le mastodonte se secoue de rire et me fait pivoter, dos à l'appartement.

– Entre, dit-il. Tu seras pas déçu.

Je jette un coup d'œil sur l'endroit.

Sanctuaire et libido. Les fenêtres sont condamnées. Il fait presque noir, à part un éclairage savant. Vitrines et éventails. Mœurs nocturnes. Aux murs, mille tropiques. Grand mystère et râteliers. Des fusils rutilent dans l'ombre. L'odeur moisie des tentures me monte aux bronches, mêlée à des fumigations récentes d'encens aux senteurs boisées et à des relents de hasch refroidi.

Mon hôte tient le calibre 38 avec à peu près autant de précautions qu'une petite fille scoute qui s'apprête à faire sauter sa première crêpe. Mes gencives dégustent. Nous franchissons un dédale de plantes vertes, puis je recule jusqu'à une chaise.

– Assieds-toi, enculé, dit l'homme à tête de terre cuite.

Le cerveau hypnotisé par la peur de perdre mes dents, je m'exécute.

– Les mains sur les genoux ! commande-t-il.

Il recule de deux pas et me contourne tout en gardant l'arme braquée sur ma nuque.

– Mais qu'est-ce que tu nous veux, à la fin ?

– Je veux récupérer ma licence, mon revolver et le fauteuil de mon client.

Mes paroles lui font à peu près autant d'effet que les bulles d'oxygène d'un groupe de plongeurs géorgiens chantant un gospel à une raie cornue.

– On se connaît pas ! Il s'énerve. Pourquoi on devrait te faire une fleur ?

Il allonge trois quatre pas. Demi-tour. Il s'arrête. Remet ça :

– T'as pourtant l'air d'un type sérieux !... Tu viens quand même pas te faire massacrer à heures fixes pour une chaise à roulettes ! Alors, qu'est-ce que t'as derrière la tête ?

Il me fouille avec ses yeux topaze.

– Le match de base-ball d'hier soir ne t'a pas suffi ?

– Je ne joue pas en nocturne.

– Tu t'es pris pourtant une bonne correction.

– Oui, mais le public était mauvais.

À bout d'arguments, il cesse de marcher.

– Enlève ton chapeau ! Il gueule on ne sait pourquoi.

Imposant, massif, il se pose sur le socle de ses rangers, puis commence à se balancer sur place. En même temps, il gronde une sorte de chant psalmodié qui doit remonter à l'époque reculée où ses pères et mères habitaient les gradins de pyramides très en pente. Il n'a pas cessé de me braquer pour autant. Ses yeux jouent des orgues noires, ses plumes s'agitent, ses bracelets s'entrechoquent. Dans son genre de transe, je crois que je peux m'attendre au pire.

Quand il met un terme à son invocation, il paraît se réveiller dans un violent sursaut.

– Avant que tu ne débarques dans mon existence, j'étais encore heureux, soupire-t-il.

– Si je vous ai dérangé, je peux repasser.

Il me fusille du regard :

– T'es arrivé pile à l'heure où j'allais rejoindre mes ancêtres.

– Faites comme si je n'étais pas là.

Il s'assied près d'une table basse où le matériel du parfait drogué est préparé pour le voyage.

– Je veux que tu deviennes une véritable statue, décrète-t-il en pointant le Llama dans ma direction.

Il finit par le poser.

Assis sur le rebord de son siège, il contemple son corps lourd. Les replis de son ventre.

– Je vais chercher la fin du doute, dit-il en s'affairant soudain.

Garrot. Tirette. Le sang aspiré remonte par le canal de l'aiguille crochue de la seringue en plastique. Il se mélange au nectar de l'héroïne.

Je suis attentivement la fusion du rouge qui a pénétré le poison limpide.

– T'en veux ? m'interroge-t-il.

Il n'attend pas la réponse.

Injection. Langue de feu. Flash ! Instantanément, sa face se creuse de profonds remous. Son cœur, son cerveau, ses jambes sont assiégés. Quelle chaleur !

– Je n'entends plus battre l'horloge du monde ! murmure-t-il, les paupières mi-closes. Et l'orgueil des hommes devient un vol d'oiseaux aveugles !

Tandis que ses nerfs se dévitalisent, il part à la recherche des dures écailles du serpent à plumes Quetzalcóatl.

Je me dis que c'est le moment de tenter quelque chose. Je m'apprête à lui sauter dessus.

À la façon dont il rouvre les yeux, je sais qu'il est déjà trop tard. L'aigle s'envole. Le serpent reste.

– Je vois la Forêt ! dit Chac-Mool.

Illuminé, il s'empare du revolver et s'interroge soudain :

– Que vais-je bien pouvoir faire de toi ?

Il a l'air sincèrement ennuyé.

Dix-sept heures.

Le commissaire Fernando Cabrera consulte sa montre de dame, seul vestige d'un mariage raté.

Pour la troisième fois consécutive, il lève des yeux inquiets vers les fenêtres aveugles de l'ancien entrepôt. Il sent monter dans son ventre le bruit de cent grenouilles et commande une assiette de haricots frits.

À la demande de l'obèse, tout en s'affairant sur ses poêles, Quique, le marchand ambulant, fait un assez bon descriptif des bacchanales qui se déroulent dans l'endroit en question.

À leur évocation, le policier mexicain s'enroue d'une quinte de rire désabusé. Il enfouit son visage large entre ses mains et jette un coup d'œil intéressé à son informateur. À bientôt vingt ans, Quique peut passer pour un vieux philosophe. Il confesse qu'il a appris à lire dès sa prime jeunesse avec l'écrivain public qui était peut-être bien son père. Il dit que son unique richesse est une bibliothèque de trente-cinq ouvrages.

Il raconte au gros flic que souvent, à Rafapunk Street, les temps sont méchants. Drag-Mex et sa clique se répandent dans le bas quartier en poussant des cris stridents. Loufoque dans sa robe de paillettes et de gerbes, la Queen aux lèvres sanglantes est suivie du baron Chac-Mool. On dit qu'ils cherchent des enfants pour leur arracher le cœur. Leurs gardes du corps leur tracent un sillage protecteur. La meute inonde les ruelles de carton. Des projecteurs se déplacent avec le cortège. Cent mille étoiles tournantes sortent d'une boule à facettes de verre biseauté. Le tango s'élance sur la terre souillée. Les drag-queens en jupe mini dansent avec les hommes du bidonville. Tout mouvement, elles remuent. La tequila coule à flots. Le peuple des rebutés accourt. La situation n'est plus comparable à rien.

Les yeux posés sur l'horreur visible, Quique dit :

– Une fois, quand j'avais quinze ans, le fleuve bariolé des excitées m'a emporté comme fétu. Nous étions soudés comme des chevaux d'écume ! Depuis, il souffle un drôle de vent dans mes songes.

Il dit encore :

– À la lisière du jour, la fête monstrueuse s'arrête. Drag-Mex éteint ses tambours. Les papiers jonchent. Le gouvernement ne fait rien pour arrêter cette folie. Je me demande même si Drag-Mex ne reçoit pas de l'argent pour ôter au peuple ses pires détresses.

Quique, le marchand de haricots frits, s'interrompt. Sa pensée défaille de doute. Il fixe le policier et lui dit bien en face :

– J'ai compris ce que les politiciens calculent, allez ! Ils calculent que les pauvres ont besoin de quelque chose de plus fort que la nourriture pour ne pas penser à la révolte.

– Les politiciens savent ce qu'ils font, tu ne crois pas ?

– Ils oublient la vérité du siècle, señor.

– La vérité, Quique ?

Le jeune homme tend son assiette fumante au policier.

– La vérité, señor commissaire. Celle qui dit qu'un désespoir brûlant fait un jour exploser le volcan. Et que les mises à mort seront bien sanglantes...

– Où as-tu pris ça, petit ?

– Dans le journal, señor commissaire. Je sais aussi lire entre les lignes.

Cabrera baisse la tête dans son formidable jabot. Les fissures de son front s'élargissent. Il n'a pas besoin d'un dessin pour savoir qu'il y a dans l'air de son pays une intense souffrance. Quant à Drag-Mex, c'est une vieille connaissance. Une sorcière qu'il a fait arrêter plusieurs fois sur son propre territoire pour rixe, entôlage et trafic de stupéfiants. Elle a toujours été relâchée.

Il repense au gringo. Il espère que rien de fâcheux n'est arrivé à son protégé. Il regarde du côté de l'entrepôt.

Il ouvre une large bouche. Il enfourne sa première cuillerée de haricots. Il se dit que d'avoir dans l'estomac la même boustifaille que l'Américain, devoir digérer les mêmes *chile* est une façon originale de s'avancer au diapason de celui qui est devenu la pierre angulaire de son plan pour abattre don Rafael Gutierrez Moreno.

Dans un rot sonore, le gros homme laisse éclore la fleur puante de son projet de revanche. Les yeux au flou, les joues flasques, il s'est arrêté de mastiquer. Son esprit vaticine et se perd dans les méandres de ses arrière-pensées.

– La vengeance est un plat qui se mange froid, murmure-t-il.

– Pas les haricots frits, répond Quique, le marchand ambulant.

Dix-sept heures trente.

Depuis une demi-heure, je, Harry Whence, suis une statue olmèque, mais je n'en tire aucune vanité.

Chac-Mool au teint cuivré s'est réservé le rôle de la poterie totonaque.

Il y excelle.

Il se tient à cinq mètres de distance.

Nous sommes immobiles.

Nous nous observons.

Nous nous détestons.

Chac-Mool aime par-dessus tout flirter avec la mort.

Pour installer notre jeu stupide, il a déposé le revolver sur le sol, à mi-chemin entre nous deux. Il a reculé jusqu'à une chaise qui fait pendant à la mienne, en m'expliquant que lui tout seul ne se sent pas le venin de me liquider de sang-froid, mais que lorsque Drag-Mex et ses queens rentreront de leur promenade en ville, je bénéficierai d'une sacrée émulation parmi toutes les filles. Ce sera l'heure de la piqûre en groupe. Héro pour tout le monde, la tournée du patron. Je pourrai à coup sûr compter sur leur imagination sans complexe pour inventer la meilleure façon de me faire disparaître.

À ce stade de notre absurde dialogue, je fais un signe au Baron.

J'essaie de lui faire entendre que sa combine pourrie ne me donne pas toutes mes chances, puisque si je n'expose pas ma vie avant le retour de ces dames, je ne risque pas de m'en sortir. Il reconnaît que le sablier coule en ma défaveur et que mon avenir est d'autant plus compromis que les drag peuvent rentrer d'un moment à l'autre.

– Tout dépend de la recette du jour, plastronne-t-il. T'as bien vu hier.

– Tu veux dire qu'elles font la tournée des cinémas pour vendre la poudre ?

– Je dis que tu aurais mieux fait de ne pas mettre ton grand nez dans nos affaires.

– Tout ce que je veux, c'est vous racheter le fauteuil.

Le baron Chac-Mool me fixe. Ses yeux topaze en pleine lumière d'une lampe basse sont fantastiques comme des tremblements de terre.

– Décide-toi vite à plonger sur l'objectif, conseille-t-il. Tout peut basculer en quelques secondes.

À compter de cet instant, ni lui ni moi ne bougeons. Mais le premier qui le fera devra atteindre le 38 avant l'autre : il sera l'heureux veinard qui abattra son partenaire.

D'aucuns pourront trouver les règles de ce jeu un peu rudimentaires. Pourtant, je jure que sa pratique use convenablement les nerfs.

Quand je me rue le premier sur la courbe noire et compacte du Llama pour l'attraper, je retrouve la même hargne de tuer pour ne pas l'être que celle que j'ai connue dans les bambouseraies du sud Dông Nai.

Je pousse un cri, plonge et glisse sur le ventre. L'œil noir du 38 se rapproche. Je suis sur le point d'agripper la crosse.

Les crampons des rangers du Baron s'impriment sur ma peau.

Sous l'effet de la drogue, il a accompli un bond prodigieux.

– Je suis le jaguar et je suis le serpent ! exhale-t-il.

Les phalanges de ma main gauche explosent. De la droite, je crochète la cheville de ce salaud. Je m'efforce de le déstabiliser. Il appuie sur son talon, tourne sa godasse pour m'écraser les os. Ma main droite tente une deuxième sortie. Elle remonte le long du poteau de sa jambe. Je secoue, je secoue. Je vois bouger les pompons de ses chaussettes. Toujours il revient au fer chaud avec le talon de son ranger. Il y ajoute quelque chose de lourd : le poids de son corps sur ma pauvre main. Il essaie d'imprimer mes paumes dans le sol. Avec ses instruments de feu et quelque chose de plus en plus lourd, Chac-Mool parvient à cabrer la douleur dans mon cœur. Elle me dresse sur fil, sur électricité et rhéostat. La godasse continue à m'écrabouiller le cardia. J'essaie de me persuader qu'on peut toujours dire non à la souffrance. J'invente des techniques mentales pour mieux nier mon corps. J'écoute des cloches zen. Je m'égare sur les neiges vierges de l'Himalaya. Je finis par pousser un cri à faire s'emballer un troupeau de bisons.

– Tu en as assez ?

Le baron Chac-Mool me parle.

Il est penché vers moi. Sa face de terre cuite grimace un sourire. Il est terriblement attentif. Il aime assez jouer avec la mort.

Il répète :

– Tu abandonnes ? Tu as perdu ? Tu veux quitter la partie ?

Je fais signe que oui. Sa pointure de plomb se soulève de dessus ma capilotade de chairs broyées. Il s'empare du revolver, le colle sur mon cœur.

– Relève-toi ! Ou plutôt non... Reste à genoux !

Chac-Mool appuie l'acier bleuté sur ma poitrine. Je vais mourir. Une assez grande expérience.

À l'ultime instant du marbre pâle, sans mots inutiles, je salue mon père et, dernière promenade de l'esprit, je pense à la hideur magnifique d'Arturo Xolaxola.

Aussitôt, mon cœur détale. Un étalon fou bondit au-dessus du canon de l'arme, une force invisible soulève la tente de mon thorax. Fièvre. J'étouffe.

Surpris par ma surnaturelle énergie intérieure, le baron Chac-Mool recule, presque effrayé.

– Pour la dernière fois, qu'est-ce que tu nous veux, gringo ?

– Je veux seulement aider un type qui a besoin de son fauteuil roulant pour survivre.

– Quoi ? Tu veux dépanner le petit mal foutu ? Et tu voudrais que je te croie ?

– C'est mon ami.

– Il existe à peine.

– Il est la vie en accéléré !

– C'est une larve. Une moitié d'homme.

– Il ressemble à ce que j'ai de plus précieux.

– Mais enfin... qu'a-t-il de plus que nous tous ?

– (Oui, qu'a-t-il ? fait lamentablement écho mon père.)

– Il m'a fait comprendre que l'ennui, c'est de vieillir sans avoir jamais cherché à atteindre les rives d'un lointain inatteignable.

Interloqué par cette grande élévation d'âme, mon père lève les bras au ciel. Tout aussi estomaqué, le baron Chac-Mool secoue sa parure de plumes.

– Jamais entendu un privé parler comme ça, dans aucune histoire, il dit.

Ses yeux font sargasses. Il me regarde et, soudain, décide d'une voix d'airain :

– Je vais te donner une dernière chance de me tuer, *cop*. Après tout, la vie m'intéresse moins que la fréquentation de la mort.

Il court à un râtelier, décroche un fusil raccourci, en referme la double chambre et tourne l'arme vers moi.

– Calibre 12, annonce-t-il. Canons sciés. Chevrotines double-zéro.

Il se retourne et prend une poignée de cartouches dans une vitrine. Il les répartit dans ses chaussettes.

L'instant d'après, d'un simple balancement de la jambe, il shoote et fait glisser le Llama sur le sol dans ma direction. Avant que j'aie pu m'en emparer, il a éteint la lumière, nous plongeant dans les ténèbres.

Sa voix me parvient presque aussitôt. Je la situe derrière moi. Je me retourne. Un bloc de glace descend dans mon dos.

– Cette fois, la règle du jeu est encore plus simple, ricane-t-il. L'obscurité enlève tout scrupule ! Elle donne l'impunité aux deux parties... Même loi ! Que le plus fort tue le plus faible !

Je fais feu au jugé. Une hyène ricanante me nargue à l'opposé de mon tir.

Le silence retombe. J'évacue de ma bouche une mauvaise salive. J'assure le 38 contre ma hanche et me déplace en oblique. Environ trois mètres à ma gauche, le sang retiré des veines, je palpe le dossier d'une chaise, je la traîne en raclant, comme si je l'avais heurtée par mégarde, et me jette à plat ventre.

Aussitôt, le tonnerre du fusil roule lugubrement et le gosier de la nuit s'ouvre sur une longue flamme orangée. J'entends passer les grappes de chevrotines au-dessus de moi, d'autres mordent à même le bois et foudroient la chaise.

Dans l'obscurité moite, personne ne bouge plus. Une forte odeur de poudre rôde autour de nous.

Je ne me déplace pas. Rivé au sol, j'ai l'impression de me trouver au fond d'un désert dont les murs invisibles étoufferaient les bruits du monde. Comment déchiffrer l'énigme du noir absolu ? Par les fenêtres aveuglées de planches, aucun jour ne filtre.

À l'improviste, les chalumeaux de la foudre se rallument. Cette fois, les frelons grésillent à mes oreilles.

Le temps passe. Les yeux ouverts sur la nuit sans frontières, mes mains me paraissent blanches comme du givre. Je jure que mes oreilles bougent à l'instar de celles d'un loup. Ma cornée bat. Ma pompe à sang frappe mes tempes. Est-ce qu'on entend venir un serpent quand il rampe ?

Parfois, l'éternité se juge à la fraction de seconde près. Devant moi, un infime raclement émiette ma solitude et me délivre. Une voix prend sa source. Presque une haleine.

– Gringo ? Tu es mort, gringo ?

Je fais feu à bras tendu.

J'entends tomber un corps tout près de moi. Je palpe les ténèbres et rencontre une joue sur laquelle je reconnais la marque poisseuse du sang.

Dès que j'ai rallumé les lampes, je sais que le baron Chac-Mool a rejoint ses ancêtres. Une étoile de mort au milieu du front, il n'a jamais connu la réponse à son ultime question.

Au fond de ses pupilles dilatées, il gèle à pierre fendre.

Dix-huit heures vingt-sept.

Au terme d'un épisode aussi mouvementé que celui que je viens de vivre, Marlowe, ce fameux détective à la coule, aurait eu le temps de se revigorer. Il aurait bu un whisky devant un seau de glaçons qu'il aurait trouvé dans le bar. Hélas ! le destin de Harry Whence est autrement plus rebutant.

À peine ai-je fini d'inspecter les lieux pour voir si le fauteuil roulant ne serait pas planqué dans un quelconque endroit du loft que j'entends un grand remue-ménage de volière à l'extérieur. Des rires de perruches, un joyeux pépiement exotique, des claquements de portières, et Drag-Mex et ses enjôleuses s'annoncent dans l'escalier en chantant.

J'ouvre la porte par surprise et coupe le souffle aux choristes. Réparties sur le palier et les premières marches de l'escalier, ces demoiselles, retour du Circo Mágico où elles ont exercé leur art de la revue, me découvrent avant leur patronne, qui est restée en arrière. Pour mieux accueillir cette dernière, je me risque à faire un pas sur le palier, enfouraillé comme un rescapé de fort Alamo.

Drag-Mex est en tailleur strict et escarpins. À mi-étage, elle ralentit sa course, découvre la bouche arrondie de ses filles, leur attitude figée. Elle lève la tête. Elle m'aperçoit sans bonheur, relève sa voilette sur son visage aux pommettes bien dessinées et redevient Marlène Dietrich, le temps de gravir les derniers degrés qui nous séparent.

Hormis ses yeux qui charbonnent à la vue du revolver et du fusil à canon scié dirigé sur son cœur, la Divine ne marque aucun émoi.

– Hello, dit-elle d'une voix rauque. Me serais-je trompée de film ? Je n'aperçois pas Josef von Sternberg.

Encouragées par l'aplomb de leur meneuse, ces demoiselles, dont pour certaines la barbe repousse, s'esclaffent en rires de gorge.

Drag-Mex change alors radicalement de personnage et redevient plus plébéienne :

– T'es vache, privé, de faire ton numéro de garde-côte à cette heure-ci ! elle déplore. Après le spectacle, on est vannées. Hein, les filles ?

De toutes parts, jusqu'à mi-escalier, les travestis en costume petit marin de la Kriegsmarine approuvent :

– Oui ! ! Oui ! ! On a tout donné ! Il est vache ! Il est méchant !

– Tu vois !... Franchement, on préférerait prendre un bain de pieds et se faire un fix plutôt que d'avoir à soutenir un siège contre les fédéraux !

Elle minaude, fait un effet de papillon avec ses faux cils qui n'en finissent plus, pose sa main sur sa hanche, sort son poudrier de son réticule et s'exclame :

– Oh là là, mince ! J'ai une tête affreuse et on est toutes en manque. Alors, dis-nous vite ce que tu veux, et on peut p't'être s'arranger !

Elle réfléchit :

– Tu veux tes papelards ?

J'acquiesce. Elle plonge la main dans son sac à main et me tend ma licence. Je l'empoche, c'est toujours bon à prendre.

– Quoi d'autre, enfant joli ?

– Le fauteuil roulant.

– Eh bien ! mais y a qu'à dire ! fait l'aimable Drag-Mex.

Elle se penche sur la rambarde et donne de la voix :

– Oh oh, les filles en bas ! Inutile de décharger le fauteuil ! J'ai un acquéreur !

Elle se tourne vers moi et repousse le canon qui menace ses seins opulents.

– Pas d'imprudence, mon chou ! Une balle perdue dans le silicone et tu me ferais perdre toute contenance !

Elle rit de sa propre vanne et ajoute :

– Tu peux garder le taxi, si tu veux, il est payé. Tu vois, on est bonnes filles.

Elle me fait signe que je peux passer. Je commence à descendre les marches entre deux haies de jolis marins en collants à résille. De temps en temps, je me retourne. Je garde dans le collimateur les collines tremblantes des fesses de tous ces travelos prêts à se ruer sur moi au moindre signe de Drag-Mex.

Je suis presque arrivé en bas quand j'entends un bruit de course sur le palier. Une voix hystérique crie :

– Il a eu Chac-Mool ! Il a eu Chac-Mool !

Drag-Mex claque des doigts. Aussitôt, un cent-mille-pattes de marins en furie me tombe sur le dos. Le fusil malmené décharge sa mitraille vers le haut et passe de main en main. La manche droite de mon costume quitte mon épaule. Mon feutre est un souvenir broyé. Mon revolver m'échappe. Je ne sais par quel miracle je réussis à trouver une trouée parmi les bas résilles. Je galipette involontairement et ramasse un gadin en glissade jusqu'au bas de l'escalier. Je me relève sans trop de casse et, après trois foulées, ressors sur la chaussée déguisé en tigre. Je me trouve bouche à nez avec un obèse qui croque nerveusement du chocolat, un pistolet à la main. Il me dévisage avec autant d'hostilité que si j'étais d'une espèce malfaisante et chargée de malédictions. Je lui dis :

– Cette fois-ci, je vous remets ! Mais je n'ai pas le temps de vous acheter ma photo !

– Filez ! ordonne-t-il. On aura toujours l'occasion de se revoir !

Le souffle coupé par son haleine épicée, je replonge dans l'air vicié. Un coup de feu en provenance de l'escalier fait voler le chapeau du gros.

Il lève son arme, un énorme Magnum, et riposte au jugé.

Je commence à courir en zigzag en direction du taxi qui palpite au bord du trottoir et s'est éloigné d'une centaine de mètres en voyant qu'il y avait de la casse. Le fauteuil est attaché sur le fixe-au-toit.

Quand je passe à hauteur du marchand de haricots frits, la grosse voix du fusil à canon scié recommence à se faire entendre. Il pleut du plomb fondu dans les bassines.

Quique me montre le poing et se jette au sol.

Cinquante foulées plus loin, je m'engouffre dans la VW verte qui a bien voulu m'attendre.

– Tarif triple ! prévient le chauffeur.

– Ne marchande pas, halète mon père.

Nous démarrons, c'est pas du luxe.

Montée vertige sur ses hauts talons, Drag-Mex court à perdre haleine sur le trottoir.

Marlène Dietrich a fait place à du plus musclé. Le chapeau de travers, la voilette en goguette, le travesti arrache sa perruque. Un joli crâne chauve apparaît au soleil. Méchante, hagarde, défaite, la queen s'immobilise. Le poing droit calé sur la paume gauche, elle tente, à tir tendu, l'exploit de loger trois balles dans les pneus du taxi qui s'éloigne.

Le commissaire Cabrera, qui clopinait derrière la créature en exhibant sa carte, met fin à son envie de canarder la Terre entière. Il lui pointe le nez de son calibre 357 dans les côtes et, sur un coup de bluff, grasseye à son oreille :

– Bonjour, Queen. Soyons réalistes et ne me fais pas perdre mon temps. Flagrant délit. Tu es enfouraillée comme dans un polar de la Warner et si je siffle la voiture de grandes brutes qui m'accompagne, mes hommes vont sûrement trouver de la poudre à éternuer plein ton réfrigérateur !

Sous l'empire de la surprise, elle se laisse délester de son artillerie. L'obèse lui passe les menottes et relie le second bracelet à son propre poignet.

– Salut, Fernando ! croupionne-t-elle avec un mépris non déguisé en reconnaissant le gros commissaire. Hier encore, je pensais à toi ! Parfois, je fais d'extraordinaires rêves de squelettes !

– À la bonne heure, Queen ! J'aime rencontrer des personnes enrichissantes dans ton genre, grimace-t-il en empochant le revolver de Whence. Peux-tu me dire seulement à qui appartient ce bijou noir ?

Elle baisse la tête, maboule dans les yeux.

– Va te faire prescrire un régime, Fernando ! En tout cas, ça n'est pas mon calibre.

– Pense à la vacherie des prisons, Queen ! Si tu ne me dis pas à qui est cet objet, le monde continuera sans toi ses folies.

Elle le regarde avec la fièvre du désir de mordre :

– T'as rien compris à ce qui se passait, pauv'crêpe de nouille ! J'avais les mains sur le revolver, mais je ne m'en servais pas !

– Je t'ai vue tirer à trois reprises.

– Hon-hon, gros con ! Elle fait en exhibant ses gants, les gants de Marlène. Pas d'empreintes, c'est comme si je n'avais pas tiré !

– Tu ferais mieux d'essayer de te fabriquer un futur ! ronchonne le policier en la scrutant de ses yeux porcins.

– Tu me relâches ?

– À qui est cette arme ? insiste-t-il.

– Je jure qu'elle appartient au type que tu viens de laisser filer !

Cabrera reçoit plutôt bien la nouvelle.

– Tiens, tiens, grogne-t-il. Pourquoi lui avoir piqué son calibre ?

Queen le fixe avec la nonchalance de l'agitation extrême.

– Le Ricain a allongé le baron Chac-Mool ! siffle-t-elle, en proie à une sourde colère.

– Vous aviez dû lui faire des misères...

– Pas du tout ! Ce cinglé a surgi dans notre vie par surprise.

– Sous quel prétexte ?

– Récupérer le fauteuil roulant qu'on avait emprunté à un nain !

Une salve d'arme automatique met fin à ces incohérences. Médusé, Fernando Cabrera suit la progression des balles qui ricochent dans la poussière et se rapprochent de ses jambes. Il plonge à couvert du *puesto* et se retrouve nez à nez avec le marchand de haricots qui rampe pour sauver sa vie. Dans sa chute, le gros policier a entraîné sa prisonnière qui hennit un ricanement de défi :

– Tant que tu me tiendras par la main, la vie va être assez difficile pour toi, poulet !

Le commissaire jauge la situation en pipant sous les planches disjointes de la boutique ambulante. Il localise le gros des troupes de Drag-Mex qui a fait main basse sur les râteliers d'armes et qui, depuis l'escalier, continue à arroser le paysage au fusil à lunette.

– Elles savent plus ce qu'elles font ! hurle-t-il pour dominer le vacarme. Elles sont allumées comme des phares !

– Elles ont dû prendre quelques vitamines dans l'armoire à pharmacie, concède Drag-Mex en essayant de rentrer sous terre.

– Dis à ces connes d'arrêter de signer une grande tuerie !

– Qu'attends-tu de moi, Cabrera ?

– Qu'on épargne les populations civiles.

Il se détourne vers Quique qui s'acharne à vouloir rallier la boutique de l'écrivain public à plat ventre.

– Et vous, faites attention, nom de Dieu !

Queen pousse un gloussement déraisonnable. Au milieu des miaulements de projectiles qui frôlent la baraque, elle glapit :

– Dis donc, Fernando, où c'est qu'elle est passée, ta cavalerie ? Pourquoi tu lâches pas tes grands garçons sauvages ? Ça serait le moment !

– Ta gueule, espèce de pute !

– Oh, pas de grossièretés, Fernando ! Tu parles à une veuve !

– Justement, puisqu'il est question de mesure et de bonne éducation, je propose que tu rentres chez toi et que tu te consacres à ta grande douleur.

– Tu me relâches ?

Cabrera tourne vers elle un œil ictérique.

– À quoi ça rime, ma grande, tout ce feu d'artifice ? Je négocie...

Négociation difficile. Plusieurs projectiles viennent de déchiqueter les flancs de la boutique à roulettes. L'instinct de conservation prenant l'avantage sur le dialogue des plénipotentiaires, d'un même élan Cabrera et Drag-Mex s'aplatissent un moment le nez dans la poussière. Le policier s'empare d'une poêle à frire qui traîne à portée de main et s'en protège le visage, tandis que la queen reprend le cours de leurs tractations.

– Tu renonces aux poursuites ? Tu passes l'éponge ?

– On peut le tourner comme ça... Tout milite en faveur d'un accommodement soft. Je suggère d'ailleurs que la mise en bière de ton défunt se fasse dans la plus grande confidentialité.

– Attends, gros marrant ! l'interrompt la queen. Tu veux que la mort de Chac-Mool passe aux oubliettes ? Le compagnon de toute une vie ?

Elle chougne un peu. Elle réfléchit, se mord les lèvres. Elle finit par dire avec sa grande bouche :

– Mais tu dérapes, toi, ma parole ! Tu protèges un assassin !

– C'est le prix à payer, Queen ! Ou bien je te relâche et ferme les yeux sur une pénible histoire à laquelle je ne comprends rien, ou bien je fais couler ton bateau école en disant au juge que je suis tombé sous le feu d'une fusillade nourrie qui me donne à penser que les torts ne sont pas forcément du côté du fuyard, mais plutôt de celui de toutes ces pouffiasses de la marine à voile et à vapeur qui continuent à tromblonner le quartier sans permis !

– Chac-Mool ! Mon Dieu aztèque ! sanglote soudain la queen dans un état proche de la convulsion.

– Oh ! je t'en prie ! tempère l'obèse. Ça ne serait quand même pas la première fois que tu omettrais de parler d'un macchabée !

– Pas de ça, Cabrera ! Ne commençons pas à sortir des tas de cadavres de tous les sacs à linge sale pour noyer le poisson !

– Il vaudrait quand même mieux que la rue ne compte pas ses morts avant que les journalistes arrivent.

– D'accord. On arrête tout. Ohé, les filles, on arrête tout !

Les armes se taisent, à l'exception de trois ou quatre carabines juchées au premier étage de l'ancien entrepôt.

Cabrera cherche fébrilement la clé des menottes et libère sa prisonnière.

– Arrêtez les filles ! crie Drag-Mex en se relevant.

Elle court à découvert, se tord la cheville, agite les bras.

– Gna-gna-gna, arrêtez, les filles ! la singe Cabrera, soudain devenu incontrôlable. Gnagnagna ! il répète avec de l'hystérie dans les gestes.

Il a dégrafé la boucle de son pantalon. Ses yeux riboulent comme ceux d'un dément. Dernier rempart du désespoir, il mord dans une plaquette de chocolat.

– Non, mais regarde-moi ça ! il s'effondre en se voilant la face. Dans l'euphorie du massacre, elles m'ont allumé le marchand de haricots !

Une balle dans la gorge, Quique ne lira plus jamais le journal entre les lignes. Il regarde le ciel. Un léger dépôt de poussière grise ternit ses prunelles grandes ouvertes.

Dix-neuf heures quinze.

Betty Boop est dans les airs. Elle fait quelques pas en direction des nuages. Elle soulève sa jupe, cligne de l'œil. Elle appelle les retardataires du ciné El Río.

Au fond du hall presque vide, quelques habitués du cycle des films noirs butinent encore les affiches et les vitrines dans l'espoir de pouvoir dépunaiser les photos de Lauren Bacall, Martha Wickers ou Dorothy Malone. Dans sa cabine de verre, la caissière blonde en caraco rouge est inerte. Sous la lampe, les mèches oxygénées de sa tignasse sèchent comme de l'herbe.

Mon taxi rabote le trottoir de toute la largeur de ses pneus et s'arrête devant Xolaxola. Le progériste est assis sur la plus haute marche du cinéma. Ses jambes rejetées sur le côté, il tient sa grosse tête de mouette mazoutée entre ses mains.

Dès qu'il m'aperçoit, il agite sa canne de trente-cinq centimètres et fait les signes extérieurs de la joie en repérant le fauteuil attaché sur le toit de la voiture verte.

À la manière d'un pingouin de terre Adélie, il pagaie, brasse l'air de ses bras courts pour avancer jusqu'à moi. J'ouvre la portière et l'aide à se glisser sur la banquette arrière. J'ai la sensation désagréable que ses gestes se sont ralentis depuis que nous nous sommes quittés.

Ses mains sont froides. Son comportement est apathique. Son sourire, figé.

Xolaxola donne au chauffeur son adresse personnelle et je note qu'il habite non loin de l'endroit où se trouve mon bureau.

Dès le début, notre conversation ne prend pas la tournure que j'escomptais. Ainsi, sa première phrase sonne à mes tympans comme un reproche :

– Pourquoi t'as pas pris ta bagnole, Harry ?

Je m'aperçois avec stupeur que je n'aime pas qu'il me pose cette question. Nos regards se croisent. Je dessine un geste vague. Il ne s'en contente pas :

– Non, pourquoi t'es pas en bagnole aujourd'hui ?

– En vérité, je ne sais pas, Arturo. Il n'y a pas de règle. L'autre jour, tu as bien vu, nous avons pris un taxi. Aujourd'hui, j'ai sauté dans un bus. Ça s'est trouvé comme ça. Et une fois à Rafapunk Street...

Je réfléchis. *Je réfléchis à ça, monsieur.* Parce que je m'aperçois que je suis incapable d'avancer une raison valable. Je fais taire en moi une cacophonie stridente. Pas d'angoisse, surtout.

Les poings dans les poches, je cherche à me maintenir dans une platitude heureuse.

– Elle est en panne ?

– Hon ?

– Ta Ford, elle est en panne ?

– Pas que je sache.

Arturo ne poursuit pas son interrogatoire et passe à autre chose. Il demande si ça n'a pas été trop dur de récupérer le fauteuil. Sa voix subaiguë est comme filtrée par un voile. Je lui dis que, pour un homme de ma trempe, il s'est agi d'un exercice de simple routine. Il me demande ce que j'ai fait de mon chapeau et je lui avoue qu'il s'est envolé.

Les yeux globuleux de l'homuncule vrillent derrière ses verres grossissants et deviennent deux billes de malice.

– Ah ! oui, grince-t-il en cherchant sa respiration. Et la manche de ton costume aussi, je suppose : envolée !

Comme s'il revenait à la bonté et à la douceur, il change derechef de sujet de conversation :

– Je sors de l'hosto. Les blouses blanches ont fait des examens toute la journée.

– Et alors ?

– Les risques de thrombose vasculaire se précisent. Le tracé électroencéphalograhique reste normal. Le marasme progressif s'installe.

Il regarde par la vitre sale les rues qui défilent. De profil comme il est, je suis fasciné par ses bosses frontales, par l'importance de son visage triangulaire emmanché d'un long cou de poulet déplumé.

Il dodeline.

Ses lunettes de clown interrogent la foule bigarrée.

J'observe sa peau translucide, ses oreilles implantées bas et mal ourlées, son nez en bec d'oiseau.

Sans se retourner, il flûte :

– Dans l'ensemble, ça me gonfle, cette affaire-là, mais, puisqu'on en parle, autant te l'avouer, je suis sur le bon chemin pour mourir dans les huit jours qui viennent.

À la vitesse d'un lémurien, il tourne vers moi son visage bouleversant. Il garde un moment sa salive dans sa bouche avant de l'avaler et ajoute :

– Il était temps que tu me rapportes mon fauteuil, flic ! Je vais en avoir besoin maintenant. Mes pieds deviennent froids, je m'ankylose.

Alors seulement je remarque qu'il porte des mitaines.

Le reste du trajet, il se tait.

Nous débarquons chez lui. D'une voix de mandoline, il donne ses indications au chauffeur :

– Franchissez le portail. Suivez les allées.

Jusqu'au fond d'un parc croulant sous la végétation, le taxi roule sur les graviers. Dans l'encadrement du pare-brise, je découvre une vieille demeure coloniale.

Le taxi ralentit, puis s'arrête devant l'entrée principale tapie en réserve d'une majestueuse galerie à colonnes de bois vermoulu.

J'aide Arturo à descendre de voiture. Il clampine trois embardées en direction de l'escalier ombreux et s'adresse à la cantonade :

– Doña Francisca ! Vous êtes là ? C'est moi. C'est Arturo !

Installée sur un fauteuil à bascule, le visage encadré d'un châle noir transparent, une ravissante vieille dame, occupée à chacoter une petite branche avec un canif, se penche vers l'avant.

En dépit de son grand âge, elle tend à la lumière un front encore lisse où s'inscrit la douce musique de l'éternité mexicaine. Cintrée dans sa robe blanche à trois volants, elle est un peu le portrait d'un songe. Elle est la vierge, elle est la mère, elle est le repos éternel.

– Tu es rentré, mon petit ? Tu as du monde avec toi ?

– Je vous présente mon ami Harry, me désigne fièrement le nabot. Harry est mon ami américain. Il m'a rapporté mon fauteuil.

– Ton fauteuil, Arturo ! applaudit-elle. Je suis si contente que tu aies remis la main dessus !

Doña Francisca se balance. Dans ses yeux, c'est de la douceur qui passe. Elle sourit aux anges. Puis, insensiblement, elle prend l'expression lointaine d'une personne qui voyage.

– Le fauteuil..., répète-t-elle. Tu vois : chacun le sien ! C'est notre dernière façon d'avancer... C'est...

Avec un geste perdu, elle essaie d'expliquer son impuissance à parler. Elle se contente d'un sourire d'église. C'est une femme, on a vraiment envie qu'elle vous aime.

– Je rentre me coucher, dit Xolaxola. J'ai besoin de me reposer.

– Veux-tu que Rosita te porte ton dîner ?

– Pas la peine.

Le petit homme se tourne vers moi. Aidé par le chauffeur de taxi, j'ai descendu son fauteuil roulant du porte-bagages. Arturo rétribue grassement l'automédon pour sa course. L'homme, rendu volubile par la vue de l'argent, essaie de le faire fructifier. Il entame l'odyssée de la fusillade de Rafapunk Street.

Arturo coupe court au récit du nouvel Homère des bidonvilles. Visiblement détaché des contingences d'un monde emballé, la respiration empêchée, il me fait signe de le placer sur son fauteuil.

– Emmène-moi au fond du jardin, exhale-t-il. C'est là qu'est mon terrier !

Je m'enfonce dans la propriété par un chemin qui mène à une région de silence et de fonds bruns. Au terme de ma progression, il me semble percevoir un bruit de source. J'imagine la présence d'une eau vive tapissée d'ombrages et, derrière l'épaisseur d'un couvert de feuillages, après un bouquet d'eucalyptus, au bout de l'éblouissement d'une brusque trouée de lumière, je découvre, merveille des merveilles, une maisonnette à l'échelle de Xolaxola : une villa de poupée avec des tuiles, des meubles et des accessoires à sa portée.

Les mains jointes sur le pommeau de son stick, mon ami Arturo contemple mon étonnement avec ravissement. Il a l'air bien fatigué. Il s'essuie le front avant de céder au retour de postillons d'un rire sec et nerveux.

– Le paradis ! piaule-t-il. Le paradis tel qu'il a été dessiné par ma mère, Harry !

Sans essuyer ses lèvres où se mêlent l'âcreté de son haleine et le halètement de son souffle, il incline la tête de côté :

– Le paradis... Mais, même en te baissant, tu n'y pourrais pas entrer !

Il avance son menton sous son nez, signe d'une intense concentration, et ajoute :

– La grande maison était à nous, autrefois. Maman l'a cédée à doña Francesca à condition que les nouveaux occupants me tolèrent après sa disparition.

Il fait deux trois pas en direction de la porte de sa demeure miniature et l'ouvre. Sur le point de pénétrer chez lui, il se ravise.

– Harry, dit-il, l'air ennuyé, ne crois pas que je fasse partie de cette clique de personnes qui n'est pas reconnaissante. Je te remercie du fond du cœur pour tout ce que tu as fait. Mais il faut que je t'avoue que je n'ai plus un sou à te donner. Voilà les nouvelles ! Elles ne sont pas fameuses.

– Arturo, chacun a son idée sur les choses. Je ne suis pas allé chercher ce fauteuil pour de l'argent. Plutôt pour te dépanner. Mais aussi pour me trouver un sens.

– Oui, je comprends, mon gars, stridule le progériste. Ces temps-ci, j'inspire pas mal de pitié, et sûr que ça peut aider un raté comme toi d'avoir trouvé plus bancroche que lui !

– La vraie raison, c'est plutôt que tu es mon premier ami.

Il prend cette information comme une nouvelle force décourageante. Ses yeux sont d'une suffocante tendresse. Il courbe la tête. Quoi qu'il lui en coûte, il dit avec des précautions défensives au coin de la bouche :

– Tu vois, Harry, si je veux durer encore un peu, il ne faut pas que je donne dans le panneau de me faire sucer la moelle...

Il rassemble ses dernières vigueurs. Il dit, il glapit, il tirelire à hurle-gosier :

– T'es un looser, Harry ! T'as les oreilles tombantes ! J'ai plus assez de temps devant moi pour être du genre à te lécher les mains ! Ça va m'affaiblir ! Alors, garde ton amitié, sacré couillon ! Vilain piège à rats !

Ses bronches sifflent tellement il est à bout de souffle.

Pour ne pas crever d'asphyxie dans le quart d'heure, il claque la porte.

Je me retrouve tout seul face à un sacré paquet de silence.

Le silence, cette boîte pleine, comme disait mon père.

Vingt heures dix.

À l'ouest de Chapultepec.

Une luxueuse villa sur les collines boisées.

Le temps d'une flamme, le masque violent de Fernando Cabrera s'éclaire, puis retourne à la douceur du clair-obscur.

Sur fond de bibliothèque et de portraits de famille, avec un air de satisfaction, le policier tire quelques volutes du cigare que le *diputado* Alfonso Venegas vient de lui offrir, et sourit en signe de remerciement.

Don Alfonso Venegas possède un long et pâle visage de hidalgo qui fait penser aux Albuquerque, lointains ancêtres dont il se réclame. Ses mains sont nerveuses et sèches, parcourues par des veines apparentes. Ses yeux enfoncés, proches d'un nez long et droit, disent la dureté de son âme inflexible. Ses sombres prunelles reflètent les éclairs d'un tempérament ardent et secret, capable de s'exacerber jusqu'à la cruauté. Son maintien à la fois distant et courtois n'incline pas à la familiarité.

Les deux hommes se connaissent bien. Le commissaire a déjà maintes fois rendu de signalés services à son hôte, à l'époque pas si reculée où ce dernier était l'un des membres influents de l'Institut fédéral électoral.

Ce soir, Fernando Cabrera se carre avec un bonheur non dissimulé dans le fauteuil qui le place à égalité temporaire avec les sommités du monde politique. Douze dirigeants du PRI se trouvent réunis en face de lui. De cinquante-huit à quatre-vingt-treize ans, ces personnalités de la scène publique représentent la légitimité institutionnelle. La plupart de ces messieurs ont accepté le cigare que don Alfonso Venegas leur a offert. Selon leurs affinités, ils se sont répartis au hasard des fauteuils profonds. Visages et sentiments tamisés par l'ombre, les caciques aux cheveux blancs échangent des propos feutrés dans la perspective de la pièce aux boiseries de teck surfilée de globes d'albâtre. Ils mesurent l'importance de la soirée.

Don Alfonso se lève. Il referme la luxueuse porte de cuir capitonné et il n'échappe à personne que, par ce geste insignifiant, le lointain descendant des Albuquerque vient de rappeler aux conspirateurs que, désormais, sous peine de mort violente, l'endroit où ils se trouvent est devenu un fermoir à secrets.

En roulant son *Cohiba* entre pouce et index, en écoutant chanter à son oreille le crissement de la feuille de tabac, Cabrera s'amuse à penser qu'il tient en main le symbole cassant de la réussite.

La réussite brisée ! De quoi d'autre saurait-il être question ce soir ? se demande-t-il en s'enrobant de fumée bleue. Et tandis que se fomente sous ses yeux l'hallali politique de don Rafael Gutierrez Moreno, et bientôt sa curée, comment ne pas enregistrer avec une joie intime chaque charge de la meute, chaque parole de fiel coulant de la bouche de ceux qui furent les meilleurs amis du potentat ?

Cabrera est aux anges. Chacun y va de sa dague. Chacun use de son épieu.

Voici en premier rang qu'intervient Manuel Hernando-Colunga, sénateur de l'État de Basse-Californie. Ce sexagénaire modéré exprime de sa voix douce ce que chacun pense ici. Il dit qu'à la veille des scrutins électoraux qui s'annoncent il faut en avoir fini une fois pour toutes avec la contradiction entre le discours et la réalité. Qu'il faut sonner le glas des arrangements trop voyants, des compagnonnages douteux, des ficelles électoralistes trop effilochées.

Après lui, avec une élocution plus hachée, une force de conviction singulière et brûlante, le *diputado* de l'État de Durango milite pour que la déchéance du roi des ordures s'assortisse d'une élimination plus concrète. Radicale.

Pendant leurs interventions, le maître de céans exerce sa sagacité en inspectant les visages. Ses yeux attentifs envoient des messages d'alliance aux quatre coins du fumoir.

Les lèvres se ferment. Les esprits fertilisent le grain qui vient d'être semé. La sainte union prend un sens face à la crainte de perdre d'énormes privilèges. Quelqu'un parle de la nécessité de restaurer « la morale qui a toujours été le fondement du corporatisme moderne ». La lumière laiteuse des lustres d'albâtre assure à l'ossature des visages le masque de l'immatérialité, et aux propos exprimés le tranchant de la glace.

Enfin, l'un des hommes les plus influents du système, le gouverneur de l'État de Sonora, scelle le tombeau des idées anciennes en rappelant sur un mode funèbre la suppression du rôle primordial exercé par le ministère de l'Intérieur, suppression sur laquelle, malheureusement, il n'est pas question de revenir et qui prive le PRI de son influence discrétionnaire sur les affaires. Pour aller au plus court, ce tribun aux fonctions de nettoyeur vise Rafael Gutierrez Moreno à la tête. Il ose une conclusion en ces termes :

– Messieurs, cette fois, le PAN et tous nos opposants de gauche ne feront pas de cadeaux. Si vous ne prenez pas garde d'éliminer les branches mortes de notre parti, l'arbre du PRI s'abattra tout entier sur vous !

C'est le rejet sans appel, la condamnation unanime. L'assemblée entière se rallie. Les mains se lèvent pour exprimer un consensus. Les sourires reviennent sur les pâles visages du pouvoir.

Ils s'émiettent tout aussitôt lorsqu'une voix de nulle part, la voix blanche d'un obscur adjoint au maire de Mexico, pose la question de savoir si l'on pense que don Rafael Moreno se laissera jeter à terre sans informer la presse de tous les procédés de contournements législatifs ou des méthodes de fraude électorale mises en pratique ces dernières années.

– Des têtes risquent de sauter ! dit cet homme extralucide. J'entrevois des éclaboussures qui valent des tremblements de terre !

Les mines deviennent graves. Les bouffées de cigare, plus parcimonieuses.

Presque tous les regards se portent sur le visage fermé à triple tour du policier.

Nul n'exprime l'indicible. Qui oserait parler de recours au crime ? Il y a bien quelques chuchotis au fond de la pièce, dans les fauteuils proches d'Alfonso Venegas. Quelques apartés. Cependant, chacun connaît et respecte les limites que les hommes du sérail ne peuvent franchir. Il faut que Gutierrez Moreno soit liquidé, mais il ne faut pas que le milieu politique puisse être incriminé.

– Si vous le permettez, et puisque vous m'avez fait l'honneur de m'inviter, sur ma demande, à cette édifiante réunion, intervient Cabrera qui sent venir son heure, j'aimerais vous fournir les éléments d'une forme d'élimination dont l'issue, pour radicale qu'elle soit, n'en présente pas moins, messieurs, l'avantage d'un excellent brouillage de pistes propre à sauver les apparences.

Les regards se font attentifs, même si un vieux sénateur tient à informer le policier que personne ne tient vraiment à savoir comment il s'y prendra.

Fernando Cabrera se dresse sur les poteaux de ses jambes. Le torse bombu, maître de la scène et du terrain, avec une grande soif de mal, il leur livre son plan.

Quand il en a terminé, avec un acharnement à la fois serein et obstiné, il insiste sur le fait qu'une décision immédiate doit être prise. Un tumulte des consciences s'ensuit, qui plonge l'assemblée dans le retour des chuchotis.

Don Alfonso Venegas veille. Il a l'oreille très musicale. Il sait que si l'indécision roule dans les cervelles comme une vieille eau à fond de cale, ce n'est pas pour des motifs de moralité. Il n'ignore pas que c'est d'argent et de sécurité qu'on parle. Il attend la fin du coup de vent. Quand est revenu l'instant des calmes et des bleus, il prend la parole et s'adresse ainsi à ses pairs :

– Compagnons, leur dit-il avec intensité, je vois qu'il faut vous tirer du doute. Le PRI n'aurait pas un peso à verser. Nous n'apparaîtrions à aucun stade de l'opération, si ce n'est pour faire bonne figure aux obsèques de notre regretté collègue.

Il se tourne vers le gros policier réfugié dans son triple jabot et l'invite à prendre place à ses côtés. Il s'appuie familièrement sur l'épaule massive du gros flic.

– Commissaire Cabrera ! Pouvez-vous confirmer ici ce que vous m'avez déclaré en privé ?...

L'heure du lavage des mains, pense Cabrera. Il sourit au *diputado*. Les yeux d'Alfonso Venegas fuient ceux de son interlocuteur. Soucieux de ménager sa susceptibilité, il s'excuse :

– Cher Fernando ! Pardon de revenir à la charge ! Mes amis ont simplement besoin que vous les rassuriez.

L'obèse plonge son poing dans sa poche. À cette minute même, il manque cruellement de chocolat.

– C'est bien moi, plaisante-t-il. Je n'ai pas été assez convaincant ! Pourtant, vous verrez, ça passera comme une lettre à la poste ! Aux yeux de l'opinion, l'assassinat de Gutierrez Moreno ne fera pas un pli. Drame familial ! Crime passionnel ! Je vous le signe sur trois papiers carbone... Quant aux journalistes, je ne suis pas inquiet. Tous les ingrédients sont là : un peu d'ignoble, un peu d'intime et du sentimentoche... Ils vont s'en donner à cœur joie ! Ah ! les beaux articles ! Pensez aux humiliations répétées qu'aura endurées la veuve ! Pensez aux coups infligés, aux cocufiages, aux maîtresses, pensez au vice déployé, au train de vie luxueux et pervers... Pensez... pensez à la révolte accumulée par la pauvre petite jeune fille soumise au caprice d'un père dépravé ! Voilà du grand foin pour le peuple ! Voilà de l'oubli pour la politique !

– Vous engagez-vous à ce que ni le parti, ni les personnes privées ici présentes ne se trouvent mêlés de près ou de loin au scandale ?

– Je m'y engage. Tout finira en eau de bidet !

– Pas d'argent à débourser ? Pas de déplacements de fonds ?

– La Terre est plate, messieurs ! Vous pouvez dormir sur vos deux oreilles. Dans la combinaison que je vous propose, l'Américain tient lieu de meurtrier. Son revolver sert d'arme du crime. La jalousie fournit le mobile, et c'est la propre femme de la victime qui devient l'instigatrice du forfait !

Il prend un temps pour jauger son auditoire d'insupportables faux fuyards et ajoute :

– Il va de soi... et parce que son rôle est ingrat... que la future veuve devra s'en tirer avec les circonstances atténuantes...

– Nous vous suivons sur ce point, commissaire. Le ministère de la Justice promet son indulgence. Avons-nous tout réglé ?

– Pas tout à fait, monsieur le député. La succession du roi des ordures n'a pas été abordée.

Don Alfonso Venegas sourit. Dans sa tête, tout va très vite :

– Le señor Moreno laissera deux enfants en bas âge et une jeune fille à l'esprit dérangé qui risque de jeter l'argent par les fenêtres, évalue-t-il, mais, à première vue, sa fortune est si considérable qu'elle paraît inépuisable...

– C'est votre opinion, monsieur le député ? demande le commissaire en s'échauffant. Elle vaut des échos ! En effet, tant qu'il y aura des riches, il y aura des ordures ! Tant qu'il y aura des affamés, des efflanqués, on les ramassera ! Personne n'a jamais su proprement tordre la gueule à la bamboula des nantis...

Don Alfonso semble découvrir le gros homme sous un jour nouveau. Le policier a une lueur étrange dans le regard. Un feu d'oreilles lui cuit le visage.

– À qui profitera ce pactole ? demande soudain le politicien.

– Un contrat passé par-devant notaire garantit à la señora Moreno la jouissance de l'usufruit des biens de son époux jusqu'à sa propre mort.

Les yeux de don Alfonso Venegas se rapprochent dangereusement :

– Mais... et vous, commissaire, dans cette entreprise ?

– Moi ? louvoie Cabrera. Moi, je serai le policier qui mène l'enquête. Celui qui dénoue l'affaire... Qui traque ou qui tue l'assassin. Qui remet ses conclusions à la justice... Et qui tire d'une affaire retentissante le bénéfice de l'avancement et quelques avantages matériels !

– À ce compte-là, quel est le prix du crime ? pâlit Venegas en perdant ses moyens.

– Je veux la veuve et le magot ! s'énerve soudain Cabrera.

Vingt et une heures.
Calle Pedrote Gante.

On dit que les pilules orientales raffermissent les seins, mais on n'a encore rien trouvé de meilleur que la marche à pied pour trier les idées noires.

Après l'épisode cruel où mon copain Arturo m'a claqué la porte au nez, je décide de rallier le quartier du bureau sur mes bottes.

Yip et yeah, en avant pour Charlie Dunn !

Ce vendredi, je peux m'en vanter, a été toute la journée une épreuve assez dure pour les nerfs et, en débouchant dans la calle Pedrote Gante, mon but est simple et tranquille : je vais m'octroyer une soirée de repos. Tout ce que je souhaite pour le présent, c'est retrouver l'endroit où j'ai laissé ma bagnole en stationnement, tourner la clé de contact et ramener mon sac d'ossaille à l'hôtel El Mirador.

Seulement voilà, impossible de remettre la main sur la foutue voiture ! Je m'époumone à parcourir trois fois la rue dans sa grande longueur et je finis par m'asseoir sur une borne. J'ai diantrement mal à la nuque et je crois que j'ai les yeux rouges.

Comme toujours dans les circonstances foireuses de l'existence, mon père resurgit au coin de ma cervelle.

Lui aussi, le caissier, rentre de la pêche aux illusions. Il est fourbu. Il a ôté son ciré, ses caoutchoucs. Rangé ses gaules. Il ronchonne :

– C'est une mauvaise journée sur la rivière, avec des petits tourbillons de vent, une bourrée glaciale qui vient du Nord.

Il tripote ses chaussettes mouillées, rouscaille de plus belle :

– Il tombe une sacrée pluie à faire évader tous les démons, mais sous la nuée se cache un moment idéal pour visiter une maison amie. J'ai idée qu'on peut s'asseoir, un père et son fils, devant l'âtre. Et l'appel d'air fera monter le feu de l'amitié dans la cheminée. Assieds-toi donc, garçon. On va parler de ça qui te chiffonne !

– Cette histoire de voiture ?

– Vouais ! Tu d'vrais chercher ailleurs que dans la rue, me conseille le pêcheur de truites. Personne serait assez voleur pour te piquer ta bouzine ! C'est un ravelin d'automobile !

Je me dis qu'il n'a pas tort. *Mais ma saloperie de santé m'interdit de lui répondre, monsieur.* D'ailleurs, je me lève avec un foutu vertige.

Pour chasser le battement de mes tempes, je pénètre dans la cabine de verre d'un oxygénomètre et m'offre une minute de pureté au travers d'un masque. Je regarde passer une foule harassée qui va et vient sans me prêter attention. La séance finie, un signal lumineux coupe court à ma convalescence et dit sérieusement : « Introduisez une nouvelle pièce et vous aurez soixante secondes supplémentaires de vie. »

Je, *Harry Whence, monsieur,* fouille mes poches en quête de mes dix derniers pesos. En place de monnaie, tout ce que je trouve au fond de ma poche, c'est un ticket de parking. Il s'agit du parking en construction près de mon bureau.

– Tu y aurais garé ta voiture ? s'étonne mon père.

– Je ne me souviens pas de l'avoir fait.

– Ça sert à rien de dire des conneries, insiste le vieux Neal. Cours y voir !

La tête hurlante de pensées harassantes, j'arrive en glissade devant la caisse. Je tends mon ticket, le préposé le prend. Il le glisse dans sa machine. La machine l'avale. Le gars lève la tête de son bouquin par Taïbo II et énonce le résultat d'une voix plate :

– 130 pesos.

C'est seulement alors que je réalise que je n'ai plus un liard.

– J'ai oublié mon portefeuille au bureau, dis-je au caissier. C'est à côté, je reviens tout de suite.

Ce gars-là s'en fout. Il n'a pas de nerfs. Une tremblure insupportable lui fait claquer sa paupière gauche comme un volet. Il dit : faites ce que vous voulez, je vous attends. Il garde le ticket. Il se replonge dans Taïbo II. Il retrouve la ligne où il en était. Il rajoute pour du beurre : moi, y a pas de raison que je m'en aille !

Je cours dans la rue, grimpe mes trois étages, fonce dans la ligne droite du couloir, pousse la porte de verre cathédrale du bureau 307. Elle est fermée. Je trouve mon trousseau de clés dans ma poche droite. Je fais irruption dans la pièce. L'enseigne du parking s'inscrit en haut à droite du cadre d'alu qui ceinture la baie vitrée. Elle clignote PARK, PARK, à gros néons bleutés. Je trébuche sur une chaise renversée, la relève. Je donne toute la lumière, fonce à la penderie, y trouve mes chemises neuves. Mes achats de l'après-midi. Mon beau costume grège. Je constate que le revers de la veste pend. Il a été arraché. Je fouille les poches. Pas trace d'argent. Je commence à paniquer. Je palpe l'étoffe, m'aperçois qu'il manque un bouton sur le devant du veston. En cédant, le fil a entraîné un morceau d'étoffe. Je cherche à me souvenir pourquoi. Je ne trouve pas.

Je fais l'inventaire de mes paquets d'emplettes. L'un d'eux contient les boucles que je destine à Lola et porte la marque du magasin Sornby's. Non, Sanborn's. Je fonce jusqu'au téléphone et fais le numéro de l'hôtel El Mirador. J'obtiens le gérant mangeur de fourmis. Il me dit merde, ça le fait chier qu'on lui téléphone sans arrêt, parce qu'il a sa dose d'emmerdements personnels, sa femme qui le quitte, et quand il voit à peu près à qui il a affaire, il crie que je ne vais pas le sonner tous les quarts d'heure pour savoir où est ma propre poule. Il dit que Lola n'a pas reparu depuis ce matin et qu'elle était parée comme une châsse quand elle est sortie. Toutes des putes ! Je raccroche avec un début de nausée. Je recule et marche sur un peigne de femme. Je ramasse trois dents d'écaille noire et pense à Preciosa Vasconcelos-Arrampa.

Mon cœur saute par la fenêtre et, à partir de là, ma vie s'orchestre en pointillés.

Calle Pedrote Gante, Calle Pedrote Gante, Calle Pedrote Gante, Calle Pedrote Gante...

Je suis de nouveau dehors.

Je cours. J'ai passé le costume blanc. Peut-être parce qu'il a ses deux manches.

Il s'est mis à pleuvoir comme dans un rêve de pêche au Montana.

Je traverse la rue.

J'entre au parking par la descente piétons. Je dégringole le colimaçon de béton qui mène au premier sous-sol. Je parcours les travées en cherchant ma voiture. Je ne la trouve pas. Deuxième et troisième sous-sol, rien. Au quatrième niveau, une seule bagnole semble se morfondre sous l'éclairage merdique. Le dos rond, la peinture terne, elle est derrière le troisième pilier de béton marqué D 3. C'est la mienne.

J'ouvre le coffre. J'y découvre une cantine métallique flambant neuve. Dans cette malle, une femme d'approximativement cent vingt livres, pliée en position de bébé compressé, réussit l'exploit de tenir sur le côté. Ses cheveux d'un bleu corbeau sont dénoués. Ses yeux expriment le plus triste de l'histoire humaine. Sur son visage convulsé, je mets sans peine un nom : Preciosa Vasconcelos-Arrampa.

Harry-la-déveine ne comprend pas pourquoi il l'a mise là, monsieur. Il a des idées filantes comme des comètes. Planté devant le gouffre d'une pensée vide, il reste punaisé dans la découpe blafarde d'un halo de lumière.

Soudain, il referme la cantine, reboucle le coffre de la Ford. Il n'a plus qu'une envie, c'est de se laver les dents.

Il se précipite au volant, fait démarrer le moteur, allume les phares. Tandis qu'il grimpe la rampe du parking, il entend hurler les pneus à chaque courbe. Il négocie la dernière pente au maximum des possibilités mécaniques de la voiture et, au sortir de la dernière épingle à cheveux, appuie à fond sur l'accélérateur. Il se présente à près de quatre-vingt-dix à l'heure sur la dernière section droite avant la sortie.

Dans sa cabine, le préposé a levé la tête de son polar par Taïbo II. *Bonté du monde, monsieur !* Il voit se rapprocher un flamboiement de phares. Un moteur surmené gronde sous la voûte. La crainte agrandit ses yeux. La cabine s'irise comme un vitrail. Submergé par la stupeur, il voit passer le toit d'un bolide allongé comme un Soyouz.

Aussitôt après, quand le véhicule percute la barrière, il entend le fracas et l'émiettement du pare-brise. Il reste un moment sur sa chaise tournante. Il consomme ses dernières secondes de tranquillité avec bonheur. Une sirène se met à vagir, une loupiote rouge se met à battre. La bouche du préposé doucement s'entrouvre. Sa paupière claque. Il pose son livre et se penche pour constater les dégâts. Il contemple une majestueuse coulée de projecteur sur la constellation de verre bleuté. Il court en rond en disant merde. Merdalors. Merdencore.

Il empoigne le téléphone afin de raconter aux flics son univers transformé par le bras manchot de la barrière qui indique le ciel, mais constate que le commissariat est occupé.

Vingt et une heures trente.

Sur la décharge de Meyehualco, le souffle de l'air tiède s'alanguit. Les pestilences de goudron, de gas-oil et d'hydrocarbures stagnent sur le terrain vague. Le ciel sombre est rayé de mauve.

Cette nuit, les enfants de Guadalupe ne se sont pas tous réfugiés sous le manteau de la Vierge. Ils ne croient pas au miracle des fleurs. Ils croient à la violence. Leur maison est construite sur la fange. L'ordure vaut autant que l'amour.

Les feux de détritus couvent des relents de chambres à air. Le long des grillages surmontés de pointes où grésille l'électricité, des gamins aux épaules nues comptent et recomptent avec une frénésie de possession leur butin du jour : une centaine de capsules de Coca, une raquette de tennis, un disque des *Sex Pistols* et des sacs de plastique pour respirer la colle.

Soudain, ils lèvent la tête. C'est Manuel Ramos, huit ans, qui arrive en courant sur ses pieds endurcis. Sans dire mot, il lève son poing où sont enfermés trois billets verts. Des dollars !

Il dit fièrement :

– J'ai vendu mon chien Xepo. Il ne mordait pas assez !

Ricardo, le chef des enfants, un grand de douze ans avec un couteau à la main et des baskets sans lacets, s'avance vers

Manuel. Les lèvres serrées, il lui attrape le devant du short et le tord.

– Je te coupe tes petits oiseaux si tu ne me dis pas qui t'a donné le fric !

La lame se fait menaçante.

– La señorita Linda Moreno, avoue Manuelito. Sur la Mère impure, je jure que c'est vrai !

Tous les enfants se retournent. Ils regardent du côté de la villa forteresse. Ils fixent les deux fenêtres allumées du monstre de Meyehualco tapi sur son nid d'ordures. Le rostre de béton de la bête cuirassée de hauts murs semble les défier. Il souffle vers eux une haleine de fumerolles.

Ricardo renifle le bout de ses doigts et brusquement s'énerve :

– La fille de don Rafael est une fille de pute impensable ! L'autre nuit, je l'ai rencontrée dans le coin des eucalyptus. Elle m'a demandé mon nom...

– Exactement ce qu'elle a fait, dit Manuel. À moi aussi, elle m'a demandé mon nom... À tout le monde elle demande son nom...

– Moi, dit Ricardo, elle m'a surtout demandé mon âge, et quand j'ai dit quatorze ans...

– Douze, rectifie Manuel.

– ... elle s'est jetée à quatre pattes par terre... En relevant sa robe sur ses reins, elle a exposé ses fesses...

Un grand avec les yeux rapprochés, qui s'appelle Aurelio, affronte son chef :

– C'était la nuit ! Qu'est-ce que tu pouvais y voir ? Un cul sous la lune... Presque rien !

– J'vais te dire : elle me montrait tout ce que tu peux même pas voir chez ta mère... Sa raie brune et la rose de son trou de femme... Elle m'a dit : fourres-y ta langue... Fais-le !... Mais je ne veux pas que tu bandes... Si tu bandes pas, je te donnerai cent pesos !

Les yeux de Manuel s'affolent. Aurelio hausse les épaules. Les enfants du gang s'approchent. *Los Diablos*. Le gang des pieds nus.

Il y a bien longtemps, leurs pères étaient des Purepechas, des Mayas, des Huicholes ou des Totonaques. Aujourd'hui, ils sont des fils de la honte et du progrès. Ils croient que *« le monde préfère Pepsi »* et s'accrochent à l'oubli.

– Et tu l'as fait ?

– Sainte maman ! Je jure que c'est vrai ! J'ai remué ma langue à toute vitesse, je la tenais par les hanches... Elle avait un goût de sirop de *pulque*... Il y a un fin duvet au creux de ses reins... Elle tremblotait un peu...

Sous la couronne des étoiles, ce soir-là, au milieu des détritus, dix paires d'yeux d'enfants rêvent d'une vulve cousue d'or. Autour de Ricardo, ils sont tous là : Shadow et le Médecin, les frères Sánchez, les petits Posada, Tonto et Cantiflas, des *chavos* qui, dès qu'ils n'ont plus la morve au nez, respirent des solvants. Les plus vêtus possèdent un tee-shirt. Les plus aguerris ont des mains calleuses comme du basalte. Les plus voleurs écoutent José-José dans un walkman :

Je suis prisonnier de tes baisers
De ta manière de faire
ce que tu appelles l'amour...

Et tous ont des couteaux, pour tuer.

Pendant que Ricardo raconte le mystère des cavernes chaudes, ils montrent des dents de requin.

Tonto, Cantiflas, Baco, Rafa, ils demandent :

– Et après ? Et après ?

– Elle m'a écarté très vite avec un petit bâton qu'elle tenait dans sa main droite. Elle m'a dit : « Comme ça, l'amour se termine, Ricardo. » Et putain ! Même si j'avais encore soif, elle s'est relevée... Sa jupe de dentelle noire est retombée comme un rideau. Ses yeux noirs brillaient comme des grains de muscat. Ce qui l'intéressait, c'était la bosse sur mon pantalon.

– Qu'est-ce qu'elle a dit ?

– Sa bouche était tordue par la colère. Elle a dit : « Même à ton âge, vous êtes tous de la graine de salaud ! » Elle m'a dit que je n'avais pas su gagner mon argent. Elle m'a dit aussi : « Puisque c'est ainsi, je vais te payer de douleur. » Elle a frappé mon sexe avec sa badine. Et son visage était en pierre quand elle est partie.

Tonto, celui qu'on appelle le Sage, bedonne en avant et passe ses pouces sales dans les bretelles de son maillot :

– Hé, *man,* oublie tout ! Elle s'est seulement servie de ta langue comme d'une cuillère pour remuer la soupe de son ventre !

Baco crache sur le sol pour se débarrasser d'un mauvais goût de salive. Il répète ce que son père a crié dans la rue en défilant avec le PSUM, le Parti socialiste unifié :

– Les riches s'amusent avec le respect des pauvres !

Rafa acquiesce :

– Nous sommes des morts, pour ces gens-là !

Bafa ajoute :

– Ils te font lécher leur cul et ils t'envoient te faire foutre !

Manuel Ramos se signe.

Il dit qu'il faut brûler l'argent qu'il tient dans sa main.

Vingt-deux heures.

Villa de don Rafael Gutierrez Moreno.

María sursaute. Depuis sa chambre, où elle lit, elle a entendu des éclats de voix sous la voûte.

Elle approche son visage de l'embrasure de la porte et risque un regard dans la galerie.

Ombre et lumière, elle aperçoit la silhouette de Linda qui danse devant les appartements de son père.

Sur sa main droite, tenue horizontale comme un plateau, elle a posé une boule informe et noire. María ne distingue pas de quoi il s'agit. À son poignet gauche, la jeune fille a noué une longue ficelle reliée ainsi qu'une laisse au col d'une masse poilue. Peut-être s'agit-il d'une peluche, d'un ourson, d'un jouet d'enfant ?

La porte grande ouverte de Rafael Gutierrez Moreno laisse passer un flot de lumière jaune qui inonde le dallage du patio. Une odeur de cigare rôde derrière les colonnes.

Linda s'adresse à quelqu'un que María ne peut pas voir. Mais elle imagine sans peine l'immobilité de montagne de son mari, sa stature de pachyderme tapie dans l'obscurité.

Linda se trémousse de façon obscène. Elle est maquillée comme une momie du haut Nil. Elle tisonne son père avec ses yeux. Elle lui sourit quelques secondes. Pour la première fois depuis des temps immémoriaux, elle lui parle doucement, comme si elle avait quelque chose de très gentil à lui offrir, des fleurs ou Dieu sait quoi.

Elle dit :

– Aujourd'hui comme hier, je suis descendue aussi bas que tu m'as entraînée, petit père... J'ai pris le *chiclero* le plus sale que j'aie trouvé dans les rues de Luciano et l'ai payé pour qu'il me baise ! Quand il m'a laissée sur le matelas taché de jus sale, il n'avait même plus la force de le faire ! Mon ventre était si dur et si douloureux que j'avais envie de pleurer...

Elle laisse passer un moment.

– ... comme les premières fois où tu enflammais mon corps en venant si profond...

Un rire rauque et désaccordé monte jusqu'à sa gorge.

– Tu sais quoi ? Je lui ai donné dix dollars, à l'Indien !

Elle ajoute pour faire bonne mesure :

– Une fille à dix dollars ! Tu crois que ça existe ?

Les chaussures vernies de don Rafael apparaissent en pleine lumière dans un crissement de cuir neuf. Mille reflets. Elles sont là, elles attendent.

Linda Asunción hoche curieusement la tête, comme si elle luttait contre le roulis d'un bateau. Elle éclate d'un rire de péché et, brusquement, lance devant elle la boule noire.

Elle crie :

– Pour trois autres méchants dollars, je t'ai rapporté la dépouille de ma souffrance !

Dans un bruit de pain de viande, la tête tranchée d'un chien atterrit aux pieds de l'homme en smoking. Ses vernis immobiles brillent de reflets intacts. Dans le pan d'ombre qui protège encore son visage, María peut distinguer la cendre incandescente de son cigare *El Corona*.

Tête baissée, les bras soudain libres, Linda Asunción se balance lentement sur ses jambes élancées. Le visage dévoré par une mèche, elle pivote sur elle-même et s'éloigne. Elle trimbale derrière elle cette masse informe qui pourrait bien être le corps d'un animal sur le flanc, à moins que ce ne soit une serpillière.

De temps en temps, elle se retourne. Elle dit :

– Sage, le chien Xepo ! Sage, la faute humaine !

Elle passe devant María, sa belle-mère, sans la voir. Ses yeux sont agrandis par la drogue.

Elle tire sur la laisse. Derrière elle, la touffe de poils décapitée laisse une longue traînée sanglante.

María recule, claque la porte derrière elle. Elle se jette sur son lit, prise d'une nausée.

Avec de faux airs de pharaonne, la fille du roi des ordures, la démarche entravée par le drapé de sa jupe éventail, la nuque droite, les épaules hautes et carrées, les bras écartés du corps et les paumes tournées en l'air, s'avance en direction d'un second homme immobile qui se tient tout au bout de la galerie dans l'ombre d'une colonne.

C'est Vasco Mendoza, le garde du corps.

Sans un mot, elle se coule contre lui, l'attrape par la nuque et l'embrasse longuement sur la bouche.

Vingt-trois heures.

Dans le rétroviseur de la Bentley, les yeux de Vasco Mendoza fouillent la pénombre à la recherche de l'image dodelinante de son passager.

Don Rafael est comme un gavial qui se ferait bois mort. Engoncé dans son foulard de soie blanche, son visage s'affaisse vers l'avant. Il paraît dormir sur trois mentons et le teint livide du vieux gentleman dit en quels marigots envasés et nauséabonds erre son esprit.

Dehors, sur le passage du lourd véhicule, la ville s'allume et s'éteint comme un arbre de Noël sans jouets.

Derrière les meurtrières de ses lourdes paupières, dans le chuintement des huit cylindres, don Rafael fait les comptes de son étrange vie mitée. Son corps massif abandonné à un demi-sommeil oscille de temps à autre. La transpiration envahit son front glacé.

Il ressasse.

Linda Asunción ! Sa fille cambriolée. Sa nouvelle mort.

Don Rafael laisse errer la fente de ses yeux sur les carrefours qui défilent. Sur ses genoux, il tient une serviette de cuir bourrée d'argent. Une fortune qu'il va jeter aux pieds de son dernier amour.

Soudain, sur le boulevard, les réverbères s'allument.

Dans un quart d'heure, l'Américaine sera sienne.

À l'autre bout de la colonie, dans la villa bunker, María sort brusquement de sa langueur migraineuse. Elle vérifie si les enfants dorment, puis se glisse dehors à son tour.

Sur le point d'aborder les arbres du jardin, elle croise Linda qui marche comme une somnambule sous la galerie. La jeune fille arbore une expression de calme modelée à la cire sur son visage. Les neuroleptiques, sans doute.

Avec une expression haineuse dont elle maîtrise graduellement l'intensité, la jeune fille tourne lentement son visage du côté de sa belle-mère. La bouche pleine de dégoût, elle siffle entre ses dents serrées :

– Je tuerai le gros porc. Je ne vis plus que pour le jour de sa mort !

Elle laisse dériver ses yeux fixes. Un parfum pénétrant monte de son corsage d'où émergent deux épaules à la pâleur resplendissante.

– Je t'aime, Linda, souffle María. Je t'aime pour ce que tu souffres.

– Moi, je ne veux pas de l'amour, réplique la jeune fille.

Son regard croise le sourire apaisant de sa belle-mère. Elle hausse les épaules comme pour dire que le repos non plus, elle n'en veut pas. Elle mouille le bout de son index avec sa langue et frotte le duvet de son bras comme si elle cherchait à y effacer quelque chose d'indélébile.

– La brosse et le crin n'y suffisent pas ! siffle-t-elle. Je ferais mieux d'essayer l'amputation !

Une ombre de tristesse envahit le visage de María. Elle s'approche de la petite.

– Enlève tes mains ! supplie Linda. Laisse-moi !

Elle tourne brusquement les talons et se met à courir en direction de sa chambre. Une porte claque dans la nuit.

María sort par la poterne du fond du jardin. Hormis son mari, elle est la seule à en posséder la clé depuis qu'elle en a fait faire un double.

Un taxi l'attend au pied du bunker. Elle y prend place et retrouve son calme intérieur. À peine si une nervure de contrariété froisse le lisse de son front. Elle a de nouveau rendez-vous avec Cabrera.

Le taxi longe l'enclos électrifié et se fond dans la nuit tiède. La pleine Lune flotte dans un halo proche du rouge. L'air stagnant au-dessus de la décharge garde une odeur de butane et de fleurs fanées.

Minuit.
Commissariat de terminal Aerea.

Abîmé dans la fosse d'un monde vide, Fernando Cabrera, l'homme à tête de bouledogue, somnole sur son grabat de draps froissés. Il s'est affaissé sur le côté, une plaque de chocolat à la main, la boyasse flatulente, la langue épaisse.

Dans son cerveau engourdi surnagent ses dernières pensées. Avant de sombrer, il s'est vu à la tête d'une immense fortune. Il s'est imaginé épousant la veuve du roi des ordures, reconnaissante de l'avoir tirée des griffes de la justice. Dans l'étrange et agité voyage de sa narcose, il s'est même surpris à espérer vaguement un frôlement tendre et affectueux. Au terme d'une eau lente, il a clairement senti la main de María Garcia se poser sur son vieux plumeau.

Soudain fourré de volupté, les paumes offertes à l'afflux de sève, le dormeur lutte contre les escarbilles qui envahissent sa cervelle. Il retarde le moment d'ouvrir les yeux. En se retournant sur sa couche, il est en nage. Les veines saillantes, il commence à s'étirer. Son pénis se dresse.

La lumière d'une ampoule nue brûle au-dessus de lui. Le robinet du lavabo goutte sans arrêt. Il croit avoir entendu des pas.

Avec des yeux morts, il finit par accepter de regarder autour de lui.

Il la découvre avec stupeur. Elle est là. À quelques pas de lui. Belle à couper le souffle, comme si elle allait s'installer au bord du lit et lui dire : laissez-moi faire, je vais recoudre votre vie.

– Mon Dieu ! Faites-moi fondre ! pense-t-il.

Il s'essaie à un sourire.

Le visage de sa visiteuse est impassible, lisse sous ses cheveux nets, tirés vers l'arrière. Les reflets de ses lunettes fumées renvoient au gros homme la défaite de sa propre image.

– Je m'étais endormi en vous attendant, dit l'obèse.

– Pardonnez-moi. J'ai été retardée.

Elle lui raconte ce qui est arrivé, ce soir, avec Linda. Elle lui redit que cette situation ne saurait durer. Autour d'eux s'élève une faible émanation de parfum. Elle finit par retirer ses lunettes.

Il contemple ses yeux verts. Il grommelle :

– De mon côté, j'ai bien travaillé pour nous ! Votre Harry Whence est plus que jamais l'homme qu'il nous faut.

Il lui récite l'essentiel de son plan. Elle l'écoute avec gravité. Il est resté assis sur son matelas. Elle s'est avancée dans sa direction. S'il lui en prenait l'envie, il pourrait la toucher. Elle n'a pas daigné s'asseoir. Il contemple ses beaux yeux verts, et demande :

– Serez-vous assez forte pour endurer tout le chemin ?

Comme une équilibriste fascinée par son propre vertige, elle s'avance encore un peu au-devant de ses jambes écartées. Elle dit :

– Oui. Pas de regrets ! Pas de remords ! J'irai jusqu'au bout ! Qu'il crève !

Franchement, lorsqu'il glisse ses mains potelées dans la tiédeur des siennes, elle a l'air en proie à un espoir très pur. Elle semble à cinq cents lieues de ce qu'il lui propose en perdant la tête.

– Tout peut recommencer, grasseye Cabrera.

– Je ne crois pas que le bonheur existe, réplique María.

Elle accommode brusquement sur le gros homme et réalise en quels fonds vaseux il l'entraîne.

Une buée s'est installée devant ses yeux. Il est congestionné. Il déraisonne. Comme dans ses rêves les plus fous, il imagine que la façon dont il lui pétrit les paumes éveille à la pointe de ses seins un battement d'ailes tumultueuses. Qu'elle sent frémir au fond de son ventre les premières mesures d'un désir imminent.

– Vous êtes fou ! Lâchez-moi !

Elle lutte pour se dégager, mais il la tient fermement.

– Regarde, dit-il en guidant sa main vers son sexe épanoui.

– Plus jamais ça ! crie-t-elle en le giflant, en le giflant encore. Plus jamais ! Pas avec moi ! Jamais ! Jamais !

Finish l'avenir, un immense dégoût la submerge. Elle vomit sur son propre visage.

SAMEDI,

le quatrième jour.
Six heures trente.

Mexico se dresse sur son matelas.

L'avènement d'un nouveau jour propose ses fantômes.

Au coin d'une esplanade, une chaise rouge, à la paille éventrée, agonise près d'un banc.

Sur un piédestal, un fringant dictateur coulé dans le bronze tend son bras emmêlé dans une fourragère vers l'avenir de tout un peuple. Sanglé dans son uniforme, outre un sourire engageant, il arbore une allure magnifique. À ses pieds, des Indiens en bas-relief lui promettent leurs moissons.

C'est un matin mouillé de jets d'eau où les chiens errants sont heureux de se baguenauder dans les immondices. À la radio, un speaker vient d'annoncer que quatorze oies sauvages sont mortes en abordant la ville par l'Est. Le ciel est barré de nuages opaques.

Un ancien poids mi-lourd en frac avance sur le trottoir. Il marche pieds nus dans ses derniers gants de boxe.

À ramasser dans le ruisseau, un adolescent shooté vif, quinze trous rouges dans ses cuisses d'autruche, jette sa seringue hypodermique.

Flanquée d'un grand nègre qui porte des glaïeuls, une jolie fille avec des bas fins se tient sur le trottoir d'en face. Elle rit et c'est magnifique.

Sept heures.
La décharge de Santa Cruz Meyehualco.

Don Rafael Gutierrez Moreno vient d'enfiler une robe de chambre en tissu éponge et, sur le chemin de sa salle de bains en marbre bleu turquin, s'arrête devant une statue de la Vierge de Guadalupe. Il ploie ses genoux et prie la Vierge à la peau brune, ainsi que le lui a appris sa mère. Sur son lit de mort, il lui a promis de le faire chaque jour.

Quand il se relève, l'homme sourit à son chien. L'animal est un pit-bull de la race des tueurs. Sur un claquement des doigts soignés de son maître, le fauve accourt. Il retrousse ses babines, humecte les poignards de ses crocs dans un rictus servile et pose sa tête en signe de soumission sous la main de celui qui commande.

Ce matin, tout théâtre de cruauté effacé de sa cervelle, en caressant la tête du pit-bull, l'empereur des poubelles pense à la peau transparente de la belle Américaine, à la façon dont il l'a achetée cette nuit même. Personne ne résiste au délicieux froissement du papier-monnaie.

Lola a tâté le magot. Elle a ébouriffé les liasses de billets verts. Une partie de l'argent de la politique.

Elle a gloussé :

– C'est à moi ?

Elle avait bu. L'alcool lui avait obscurci l'esprit à la manière d'une mousson tropicale.

Elle a répété :

– C'est à moi ? C'est à moi ?

Elle berçait les banknotes comme un bel enfant. Elle les faisait reposer sur son ventre.

– C'est magnifique, disait-elle, les yeux noyés de larmes. Je danse sur trois doigts !

Elle s'est reculée, les mains crispées sur sa fortune. Elle a ouvert le placard de la penderie. Elle y a enfermé son bien à double tour de clé. Près de ses sous-vêtements, de ses parures de soie. De ses nouvelles possessions.

Elle a éclaté de rire. Elle a scruté don Rafael jusqu'au fond de l'âme. Il était assis sur un fauteuil et la guettait comme un gros chat. Elle se sentait pleine à craquer d'énergie.

Elle a proposé la chose la plus simple du monde :

– Tu as envie de baiser ?

Elle s'est offerte à lui.

Les lèvres fraîches et brillantes, elle s'est étendue sur le lit. Des plissures adorables étaient apparues au coin de ses yeux mi-clos. Elle a adressé un sourire alangui à son bienfaiteur qui ne bougeait toujours pas de son observatoire.

Et puis, dans un souffle, elle a tisonné sa braise :

– Si tu préférais, je pourrais sans trop de mal baiser avec toi debout contre le réfrigérateur.

Elle avait l'esprit tendu vers la réussite. Elle sentait d'instinct qu'elle devait pencher vers le scabreux.

Soudain, il s'est abattu sur elle.

Prenant appui sur la montagne de son torse, il a commencé à fouiller son ventre avec une force sauvage.

– Arrête tout de suite !

Mais Lola savait qu'elle ne pourrait résister. L'estuaire de son sexe s'ouvrait sur une tempête de fleurs.

Elle a éclaté d'un rire hystérique. Sa voix haletante de fille rousse et vulgaire s'est transformée en un pointillé sans suite. Puis elle a été emportée par sa propre folie. L'homme réveillait sa lave.

– C'est ce que tu fais ordinairement aux femmes qui t'hébergent ? suffoquait-elle. Tu les fais couler ?

– Elles disent que j'ai trois mains gauches ! répondait don Rafael.

Il soufflait le feu par les narines. Il embrassait son nid, le pillait.

– Suce-moi encore, agonisait-elle, que j'envoie toute ma rivière dans ta bouche !

Elle avait grand soin d'employer des mots orduriers capables de ressusciter son goût pour les écumes et souillures de la presque-mort.

Leurs dents s'entrechoquaient tandis qu'il entrait en elle. Elle donnait la mesure avec ses reins. Elle prenait. Elle exigeait d'être profanée. Son ventre était un pont. Même s'il avait vieilli, il tenait à montrer combien il était encore un athlète insatiable.

– J'ai un cheval emballé entre les jambes ! haletait-il. Je te jure, un cheval !

Il l'a quittée au matin sur un lit brûlant. Ce qu'ils avaient chanté toute la nuit dans les draps ressemblait fort à un cantique de folie grandissante. Et même, à supposer qu'elle ait feint les cris de l'amour comme seules les femmes savent le faire, il avait vaincu son corps, il en était sûr.

– Je ne te rendrai plus jamais à ton légitime propriétaire, avait dit le maître des ordures en regardant blêmir l'aurore.

Son pénis redevenu enfant, don Rafael avait glissé sa main comme une ombre chaude sur le cul de sa maîtresse. Lola n'était même pas sortie des bourbes de son sommeil. Elle s'était contentée de feuler une agonie fauve.

– Tu t'en vas ?

– Oui. Il le faut. Mes affaires m'attendent.

Et quand son dompteur lui avait glissé à l'oreille : « Tu n'en as pas assez ? Je t'envoie quelqu'un d'autre ? », elle avait remué sa crinière.

– Non merci. Je veux seulement dormir sur ton argent.

Son corps avait perdu tout orgueil.

Sept heures trente.

Cette nuit, j'ai marché jusqu'à ce que mes bottes entrent dans mes maxillaires. Passé ce stade, on ne sent plus rien. La souffrance est ailleurs. Peut-être devient-elle mentale. Débrouillez-vous avec ça.

J'ai marché devant moi, même si c'était cuisant pour ma voûte plantaire. Quelque chose d'autre était arrivé. Je crois bien que, pour la première fois de mon existence, j'étais jaloux.

Lola était dans les bras d'un autre homme que moi.

Le rare moment dont je me souviens, à part des tas d'occasions de boire et de faire le coup de poing avec des paumés dans mon genre, c'est quand j'ai suivi cette fille pour braver la réalité.

J'avais accommodé sur le bas du rebondi de son dos qui roulait sans inconvenance. Elle donnait l'impression de glisser au milieu de la cohue des noctambules. Je ne sentais plus la brûlure de mes pieds. Nous avons parcouru plusieurs kilomètres, jumeaux de la nuit. Je jure que je ne demandais rien d'autre que le balancement de ses hanches.

Jusqu'à ce qu'elle se retourne.

Elle était d'une grande beauté. Sa mine était avenante. Elle dansait sur des bottines vernies qui étincelaient comme du charbon. Ses seins étaient menus et fermes. À l'orée d'un décolleté généreux, ils apparaissaient entourés d'une frange fournie de poils d'une vitalité extrême.

Mon père a commencé à ricaner dans ma tête.

– L'histoire est pas neuve, a-t-il commenté. Le choléra est dans le berceau des malchanceux !

Mes yeux ont croisé ceux de la jeune femme.

Elle s'est rapprochée de la maison qui se trouvait derrière elle. Elle a murmuré :

– On est arrivés devant chez moi. Pourquoi tu t'accroches ?

Elle me prenait au dépourvu. Je ne pouvais pas lui dire que ses fesses m'aidaient à supporter la vie. Nous sommes restés un moment à réfléchir. J'ai regardé cette forêt de poils noirs autour de ses jolis seins.

Les mots se coinçaient dans ma gorge. La voix criblée de balles, j'ai répondu :

– Ch'ais pas. P't'être parce que je sens que vous avez une fêlure.

Le visage de la fille reflétait un calme soudain. Elle n'avait pas de larmes dans les yeux.

– J'aimerais bien me faire baiser sous une pile de couvertures, a-t-elle dit.

Et le temps s'est mis à pousser des cris.

Les portes claquaient, les chiens aboyaient, les vitres tombaient et, d'un coup, j'ai su que si je faisais l'amour avec elle, je risquais de l'étrangler comme la Portoricaine. Comme Preciosa Vasconcelos-Arrampa.

Alors je suis parti en courant. J'ai retrouvé ma voiture garée sur un trottoir et, je ne sais comment, elle m'a ramené à la maison.

Huit heures du matin.

Au quatrième étage d'un garni situé au 4, callejón Emiliano Zapata, un rideau bouge.

Fernando Cabrera, commissaire du district de terminal Aerea, abaisse ses jumelles braquées sur le troisième étage de l'hôtel El Mirador. Il sait que derrière les vitres sales et sans rideaux se trouve le meublé de l'Américain.

Cabrera gratte son thorax velu.

Une moue de désagrément froisse un moment son faciès de bouledogue. Derrière lui, une grosse fille aux seins nus sanglote dans son mouchoir.

Il se retourne, dit d'un air éreinté :

– Je n'ai pas voulu te faire de la peine avec ton cul ! Ma femme Pearl aussi avait un cul, je te jure, comme je n'en ai plus jamais revu après... Un beau gros cul blanc, plus suffocant que du soufre !

Il s'approche de la fille posée sur ses draps froissés. Il commence à lui tripoter la pointe des seins. Avec ses nichons à l'air, son expression absente et ses grands yeux rougis par les larmes, elle donne l'impression que ce qu'il est occupé à lui pétrir ne la concerne pas. Elle regarde ailleurs.

– Dégoise un peu quelque chose, finit par dire Cabrera. J'ai l'impression de peloter un ours en liège.

La fille sort de son abattement et pose sur lui ses prunelles injectées :

– Un flic qui me parle sans arrêt de sa femme, c'est déjà pas marrant, mais un type qui vous baise mal et qui exige de l'enthousiasme, c'est au-dessus de mes forces !

Cabrera se déride. Une amabilité sculptée en chair molle dans un visage large.

– Tu vois, quand tu veux, t'as de l'esprit !

D'un coup, elle monte en graine :

– Dix heures de rang que vous m'emmerdez, monsieur le commissaire ! Toute une nuit sans pouvoir monter un client !

Fernando Cabrera regarde du côté de la fenêtre.

– Ton petit nid est un parfait observatoire, répond-il.

– Combien de jours allez-vous camper ici ?

– Aussi longtemps que le gars d'en face me posera des questions.

Huit heures sept.

Je ne me souviens pas comment je me suis retrouvé les mains dans les poches devant la façade de l'hôtel, ni pourquoi j'ai perdu la clé de ma chambre.

Hôtel El Mirador, les gens se déplient. Nez-Cassé, qui dégringole les étages, passe sur le palier du troisième au moment où je commence à donner des coups d'épaule pour défoncer la porte. Toujours serviable, il sort une tige métallique de sa poche. En deux secondes, je suis chez moi.

J'aimerais le remercier, mais, le temps que j'allume une cigarette, il a déjà filé en disant qu'on aurait sûrement l'occasion de se revoir.

Je me retrouve dans la piaule ; le lit est fait de la veille. Contrairement à l'habitude, l'air ne pue pas la présence de Lola. Elle n'est toujours pas rentrée.

Je prends une douche. Je me rase. Je me brosse les dents. Je change de chemise et regarde le dossier de la chaise vide en face de moi.

Une mouche traverse la toile cirée. Elle se lave les mains dans une goutte d'eau, mais je ne trouve pas que cette péripétie d'un monde immobile suffise à mon bonheur. Je passe encore cinq minutes à écouter pousser mes cornes, je vais pisser dans le lavabo, j'en profite pour me relaver les dents et cherche du papier à lettres dans le tiroir de la table.

Derrière la cloison, les canalisations commencent à danser la machiche. Dans l'appartement du dessous, le chien aboie pour calmer son maître. Le gosse du premier se réveille et pleure pour avoir son lait. Une voix de femme s'élève dans le couloir. Elle dit : « Sacré salaud ! Tu as baisé ma sœur, et maintenant tu me laisses tomber ! » Un pas de plomb dégringole les marches. Le bruit tournoie en décroissant dans la cage de l'escalier. Une porte claque au quatrième.

À mon tour, je mets le nez dehors. Odeur de pisse et de friture.

Je descends les trois étages et je me retrouve dans la rue avec l'intention de prendre ma voiture et de rouler jusqu'à une falaise. C'est ce qu'il y a de plus commode pour nous jeter dans le vide, moi et le cadavre de Preciosa.

La voix de mon père se met à gratter un vieux disque 78 tours et à faire son raffut dans ma tête :

– Fiston, ton projet est nul ! Ou alors, t'es encore en train de me prendre pour une moule ! J'ai jamais vu personne se brosser les dents avant de se supprimer !

Pourtant, je crois bien que j'ai pris le temps de griffonner un billet d'adieu pour expliquer mon geste. On ne s'y prend pas autrement quand on veut en finir avec soi-même. Mais rien ne prouve que je l'aie réellement fait. Sinon, pourquoi Lola, quand je l'ai revue plus tard, ne m'en a-t-elle rien dit ?

Neuf heures.
Cuisine de la villa Moreno.

Une main gantée de blanc pose un verre de jus d'orange frais sur un plateau d'argent. Le visage doux et sensible de Benny Williams, domestique noir né à Bâton-Rouge, Louisiane, s'incline vers l'avant.

Une petite cuillère en corne pour le sel. Une marmelade anglaise de chez Shiver's. Des œufs cuits en quatre minutes. Le vieil homme se conforme méticuleusement au cérémonial imposé par son service.

Encore un geste pour s'assurer de la parfaite ordonnance du petit napperon et, comme d'habitude, à la minute près, sa silhouette stylée débouchera dans la lumière crue de la terrasse, se surexposera au passage d'une éclaboussure de soleil et longera la piscine jusqu'à la table dressée pour le petit déjeuner de don Rafael Gutierrez Moreno.

Dans la touffeur naissante de la journée qui commence, le zélé serviteur s'incline devant ce demi-dieu en chemise et pantalon immaculés qui rêve en contemplant l'immensité des collines de déchets. Le pit-bull s'est endormi à ses pieds. Ses pattes bougent par secousses. Il rêve qu'il assassine.

– *Breakfast is served, señor*.

Le regard nuancé d'un regret, le roi des ordures cesse de contempler le grouillement continuel de ses sujets. Il tend une main machinale pour se saisir de son orangeade. Il porte la boisson embuée à ses lèvres et la déguste à longs traits.

Il s'interrompt lorsque le téléphone portatif sonne. La sonnerie stridule cinq fois avant que don Rafael échange son verre contre le combiné.

– Sammy Bronstein ! grimace-t-il de plaisir. Je me demandais, vieille fripouille, si tu avais oublié mon numéro de téléphone !

Il écoute attentivement ce que son interlocuteur tient à lui dire.

Le combiné vibre. L'avocat parle.

– C'est vrai, Bronsty, concède don Rafael avec une patience qui s'amenuise à vue d'œil, tu as sûrement l'impression de perdre ton temps à courir après ce Whence qui n'est jamais à son bureau, mais j'ai besoin que tu souffles sur ce type pour lui faire peur.

Le combiné vibre. Les doigts carrés du magnat tapotent la table.

– Sammy, tu es mon homme de confiance et mon ami, je te paie une fortune et je t'ai demandé de m'enlever ce type d'entre les jambes !

Comme l'autre argumente encore, don Rafael ferme les yeux. Son front de taureau se plisse de contrariété.

– *Balls !* éclate-t-il soudain. Je ne veux plus de cet aventurier dans mes pattes ! Balaie-le ! Et s'il refuse l'argent que tu lui proposes, dis-lui que les décharges de Mexico sont des cimetières pour les fous dans son genre !

Sa voix devient plus dure :

– Tu campes s'il le faut dans son boui-boui, exige-t-il, mais tu ne remets pas les pieds devant moi avant d'avoir traité cette affaire !

Il écoute la réponse de l'autre et en paraît prodigieusement agacé.

– Je te répète ce que je t'ai dit hier, Sam : si ce dossier ne peut pas se clarifier à l'amiable, penche-toi par la fenêtre et fais signe à Clemente Lazáro. Dis-lui simplement qu'il devient le propriétaire d'un cadavre de dix mille dollars. Quand il aura mérité son argent, il se trouvera toujours quelqu'un sur la décharge pour le débarrasser de son colis.

Encore une fois, le nabab écoute la réponse. En signe d'impatience, ses doigts manucurés tambourinent à nouveau.

Il siffle entre ses dents :

– Ferme ton clapet, Bronsty ! Ce sont mes règles à moi ! Et la disparition de ce type ne devrait pas faire un boucan épouvantable.

Il tend l'oreille. Son poing se durcit.

– Quoi ?... Tu n'as rien compris, Sam Bronstein ! Cette jeune femme libère mon corps de sa lourdeur de plomb. Personne, à part elle, ne peut me faire retrouver la légèreté de l'amour. J'ai touché ses seins. Ils sont doux et fermes ! Ma main est descendue sur la pente de ses reins et j'ai eu la certitude que ma vie, si lourde et si sale, pouvait se transformer en jonquilles d'argent...

Mais l'autre argumente toujours. Il fait vibrer la plaque du combiné. Il bavasse. Il a peut-être raison. Mais alors, il a tort d'avoir raison. On n'a jamais raison de résister à Rafael Gutierrez Moreno.

Pendant que l'avocat parle, pendant que la plaque vibre, les yeux du député se perdent dans le lointain. Deux longues rides partagent sa face brutale. Du regard il sonde les collines de cendres et de boues, les hectares d'excréments, de scories, les tonnes de métal tordu, de plastique voletant, l'espace ras empêtré de chiffons et tendu de carcasses vides.

D'un coup, il frappe la table du plat de la main. Il dit, répète :

– Le monde a changé, Bronsty ! J'ai retrouvé la possibilité de vivre ! Et je ne me laisserai pas rattraper par la politique !

La plaque vibre sa réponse. Le roi des ordures retient son souffle. Il murmure comme un défi :

– S'ils veulent ma peau, qu'ils viennent la chercher !

Le son de sa voix a pris la netteté d'une cloche d'église par une nuit de gel. Faucons de la mort lente, ses yeux suivent la quête des orpailleurs de l'absurde, cent visages suintants sur une piste brûlante, peut-être même un millier de silhouettes noires, dociles et courbées, qui remontent en direction des lignes de crêtes avant de s'engloutir dans l'infini où des tourbillons de vent les appellent comme des fantômes pour les dissoudre tout au bout du vaste ciel.

– Cesse de brandir devant moi le miroir de ma propre défaite, Sammy ! finit par exhaler don Rafael en poussant dans le micro un râle de sanglier blessé. Nous entrerons tous au cimetière ! Si l'Américain ne choisit pas d'empocher l'argent, il faudra lui donner la mort... La vie s'en va. Le meurtre rôde. Les souvenirs se confondent. Je te paie pour ça !

Il raccroche, reprend son orangeade là où il l'avait laissée. Par-dessus la lisière de glace finement pilée qui ourle le pourtour de son verre, il scrute le lointain où roule la poussière.

Don Rafael est né sur les ordures. En soixante ans d'existence, il a eu le temps de s'accommoder de l'odeur lourde et fade qui empoisonne l'atmosphère.

À peine avalée la dernière gorgée, profondément, à la folie, il inspire à pleins poumons, avec exaltation.

Et pense à Lola.

Neuf heures trente.

Avenida Fray Servando Teresa de Mier.

L'air de Mexico ronfle de colère. L'atmosphère s'époumone. Le flot ininterrompu des voitures irrigue la ville. Le plomb s'épaissit sur la terre mouillée.

Don Rafael Gutierrez Moreno soupire.

Du fond de sa Bentley climatisée, il regarde défiler ses semblables. Indifférent à leur foule moutonnière, il se replonge dans la lecture du *Financial Times*.

Les reins trempés, les fils de Tenayuca, de Chalco, de Xochimilco côtoient la somptueuse limousine. Ils avancent l'un contre l'autre. Acharnés à survivre, muqueuses dévorées par le chlore, les yeux ouverts sur l'obscurité qui les gagne, ils inhalent la mort polluante. Ils ressemblent à des rescapés de la noyade épuisés par un naufrage mutuel.

Vasco Mendoza, l'indéchiffrable chauffeur aux gants de filoselle, surveille son patron dans le rétroviseur.

Cette nuit, il est entré dans le lit de Linda. Simplement pour la tenir entre ses bras. La contenir. La rassurer dans son sommeil entrecoupé de fièvre. Accueillir la démence de ses nuits. Son sommeil agité.

Alcool et médicaments : Asunción s'ébrouait comme un cheval d'écume. Danse de folie, redoublement des râles : au matin, il n'arrivait plus à la maîtriser. Les cheveux défaits. Les seins partis sur les côtés. Hagarde. Vilaine de son chagrin glouton. Il avait été obligé de lui lier les mains derrière le dos. Elle cherchait trop à se mutiler avec ses ongles.

– J'ai peur ! hurlait-elle au milieu des ténèbres. Et, réveillant ses anciennes angoisses : j'ai la trouille d'être enceinte. Il faut que papa me donne la pilule. J'ai droit à sa bave. J'ai aussi droit à la pilule !

Il lui avait parlé avec une étrange douceur. L'ombre buvait Linda. Elle paraissait s'apaiser. Un sanglot sec la soulevait de temps à autre. Un feu brûlant lui dévorait les joues.

Soudain, elle échappait à la main apaisante de son bienfaiteur. Elle se cabrait d'horreur. Tandis que s'agrandissaient démesurément ses pupilles embuées d'hébétude, elle sifflait en offrant la friche de son ventre :

– Ne me touche surtout pas ! Si j'avais des gosses, je pondrais des œufs pourris !

Quand il l'avait quittée pour prendre son service, la petite était juste une enveloppe abandonnée. Elle s'était assoupie d'un coup et c'était comme si la mort lui avait ouvert les cuisses.

Tout en conduisant d'une manière parfaitement lisse, Vasco Mendoza se détourne à peine. Par-dessus son épaule, il demande à son passager :

– À la banque, Monsieur ?

– Pas tout de suite, dit don Rafael. Nous faisons un crochet par callejón 61 pour réveiller les anges du Mal !

Le magnat des décharges compose un numéro sur le cadran de son téléphone de bord.

– Allô ! Lola ? Bien dormi ?

– Oui, mon amour.

Don Rafael ébauche un sourire. Il écoute la calme respiration de sa maîtresse. Il revoit l'embouchure de son fleuve mystérieux. Il masque le combiné avec sa main pour que le chauffeur ne puisse pas lire sur ses lèvres.

– Après mon départ, étais-tu rassasiée ?

– Après ton départ, amour, le sommeil m'a embrassé le ventre. Et toi ?

– Moi ? Une nuit courte et des affaires.

– Comment se porte le Dow Jones ?

– Comme un charme ! Il t'a enrichie pendant la nuit !

– Non, sérieusement ?

– Il a fait un bond.

– Je suis plus riche qu'hier ?

– Un peu plus. À l'ouverture de la Bourse, Bill Clinton a éternué sur le pétrole iranien. Les Européens ont montré les dents. Mais les places bancaires sont restées confiantes.

– Tu m'expliqueras.

– Oui, je t'apprendrai le bruit de l'argent.

Il a dit cela comme on dit : je t'apprendrai le chant mélodieux des oiseaux. Il écoute un moment le souffle de la jeune femme et demande encore :

– Que fais-tu, en ce moment même ?

– C'est personnel...

Après une sorte de miaulement, elle ajoute avec un rire fêlé :

– Souviens-toi de notre histoire, cette nuit... Tu sais que je ne peux plus me passer de toi ?

– Moi non plus, chuchote-t-il.

Une tonalité sombre au fond des yeux, don Rafael lutte un instant contre une vacuité douceâtre. Soudain, il se ressaisit.

– Est-ce que je peux passer te voir ce matin ? demande-t-il avec l'intonation d'un enfant qui sait qu'il passe les limites.

– Je m'apprêtais à sortir.

– Tu vas encore rejoindre Whence ?

– Je veux lui dire la vérité sur ce qui est en train d'arriver. Donne-moi vingt-quatre heures pour le préparer.

Par la vitre, don Rafael jette un coup d'œil du côté des nuages qui, depuis quelques secondes, occultent le soleil et font mousser un cafard gris. Il réprime un geste d'agacement :

– Je suis en route ! Je suis presque en bas de chez toi ! Je passe avec ma voiture et te déposerai là-bas.

Il ne lui donne pas le loisir de répliquer et raccroche. Il reste pensif un instant, puis la brutalité s'installe au fond de ses prunelles.

Neuf heures quarante-cinq.
Callejón Emiliano Zapata.

Nom-de-Dieu-de-bon-Dieu-de-bon-Dieu, j'ai voulu quand même monter dans ma voiture. J'aurais au moins aimé lancer le moteur, démarrer sur les chapeaux de roues pour épater le quartier, ouvrir les vitres et faire un peu de vitesse pour avoir peur.

Au lieu de cela, je me suis assis sur le bord du trottoir parce que ma Ford avait perdu ses deux roues avant. Le châssis reposait sur des cales.

Au fond de ma cervelle, j'ai cherché le secours de mon père, mais j'ai seulement trouvé les jambes de son pantalon de salopette au bord de la rivière – et encore, elles paraissaient vides. Il avait dû piquer une petite tête pour se rafraîchir le mental.

Quelqu'un a fini par me taper sur l'épaule et, en levant les yeux, j'ai remarqué que c'était Nez-Cassé sous son béret rouge. Il me faisait un bon sourire d'excuse.

– Tes pneus étaient usés jusqu'à la gomme, j'avais besoin de fraîche pour sortir ma petite amie. Mais, si tu veux, pour demain, je t'amènerai deux pneus neufs et les monterai sur tes jantes.

– Où les prendras-tu ?

– Sur une bagnole que je connais. Un papy sédentaire. À pas plus de deux blocs d'ici.

Je pense à Precíosa qui ne supportera pas longtemps le soleil sans dégager une odeur peu reluisante, et je fais la gueule.

– Tu ne peux pas me faire ça pour dans deux heures ?

– Ça va te coûter plus cher !

– Combien, pour le travail fini ?

– Pour toi, *half price* : sept cents pesos. Des pneus neufs, *che !*

Je ne vois vraiment pas où je vais trouver ce fric, mais, pour sceller notre accord, je décoche un aimable sourire à Nez-Cassé. Je le tape illico de cinquante pesos, appliquant en cela les recommandations consignées dans le deuxième tome des quatorze carnets bleus laissés par Neal Fenimore Whence. Conseil numéro 24 : *« Dans les cas désespérés, toujours emprunter une petite somme à celui qui vient de vous mettre sur la paille. Il aura mauvaise grâce à vous la refuser. L'astuce consiste généralement à agir vite et à teinter vos propos de désinvolture. »*

– Je te rendrai la monnaie en te payant le reste, c'est juste pour passer un coup de fil...

Nez-Cassé hésite à mettre la main à sa poche. Ses yeux méfiants dérivent sur les revers déchirés de ma belle veste grège lorsque je me souviens qu'en codicille à l'article 24 Fenimore (qui a dû essuyer lui-même pas mal de refus de la part de ses créanciers) a rédigé d'une écriture tremblée ce magnifique amendement : *« En cas de réticence de la part de votre nouveau banquier, donnez des gages indubitables de votre intention de rembourser. »*

Aussitôt, je retire ma veste et la lui abandonne.

– Ah ! au fait, Nez-Cassé, est-ce que tu pourrais passer ça à ta copine pour qu'elle me répare mon parement de col ?

Sympathique, voyez. Une forêt de dents blanches. Décontracté et chaleureux.

– Je passerai régler mes dettes cet après-midi ! Ah !... Et tant qu'elle y est, ta chérie, qu'elle me couse donc aussi un bouton à la place de celui qui manque !... Merci ! Merci ! Je vous revaudrai ça !

Et je pique en direction d'une cabine téléphonique avec l'intention de mettre la générosité de la señora García Moreno à l'épreuve et d'avancer notre rendez-vous.

Je compose le numéro d'appel de la villa de Meyehualco. C'est le moment que choisit une limousine archichromes pour tourner le coin de notre impasse. Elle est grise avec des vitrages opaques. J'identifie une Bentley. Je suis des yeux sa progression silencieuse et la voit s'arrêter devant l'hôtel El Mirador.

Pendant ce temps, la sonnerie du téléphone n'arrête pas de bourdonner dans le vide.

La portière arrière de la Bentley s'entrebâille. Un homme à la stature de bœuf met pied à terre. Il porte un feutre à larges bords. Ses chaussures bien astiquées jettent des feux déraisonnables dans la poussière du quartier. D'un pas lourd, il contourne l'arrière du véhicule et ouvre la seconde portière. Il tend la main pour aider une passagère à descendre. C'est Lola qui apparaît. Elle lui sourit en protégeant ses prunelles de l'éclat du contre-jour et se jette à son cou.

La voix de mon père grince au fond de moi et dit :

– C'est là que tu continues à souffrir si tu en pinces pour elle. Ça fait mal à encaisser.

Je n'ai pas le loisir de lui répondre, une voix féminine m'interpelle au fond du combiné.

Je spécifie que je veux parler à la señora García Moreno en personne, *de la part des livraisons de légumes.*

– Je suis la señora Moreno.

Un ton méfiant. Presque étouffé. Un grésillement.

– C'est Whence.

– Monsieur Whence !

Yeap ! Harry Whence himself ! Harry Whence-le-cocu ! Le cocu, le raté ! Celui qui guigne son infortune par-dessus une pile d'annuaires. Celui qui, derrière un vitrage incassable, voit sa femme échanger un voluptueux baiser avec un bœuf à cheveux blancs.

Stop ! Pas bouge ! Risette ! Détendez-vous ! Il ne s'agit pas d'un mirage ! Voilà ce que je vois. Personne n'est obligé de me croire. La tranche des annuaires du grand Mexico et une femme rousse qui, au bout d'un long moment très sensuel, embrasse un homme d'âge rassis avec une passion à lui renverser la tête.

Je me penche pour n'en rien perdre. Voyeur de moi-même, j'aperçois Nez-Cassé qui suit lui aussi la scène avec intérêt.

Au téléphone, María García s'impatiente. J'ai froid aux mains. Mon cœur tourne à vide.

– Une seconde.

Là-bas, le bœuf se découvre devant la beauté. Il a une nuque opaque. Lola rit. Il y a de quoi rire. Sa robe fait corolle. Elle disparaît dans l'hôtel.

Je ris. Simple contamination des nerfs. Il faut que je me brosse les dents.

María García Moreno s'inquiète à l'autre bout de la ligne.

– Qu'est-ce qui vous amuse tant ?

– Des convictions éborgnantes. Je crois que je m'endurcis.

– Nous en sommes tous là. Pourquoi appelez-vous ?

– J'ai besoin de vous voir plus tôt que prévu.

– Ça tombe bien. Mon mari est sorti. Je peux me rendre libre.

Mon mari est sorti ! Voilà ce que j'entends. Personne n'est obligé de me croire.

– Où nous verrons-nous ?

– Au lieu habituel, dans une heure.

La vie est folle.

Neuf heures cinquante.

Au quatrième étage du garni situé au 4, callejón Emiliano Zapata, le rideau bouge.

Fernando Cabrera a suivi avec intérêt les allées et venues des uns et des autres sur le trottoir d'en face. Pendant ces micmacs et exaltations, il n'a pas cessé d'occuper ses mains à des jeux de ficelle. C'est sa façon à lui d'oublier ses fringales de chocolat.

Machinalement, après avoir exécuté la scie, le gros flic réalise coup sur coup le hamac et le chapeau mexicain. Il regarde la voiture du roi des ordures qui effectue une longue marche arrière pour se dégager de l'impasse.

Le visage préoccupé, il accommode sur Harry Whence. Le privé sort de la cabine téléphonique et se dépêche de retrouver sa tanière de l'hôtel El Mirador. Cabrera reste un moment immobile. Il garde les yeux fixés sur Nez-Cassé qui n'a pas abandonné son poste d'observation et ressemble, le col en avant, à une hyène reniflant les reliefs d'un juteux repas.

Soudain, Fernando dénoue ses mains emprisonnées par l'écheveau de ficelle. Il rentre précipitamment les pans de sa chemise dans son pantalon, rajuste les bretelles de son holster et fonce sur sa veste.

En passant devant la kitchenette où Zinnia la pute prépare pour son encombrant pensionnaire un substantiel petit déjeuner de *huevos rancheros*, il prévient qu'il revient de suite ; surtout, qu'elle garde les tortillas au chaud. Et son cul aussi. Bien au chaud. Il va sans doute avoir envie de baiser.

Le visage mouillé comme un linge, il dévale l'escalier et localise le voyou au béret rouge alors que ce dernier s'apprête lui aussi à rallier l'hôtel afin de porter la veste du gringo à sa copine Juanita.

Cabrera le hèle au moment où il va franchir le seuil du meublé. Il ne fait pas dans la nuance. Il pousse devant lui son large abdomen et se met en travers de sa route.

Il grasseye :

– Je sais que tu es un petit voleur de merde. Ne dis pas non, je t'ai vu démonter les pneus du gringo !

Le calamistré fait un écart. Foireuse engeance, il envisage d'écourter l'entretien. Le commissaire l'en dissuade. Il lui broie l'avant-bras dans l'étau de ses doigts puissants et le gratifie d'un sourire immaculé :

– Restons ensemble, cher Nacho. Nous aurons besoin les uns des autres.

– Vous savez comment je m'appelle ?

– Je sais aussi que ta copine Juanita est une personne d'appas appétissants. Je sais que sous sa touffe frisée, elle cache une lucarne noire qui sert à tout le quartier.

– Elle est sténo-dactylo.

– Et moi, donneur de sperme à la basilica de Nuestra Señora de Guadalupe ! Cesse de décourager mes bonnes œuvres, petit ! Après tout, je te veux du bien.

– C'est gentil à vous, m'sieu. Mais j'vois pas vers quoi on se dirige.

– Je voudrais quelques tuyaux concernant l'Américain.

– Rien à vous dire sur le sujet. Avec lui, bonjour-bonsoir, on se connaît pas.

Du tréfonds de ses petits yeux de goret, Cabrera délivre deux ou trois signaux de colère sèche.

– Malgré tes bagues, ta montre en plaqué, ta chaîne autour du cou, je te répète que je te veux du bien.

– Mardi, c'est pleine lune. Revenez sur le banc. On s'amusera à la main chaude.

Cabrera fait signe qu'il désespère de la jeunesse et exhibe sa carte de poulet.

– C'est maintenant que je vais t'enfoncer, mon pote.

– Va te faire foutre, gros lard. Ici, t'es pas sur tes terres. Et si je siffle mes potes, c'est toi qui vas dérouiller.

– Oh la la ! l'arrête Cabrera. Je l'ai dit cent fois, je n'aime pas les jeunes vantards qui plantent leur âme dans la mienne ! Ça me met en colère ! C'est vrai, ça me met en colère !

Il lui donne une petite gifle sur la joue. Il approche son visage de bouledogue du sien. Il lui donne une plus grosse gifle. Les yeux dans les yeux, il lui dit en confidence :

– Si je te marche sur le pied, ça va te faire mal à hurler, mon gars, t'as pas idée ! Je pèse deux cent dix livres et je vais gâcher tes chaussures blanches.

À l'improviste, il donne un coup de talon sur l'extrémité des orteils de Nez-Cassé et, l'instant d'après, imprime son poids de mammouth sur les chaussures neuves du voyou.

– Putain, ça m'emmerde assez d'avoir à faire ça !

Le proxénète grimace. Il lâche la veste de Whence sur le trottoir pour se concentrer sur sa douleur.

Cabrera suit sur son visage combien il en bave.

– Ça fait mal, hein ?

L'autre durcit les mâchoires et essaie de résister, mais la transpiration envahit ses tempes.

Cabrera apprécie :

– T'as fait comme les durs, fils, mais ta dignité va te conduire en tôle.

– La vie est un chemin d'épines, se lamente Nez-Cassé, voyons en quoi je peux l'améliorer...

– J'aime les intelligences souples dans ton genre, s'enthousiasme Cabrera en soulageant sa victime d'un grand poids. Tu vas me raconter tout ce que tu sais par le menu, à commencer par cette veste...

Neuf heures cinquante-cinq.

Callejón Emiliano Zapata. Hôtel El Mirador.

Quand Harry Whence pousse la porte du logement, il trouve la rousse en train de s'affairer autour de la cafetière.

Elle le gratifie d'un joli rire perlé et, aussi facilement que s'ils avaient passé la nuit entière à échanger les cent mille étoiles tournantes de leur amour en haut du lustre, elle l'accueille avec de la soie dans la voix :

– Je t'ai apporté des viennoiseries, des confitures, un peu de miel...

Elle a dit cela comme on chuchote : t'as la peau douce, je te gratte sous le pied... Elle lui tend sa tasse de kawa bien chaud. Une belle matinée sans lézardes, mister Marlowe. À croire qu'elle et lui sont une clique de personnes reliées par une ancre spéciale grandes marées et que rien ne peut couler le vieux rafiot de leur association.

D'ailleurs, elle enchaîne sur du coutumier. Mules en satin. Coton débardeur. Elle expose sa peau. Elle ne se préoccupe pas de savoir où il a passé la nuit. Elle ne s'étonne pas de le voir sans veste. Elle rit pour lui annoncer sur fond bleu qu'elle l'aime et que leurs affaires progressent.

– Au fait, comment s'est passé ton rendez-vous avec la señora Moreno ?

– Mal. Tout ce que j'entreprends foire.

– Tu lui as proposé une série de photos compromettantes ?

– Oui. Elle m'a envoyé au bain. Difficile d'avoir prise sur elle.

– Parce qu'elle est de sa caste ?

– Parce qu'elle est froide comme du marbre.

Elle paraît réfléchir. Elle dit à voix haute :

– Moreno l'a frappée, hier soir. Il s'est confié à moi...

– Sur l'oreiller !

Elle soupire. Elle saute un battement de cœur.

– Au bord du lit, corrige-t-elle.

– Qu'avez-vous fait de vos heures les plus longues ?

– Tu serais surpris. Don Rafael a pleuré.

Il contrefait son intonation :

– Don Rafael a pleuré ! Surtout, n'hésite pas à me faire mal ! Foutaises ! Qu'a-t-il dit ?

– Il a dit que, pour une minute heureuse, il serait prêt à sauter dans le vide, et je me suis retrouvée en position de réconforter un homme sombre et ombrageux. Presque au bout du rouleau...

– Pute au grand cœur ! Tu fais la charité, maintenant ?

Elle jette sur lui ses yeux de tireuse à l'arc :

– Oh ! Harry, pas toi ! Tu sais ça mieux que quiconque ! Toujours les hommes veulent être portés comme des enfants...

Silence. Strates. Vide. Clair-obscur.

Harry et Lola sont séparés par un océan de cendre. Lola s'est retirée sur la pointe des pieds. Harry ne sait plus très bien si elle est encore dans la pièce ou seulement dans un coin de son esprit.

Au lieu de se lever en hurlant *comme il en a envie, monsieur,* Harry se rend tout droit jusqu'au tiroir où sont rangés ses médicaments. Il ingurgite deux pilules bleues avec un peu d'eau fraîche.

Il sursaute quand la voix de Lola recommence son chapelet à l'improviste. La façon dont elle caresse doucement ses avant-bras étouffe Harry. Il est en sueur. Il a mal derrière la nuque. La rousse l'étouffe. Elle broie sa poitrine. Elle crie sans qu'il puisse la retenir.

Elle crie :

– Whency ! Comme ça, nous n'y arriverons jamais ! Et, à la fin des fins, nous ne nous aimerons plus !

Il baisse la tête. Il sait qu'un méchant processus de dégradation est déjà en marche. Sinon, pourquoi aurait-il éprouvé le besoin de taire ses tribulations de la veille ? Par respect humain ? Parce que la course du privé après une chaise roulante et deux travelos est motif à emboîtage ? Parce qu'avec ses quatre-vingt-seize centimètres au-dessus du niveau de la mer le premier client de l'agence Whence n'était pas présentable ? Parce que dans les bouquins de Chandler Phil Marlowe recrute sa clientèle à Passadena plutôt qu'à Tepito ? *Pas seulement, monsieur.*

Harry pense au costume neuf. Au bouton manquant. À la sacrée dose d'omissions et de mensonges qui commence à s'empiler entre Lola et lui.

Dans un coin de la pièce, cachée sous sa crinière, la rousse adopte une attitude recroquevillée et boudeuse que Harry ne lui connaissait pas jusqu'ici. Elle pense à la petite fortune dont l'a gratifiée le roi des ordures pour prix de leur première nuit d'amour. Vingt mille dollars ! Elle se garde bien d'en parler.

D'une voix sourde, elle donne le change. Sous prétexte de tenir son partenaire informé, elle en est à inventer des rapports avec Gutierrez Moreno qui soient plausibles.

– Doucement, je l'apprivoise... En provoquant ses confidences, je me suis aperçue qu'il était rongé par un vieux fond de mauvaise conscience. Tu sais, Harry, je réalise qu'il y a une clé pour ouvrir chacun d'entre nous...

Elle surprend un moment d'absence dans le regard de Harry.

– À quoi penses-tu ?

– Au comportement de sa femme. Elle dit que ce n'est pas son infortune qui compte – elle y est accoutumée ; c'est ma détermination à gagner de l'argent qui lui importe. Elle est habitée par la haine.

– Moreno m'a montré sa photo. Celle de leurs enfants aussi. Une famille heureuse sur papier brillant.

– Parle-moi de lui.

– Massif comme un taureau, le nez droit, le front dégagé. Des yeux creux d'un noir d'encre dans un visage de parchemin. Une brutalité rentrée.

Elle jette un regard furtif du côté de Harry. Entre eux, désormais, elle a l'intuition que, sur une terre aride, poussent des friches de hautes herbes et d'épineux. Elle le connaît trop pour ne pas savoir qu'il ressasse.

Brusquement, Harry éclate. Il n'y tient plus.

– Qu'as-tu fait, cette nuit ? Tu lui as ouvert ta cour intérieure ?

Elle s'interrompt dans ses tâches ménagères. Elle se détourne en suçant son doigt. Elle allume la lumière au-dessus de l'évier. L'épaule baignée par un lac de watts trop blancs, elle biaise.

– Et toi ? Tu oublies de me dire que María García Moreno est une fille splendide, Harry. C'est louche !

Elle glousse. Son air vulgaire la reprend. Elle ajoute sans y croire :

– Je me demande ce que son mari peut bien me trouver d'exceptionnel, à côté d'elle !

– Tes jambes, Lola.

Elle glousse à nouveau. Elle s'essuie les mains au porte-serviettes et éteint la lumière.

– P't'être bien ! 'reusement que j'ai ça ! Ça me requinque, une telle longueur sous moi !

Elle longe la table en se déhanchant dans son débardeur de quat'sous et s'assied avec un port de reine sur un tabouret.

L'instant d'après, redevenue outrageusement Lola, son décolleté s'entrebâille. Ses seins d'une gaieté folle s'avancent vers Harry tandis qu'elle se penche pour piocher un quartier de mangue prédécoupée sur une assiette.

Espiègle rousse, elle lui sourit en glissant le fruit juteux entre ses petites dents parfaites.

– Regarde les choses en face, Harry, dit-elle, nous sommes à la veille du gros coup.

Elle change encore sa façon d'être. Elle visse ses yeux noirs au fond de ceux de son partenaire tout en lui confectionnant un toast.

Elle passe sa main le long de ses jambes admirables et soupire :

– Bientôt nous serons riches, Harry ! Même si, ce matin, je n'ai plus qu'une paire de bas à me mettre !

Elle se détourne, parce qu'elle sait que s'empilent une douzaine de collants dans la commode de sa jolie chambre de Santa Catarina. Elle choisit le silence.

Il se contente de lui opposer un sourire désabusé.

Elle se lève, les deux genoux réunis, et vient se lover contre lui.

– Donne-moi au moins une minute heureuse, exige-t-elle en passant ses mains derrière sa nuque et en l'attirant à elle pour un long baiser.

Elle se sépare de lui, la lèvre gonflée, le regard un peu trouble.

– Après ce coup-là, nous partirons ailleurs, chuchote-t-elle. Où tu voudras. Et quoi qu'il arrive, n'oublie pas *le pacte des enfants sauvages*, Harry-blue : rendez-vous, au petit matin blême, à la gare routière...

Il la rattrape par un coude, lui tord une aile derrière le dos et la retourne contre lui avec autant d'effort que si elle était une feuille de papier. Il abaisse sur son visage ses paupières lourdes. Lola perçoit deux fentes où percent des yeux gris d'une exigence implacable.

– Tu me fais mal !

Il n'en tient pas compte.

– Un jour, je t'obligerai à vivre dans un arbre très haut, dit-il. Personne ne pourra t'atteindre. Et je scierai toutes les basses branches pour que tu ne puisses pas en redescendre.

– Une cage suspendue, Harry ?

– Quelque chose comme ça.

– Tout ce que vous voudrez, monsieur Whence. Tout ce que vous voudrez, accepte-t-elle avec un délicieux sourire. Je serai votre oiseau des cimes, pourvu que ce ne soit pas une vie à la gomme.

– Vivre ! grogne-t-il en se voûtant.

Il décroche la veste d'un vieux costume qui pend à un cintre. Tant pis si elle jure avec le pantalon grège.

Dix heures, à Meyehulco.

María García Moreno suit le couvert du patio. Elle est habillée avec élégance. Ses talons hauts résonnent sur le dallage. Elle se rend au quartier des domestiques. Elle demande sa voiture à Clemente Lazáro. Elle sourit imperceptiblement en se glissant derrière le volant de son cabriolet Volkswagen et lance le moteur. Elle range une mèche, rafle son sac à main sur le siège et chausse des lunettes de soleil pour masquer les ecchymoses qui bleuissent son œil.

Le factotum à tête de poisson séché se penche à sa portière. D'un œil circonspect, il sonde l'intérieur de l'automobile :

– Madame va voir son oncle à Xochimilco ?

Elle le brave du regard. Qu'il aille donc faire son rapport au maître de maison !

– Non. Je vais me promener.

Elle repense à Harry Whence. Au plus fort de son découragement, de son isolement doré, elle s'est toujours dit qu'un jour le destin lui enverrait un signe. Et qu'alors serait venu le temps de se révolter contre sa condition d'emmurée vivante.

Elle n'en peut plus, depuis toutes ces années. Elle est résolue à aller jusqu'au bout. Elle sait quelle fin violente elle souhaite pour mettre fin à son cauchemar. La haine fait battre son cœur.

Elle sourit à son geôlier.

Dix heures trente-sept.

Gazé vif à l'oxyde de carbone, je, Harry Whence, partage le sort résigné d'une population de cinq personnes venues mourir sans histoires sur le siège à prix fixe d'un taxi collectif. C'est tout ce que peut m'offrir ma bourse du moment, et encore, à condition de descendre avant le lieu de ma destination.

Le soleil fait des barres parallèles au-dessus de la grisaille. Serre de gaz toxiques coiffant les immeubles. Pollution dans la vallée de l'Anáhuac. Le ciel de Mexico a commencé à engamer sa ration quotidienne de onze mille tonnes de particules polluantes.

Les périphériques sont bloqués. Les voies rapides saturées. Les boulevards intérieurs coupés.

Dans la voiture verte, nous infusons. Nous poissons aux cheveux. Je suis prêt à tout pour stopper le smog. Épurer l'eau. Catalyser les carburos. Supprimer les bagnoles. Ourdir des guet-apens contre les pourvoyeurs de décharges.

Je me tourne vers le chauffeur :

– *¿ Me dira usted cuando tengo que bajar ?*

L'homme fait signe que oui et, tout en surveillant sa jauge d'essence qui part en fumée lourde, consulte sa montre. Je pense à la señora García Moreno qui doit déjà m'attendre et j'ai la douloureuse impression que mes perspectives de richesse foutent le camp.

À environ huit cents mètres du but, le taximan lève la main et se range le long du trottoir.

– *Thirty pesos, kilometraje limitado !* annonce-t-il.

Je décide de finir le reste du trajet en courant. À chaque foulée, un souffle chaud de cheval asphyxié sort de mes vieilles narines.

Voilà trois mille ans que je suis parti et que je foule mon ombre ; jamais je n'arriverai à mon rendez-vous.

Onze heures cinq. Parc de l'Alameda.

La señora García Moreno est déjà là.

Elle est debout au bord de la chaussée, appuyée sur la portière ouverte de sa Coccinelle blanche.

Elle a passé une robe sombre et noué son chignon. Sa beauté est aveuglante sous son casque de cheveux noirs. Un sourire lointain aux lèvres, elle jette un coup d'œil circulaire autour d'elle et guette mon arrivée.

Je cesse de courir. Reprends souffle. Éponge mon front.

Je l'aborde par la grille du parc, la salue courtoisement :

– Pardonnez-moi, je suis en retard à cause des embouteillages.

– Je viens moi-même d'arriver... Montez.

La señora Moreno démarre sur les chapeaux de roues. La portière claque sur elle-même. Le vent emporte deux trois mèches de ses cheveux noirs et les plaque sur son front. Nous empruntons l'avenue Juarez, lancés comme sur un bolide.

Elle conduit sans gestes inutiles, l'œil rivé sur le rétroviseur. La petite voiture traverse un carrefour ponctué de taches vert acide et s'engouffre dans une nouvelle artère. Je me tourne vers ma conductrice et détaille son profil derrière lequel défile à contre-jour un lavis mauve.

– Quel est le programme d'aujourd'hui ? lui demandé-je.

Elle ne répond pas.

– Je suppose qu'un détective qui est engagé comme confident est payé pour écouter des choses importantes ?

Elle bouge à peine, cueille une enveloppe préparée dans le vide-poche et coupe :

– Voici pour la suite de vos frais.

Elle insiste pour que je prenne l'enveloppe. Nous restons immobiles. Chacun dans sa tête est bien au-dessus des petits impondérables de la vie. Je palpe l'enveloppe sans avoir l'air de lui accorder la moindre importance. Je me dis qu'il est bien malencontreux d'avoir à subir la situation plutôt que de l'orchestrer, mais qui se soucie de quelques nuages par un matin ensoleillé ? Je redeviens l'aimable Harry Whence à l'inusable sourire et jette un coup d'œil attentif du côté de ma récente cliente.

– Très bien. Me voici confortablement rémunéré... Qu'attendez-vous de moi ?

Nouée à son volant, María García Moreno appartient toujours à l'ère glaciaire. Elle se faufile dans l'embouteillage. Sûre de l'eau dynamisante qu'elle a dû brumiser sur son visage lisse, elle lance :

– Ne retournez pas les situations comme un gant, señor Whence. C'est vous qui avez demandé à me voir le plus vite possible.

Son chignon renforce l'ossature stricte de son visage. Elle est intacte. Inaltérable. Sans saveur. Je ne connais toujours pas la couleur de ses yeux. Elle me paraît plus contractée que la veille. Passé le coin de l'avenue Juarez, elle conduit nettement moins vite.

Elle sent que je suis tenté d'ouvrir l'enveloppe.

– Trente mille dollars, renseigne-t-elle avec un brin de mépris. Rien que des billets verts. Ça vous permettra de faire laver les vitres de votre bureau de Santa Catarina.

– Vous avez pris vos renseignements sur moi avant de me voir ?

– Pas plus que vous avant de me téléphoner.

J'essaie une dernière fois de temporiser et lui tends la perche afin que nous devenions bons amis.

– Au moins vous êtes-vous rendu compte que j'ai pignon sur rue... Voilà qui devrait vous rassurer.

– Pas plus que ça, monsieur Whence.

Ses dents régulières nacrent un sourire de lumière dans le contre-jour. Elle ajoute en posant ses verres opaques sur moi :

– Il paraît que vos dossiers sont vides et que votre Underwood n'a pas vu passer un chiffon à poussière depuis le bombardement de Pearl Harbor.

– Très bien ! Si vous n'avez pas confiance, pourquoi m'avez-vous engagé ? Pourquoi me versez-vous une avance ?

– Pour vous garder sous le coude.

Considérant que les humiliations à répétition sont pires que les échecs, je décide de la brutaliser.

Au début du huitième de ses quatorze carnets bleus, mon père avait noté que lorsqu'une jolie femme s'acharne à piloter votre vie contre votre gré, la muflerie est à peu près le seul ouvre-boîte à fonctionner encore. Il se trouve que le vieux singe jouissait d'une certaine expérience en matière de femmes. Outre ma mère qui avait su lui faire le dernier usage de sa vie mouvementée, il avait eu quatre épouses.

En mémoire de Neal Fenimore Whence, caissier de banque congédié, grand mangeur de tartines, flamboyant pêcheur de truites au Montana et grand spécialiste du presque rien, je fais donc savoir à la señora Gutierrez Moreno que je n'ai pas envie de subir plus longtemps ses sarcasmes.

Je prends l'air de celui qui a une absence de nerfs et lui assène distinctement cette phrase indigne d'être rapportée :

– Mon impression sur les femmes de votre espèce est qu'il faudrait leur souffler dans le cul pour qu'elles décollent. Je n'aime pas forcément brusquer les choses, mais vous ressemblez à une bigote puritaine perdue pour les élans du cœur.

La femme du nabab me fusille du glacis de ses verres fumés et dit entre ses dents :

– Ne vous croyez pas obligé d'être grossier pour restaurer votre autorité de mâle.

Elle a rejoint notre point de départ, le parc d'Alameda, et cherche un endroit où stationner. Dès qu'elle a serré le frein de parking, je lui dis que j'en ai quand même marre de me balader tous les jours avec Greta Garbo, et lui enlève doucement ses lunettes de femme invisible.

Je rencontre pour la première fois ses yeux profonds où mousse un sacré cafard. À part son œil au beurre noir, c'est vraiment une beauté à regarder.

Je l'attire dans mes bras et la sens plus raide qu'un mannequin de toile.

– Votre vie doit être moche, avec toute cette peur de vous laisser aller, lui dis-je. Il faut tirer ça au clair.

– Ce que je ressens et qui je suis ne regardent que moi, siffle-t-elle en essayant de me repousser. Prenez votre argent et contentez-vous de faire ce que je vous demande.

Ses mains sont froides. Elle semble avoir un mental d'une confusion inouïe.

Je m'approche d'elle. L'émoi la transfuse de couleurs nouvelles. Elle ne résiste pas. Nos visages se confondent et nous échangeons un long, un douloureux baiser.

Nous dénouons notre étreinte, à bout de souffle. Sa bouche reste légèrement ouverte, comme si le principal lui manquait toujours.

– Seriez-vous capable de tuer mon mari pour moi, monsieur Whence ? murmure-t-elle avec une violence singulière.

Et en attendant ma réponse, elle laisse filtrer une attente mortelle par la fente de ses beaux yeux verts embués de larmes.

Onze heures trente.

Quatrième étage du 4, callejón Emiliano Zapata.

Les rideaux sont baissés.

Le sommier fatigué cesse de faire un bruit de ressorts malmenés.

– Toujours la même chose, ma pauvre Zinnia ! dit la fille en s'adressant à sa propre chair de poule. Mais t'arrêtes pas de trinquer, chérie, c'est tout ce que je vois !

Elle reste un long moment immobile, sans rien dire, au bord du lit. Cabrera lui suce une mamelle, la lui pince ; elle s'en bat l'œil.

– J'ai plus un rond, elle murmure en regardant dans le vague. Le dernier salaud à s'être posé avant toi sur mon ventre a fait main basse sur mon argent pendant que je dormais. Je crois que je vais me foutre en l'air.

– Mais non, proteste Cabrera.

Il la pétrit comme une idole familière.

– Mais si ! sanglote la fille. Et puis, de travailler à l'œil, ça me mine le mental.

– Je te revaudrai ça, grogne Cabrera.

Il pense à l'arsenal des petits passe-droits. Des indulgences.

Elle repousse la tête du policier en l'attrapant par les cheveux. Avec l'air de celle qui récupère son mobilier, elle croise les bras sur ses gros seins pour les protéger. Elle semble retrouver sa tristesse.

– À part mes jambes qui vous font penser à votre femme, qu'est-ce que vous trouvez de bien à une poule dans mon genre ? finit-elle par demander.

Ni curiosité, ni intérêt démesuré.

Elle relève les lourds bandeaux de ses cheveux d'Indienne zapotèque. Le soleil se met à chatouiller sa nuque ainsi qu'une main. Le policier la dévisage. Entre eux, quelque chose passe vaguement.

– J'aime ta croupe de jument blanche, dit Cabrera.

Elle lui sourit avec des dents larges et régulières.

– T'as pas peur que je te refile mon cafard ? elle demande.

Il fait signe que non.

D'un geste machinal, il sort une tablette de chocolat de sa poche et commence à la dépiauter. En même temps, il regarde Zinnia, la lumière du matin qui ourle les contours de ses hanches lourdes d'une transparence incandescente.

Elle se méprend sur ses intentions. Elle minaude :

– Il me faudrait trouver quelqu'un de disponible pour aimer une grosse fille indienne fardée à la graisse de baleine douce.

Cabrera baisse la tête. Il passe d'un pied sur l'autre.

Elle paraît soudain navrée de se conduire comme une idiote et ébauche un geste qui tourne court.

De son côté, il bat en retraite, rebrousse chemin en direction de la fenêtre.

Il regarde dehors. Il fait déjà si lourd. Tellement irrespirable. Il mord dans sa plaquette de chocolat. Il a un dos immense.

– Bon, dit Zinnia. Je vais profiter du répit que vous m'accordez pour laver mes petites culottes blanches à la cuisine.

Cabrera porte les jumelles à ses yeux et fouille lentement les fenêtres du meublé où habite l'Américain. Il voit la rousse qui s'affaire, penchée sur le lit. Elle a ouvert une valise et y entasse ses possessions. Elle a les gestes pressés de celle qui déménage à la cloche de bois. Une mouche prend un reflet de soleil et atterrit inopinément sur l'épaule du policier. Elle commence à s'y croiser les pattes.

Soudain, le gros flicard sursaute. Il n'en croit pas le rond de ses lunettes grossissantes. Un homme vient d'entrer dans le champ. Il fait face au plumard et parle de façon animée avec la rousse. Elle referme aussitôt sa valise. Elle faufile son pas dans une jupe ajustée à ses longues jambes et sort de la pièce, comme chassée par le vent.

Le visiteur, lui, s'installe commodément dans le fauteuil qui fait face à l'entrée. Il commence à se limer les ongles.

Et, Seigneur, il ne s'agit pas de n'importe quel visiteur !

Onze heures quarante.
Troisième étage de l'hôtel El Mirador.

Lorsque je pousse la porte de notre logement, un mauvais pressentiment me dit que Lola ne sera pas au bercail. Dès l'entrée, des signes autrement plus funestes indiquent que j'ai eu raison de museler une envie galopante de tout lui pardonner. Envolée, Lola ! À peine si son odeur de gardénia éventé plane encore sur les étagères de la penderie, vidées de leur contenu.

Je maîtrise un haut-le-cœur. Envie de dégobiller, Lola.

Quelque part au Montana, une truite à demi asphyxiée monte des profondeurs glacées et vient happer une grande goulée d'air à la surface. Devant le cours tumultueux de la rivière, un vieux pêcheur sort de sa somnolence et demande :

– Quelque chose qui ne va pas, fiston ?

– Lola m'a plaqué. Elle va puer ailleurs avec son parfum !

Vieux Neal paraît accablé.

– Quel dommage ! C'était une fille épatante, fils. Sûr que tu l'avais vraiment dans la peau.

– Pas du tout.

En cela je me renie. *Je me détruis, monsieur. Tenez, je dis :*

– J'en avais marre de la voir tous les jours dans sa robe-fourreau à vomir qui est censée faire autant d'effet sur les hommes que celle de Jane Russell.

Le vieux manque d'avaler son hameçon :

– T'es qu'un *black-bass,* Harry ! Lola faisait beaucoup d'effet. Après trois bouteilles de gin, j'aimais bien penser à sa touffe, à ses seins. À sa consternante perfection.

– C'était seulement une dévergondée. Une chienne, p'pa. Une salope, une poule de galanterie.

– Tu parles comme une merde d'homme, Harry. Heureusement qu'on ne se refile pas la connerie par la bouche. Tu contaminerais tout le district !

– Tu n'es qu'un vieux branleur, p'pa. Retourne à ta picole ! Retourne à ton goulot ! Retourne à ta longue mort !

– Comme tu voudras, p'tit. C'que j'en dis, c'est que Lola était devenue un peu comme ma fille.

– Une sacrée engeance du péché ! Le futur sera témoin !

– Je croyais que tu l'aimais ? dit mon père.

C'est cette dernière phrase-là qui me fait le plus de mal.

Je porte ma main à ma nuque, fais quelques pas dans le couloir. Et j'ai envie de dentifrice.

La lumière brille dans la pièce à vivre. L'ampoule sans abat-jour inonde de son flux les cheveux ondulés d'un quinquagénaire aux joues glabres, renversé dans notre unique fauteuil. L'homme qui s'est organisé une sacrée orgie en ouvrant une bouteille de bière lève un front large et me dévisage au travers de ses petites lunettes métalliques. Sa main droite est posée sur la crosse de sa canne.

– Samuel Bronstein, se nomme-t-il en se penchant vers l'avant pour me tendre la main gauche. Je suis l'avocat d'affaires de don Rafael Gutierrez Moreno. Son fondé de pouvoir, en quelque sorte.

Il a l'air d'avoir passé un moment merveilleux à m'attendre et me destine un sourire suave.

– Ainsi, c'est vous, dit-il.

Nous restons ensemble une longue minute à nous expliquer avec les yeux que nous sommes dans un monde où il n'y a pas de place pour le cœur, et j'essaie de lui faire avaler une graine de pastèque :

– Vous me rappelez quelqu'un qui n'est pas forcément sympathique.

Le fondé de pouvoir prend l'air désolé. Il se plante un doigt mouillé dans l'oreille et m'envoie un sourire biais :

– C'est bien possible, admet-il paisiblement.

– J'y suis ! Vous me faites penser à ce personnage d'Orson Welles qui était le mari de Rita Hayworth dans je ne sais plus quel film en noir et blanc de 48. Vous voyez qui je veux dire ?

– Barrister dans *la Dame de Shanghai,* renseigne Bronstein. Il portait une casquette de yachtman et boitait tout comme moi.

– Fascinante ressemblance ! dis-je. Vous dégagez la même crapulerie corrompue que lui.

Il s'incline comme si j'étais allé au bout de la flatterie. Ensuite, son faciès nerveux et concentré s'affaisse. C'est tout le bas de son visage qui s'écroule.

– Maintenant, il va falloir m'écouter attentivement, égrène-t-il à voix basse tandis que ses yeux virent au noir.

Je recule dans l'axe. Je me laisse tomber sur notre chaise branlante et étends mes jambes. Phil Marlowe, le détective énervant, se penche sur mon épaule et me félicite pour mon attitude décontractée.

– *Agite ton pied,* suggère-t-il à mon oreille. *Ça les énerve toujours.*

En face de moi, Bronstein pose son menton sur le dos de ses deux mains perchées sur le pommeau de sa canne.

Il dit :

– Ou bien vous acceptez une coquette somme d'argent dont nous pouvons discuter le montant à l'instant même, je vous conduis moi-même à l'aéroport international et vous allez vous faire pendre ailleurs... ou bien vous décidez de rester parmi nous et vous vous exposez à connaître dans l'heure qui suit une fin anonyme et violente sur les décharges de Mexico.

Je m'ébroue :

– Vous n'avez rien de moins salissant ?

– *(Bien, Harry ! Ça l'énerve ! Ça marche !)*

– Pas de sotte vanité, señor Whence. Je vous offre de l'argent propre.

– On n'achète pas la vie.

– *(Et toc !)*

– Je vous propose d'éviter la mort.

– *(Continue à sourire joyeusement, Harry !)*

– On ne négocie pas l'amour.

– Typiquement un discours étroit et romantique ! s'énerve Bronstein. Et s'animant soudain : votre ex-petite amie, plus réaliste, a accepté un studio, des dons importants, et n'en finit pas d'être femme au milieu de ses nouveaux draps de soie.

– *(Chique amère à avaler* ! s'écrie Marlowe. *Quelle biche, cette Lola !)*

Je ferme les poings. Me dresse sur ma chaise et atterris dans la pièce avec l'intention de casser la gueule de Bronstein.

Marlowe m'en dissuade.

– Que décidez-vous, monsieur Whence ? interroge l'avocat. Car nous tournons en rond. Et le temps m'est compté.

Je lui oppose un dernier sourire désarmant.

– N'insistez pas, Bronstein, vieux tentateur. Ma vie est ici. Pour le bien de tous, il me reste un sacré travail d'amour à accomplir.

Le regard de l'avocat commence à faire tempête. L'expression sérieuse qu'il affiche sur son visage, ajoutée au balancement cadencé de son torse, prouve qu'il est sur le point d'employer les grands moyens.

Il s'extrait du fauteuil, se dresse sur son pied-bot et, de la crosse de sa canne, frappe à la porte du corridor. Aussitôt, l'huis grince et s'ouvre sur un nouveau personnage, un type aux narines pincées, au faciès sec, évidé de toute expression.

– Je vous présente le señor Clemente Lazáro, énonce lugubrement Bronstein. Il est notre grand spécialiste ès disparitions.

– Il a vraiment une sale gueule.

Je dis cela. Marlowe se marre derrière ma nuque. Et la vie se met à couler, sérieuse comme du lait entier.

– Avançons, avançons, dit nerveusement l'avocat en remontant ses lunettes.

De mauvais plis se sont installés sur son front. Il lisse machinalement ses cheveux couleur de bière irlandaise et sort un petit parabellum nickelé de sa poche.

– Tournez-vous, monsieur Whence, ordonne-t-il. Nez au mur.

– *(Fais gaffe,* prévient Marlowe avec sa grande expérience, *ils vous disent de vous tourner et si vous avez le malheur d'obtempérer, ils vous refilent un sacré coup de crosse sur le coin de la cafetière !)*

Je fixe l'avocat et risque une dernière sortie par le verbe :

– Je veux parler à Dieu.

– Don Rafael ? Il n'est pas visible.

Brusquement, je le saisis par le collet et, sans tenir compte du petit nickelé, le secoue rudement :

– Vous allez me conduire chez lui !

Un animal furieux vit en moi. Je lui cogne la tête contre le mur. Il se met à saigner du nez.

Voilà le nougat où nous sommes, quand le garde du corps se décide à intervenir.

Je puise dans mes poings une force de bombardier. Je porte avec infiniment de technique un direct appuyé à la pointe du menton de quelqu'un situé à la gauche de l'avocat. Une personne foudroyée s'abat dans la pièce comme un arbre tranché par la hache. Il s'appelle Clemente Lazáro.

L'instant d'après, je lutte avec acharnement contre le petit avocat pour la maîtrise du parabellum.

– Il y a des types en face qui se battent ! hurle Zinnia.

Penchée à la fenêtre du quatrième, la grosse fille aux seins nus n'en perd pas une miette, pendant que son compagnon de lit rapplique en caleçon.

– Bon Dieu de pute zapotèque ! éructe-t-il. Si tu ne m'avais pas refoutu dans ton pageot, je n'aurais pas négligé mon devoir !

– Ça alors, les cons, ça me met en eau ! proteste Zinnia. Il a voulu manger ses œufs sur mon cul et il dit que c'est moi qui ai taché la nappe !

– Donne-moi ça ! tranche Cabrera. Il lui confisque les jumelles. Avec un rictus d'agacement, il fait tourner la molette de mise au point pour remettre l'optique à sa vue.

De l'autre côté de la rue, son regard se perche sur une chaise renversée. Il panoramique. Rien ne va plus. L'Américain s'est emparé de l'arme. Il braque l'homme d'affaires du roi des ordures. Dans la seconde qui suit, la scène s'accélère dangereusement : Bronstein récolte un coup sur la tempe et s'affaisse au sol. Whence se penche sur l'avocat, lui ôte sa ceinture et s'en sert pour lui lier les mains derrière le dos.

Il semble au policier que la vie entière devient un rêve furieux.

– Bon Dieu ! Qu'est-ce qu'ils ont tous ? gémit-il. Ce connard de Whence est en train de gâcher mes affaires !

En enfilant son pantalon, en cherchant à tâtons son holster sous le lit, Fernando calcule que le gringo risque maintenant de faire justice. Sur un simple coup de sang ! Alors que toute la grande affaire est prévue pour demain ! Un crime télécommandé. Un assassinat programmé. On est au fond du bocal, il pense.

Et aussi des tas de choses ordurières.

– Où est ma chaussette ? Mille vierges des pauvres ! Où est cette satanée chaussette ?

Il ne la trouve pas. Il retourne le matelas. Il enfile sa godasse sur son pied nu.

Derrière lui, la grosse fille aux seins partagés sanglote dans les lourds bandeaux de ses cheveux d'Indienne.

Cabrera court déjà vers la porte en enfilant sa veste.

– Quand est-ce que je te reverrai ? elle suffoque dans un sanglot.

Il se retourne et dit d'un air éreinté :

– Si ce que je combine pour demain réussit, prépare-nous un *molle poblano*... Je le mangerai sur ton gros cul blanc plus suffocant que du soufre !

Il a déjà claqué la porte.

Avec ses nichons à l'air, ses grands yeux rougis de larmes, Zinnia se dit qu'elle est l'élue. Elle respire le firmament.

Elle répète avec douceur :

– Fernando. Fernando, mon amour...

Elle se mouche dans un morceau de papier hygiénique. En attendant d'aller chez le coiffeur se faire faire une coupe « à la Hollywood », elle allume une *King Size*.

Ça tient compagnie et aide à vivre dans une autre réalité.

Fernando Cabrera débouche dans la rue à l'instant où une conduite intérieure démarre sur les chapeaux de roues. Au volant, il entrevoit Whence. Le privé pilote une Mercedes. Sans doute la voiture de l'avocat.

Le commissaire donne de la tête à gauche. Il voit gicler de l'hôtel El Mirador un quidam au physique coupant de danseur argentin. Tango-tango, ce maigre effrayant, sanglé dans un gilet, fait trois pas en avant et recule d'autant. À ses cheveux aux reflets corbeau, le gros flic reconnaît Clemente Lazáro, l'un des porte-flingues de Gutierrez Moreno.

Le tueur semble avoir perdu la boussole. Il se tient la mâchoire à deux mains. Il a l'air d'avoir craché ses dents. Il fixe une majestueuse coulée de soleil sur le trottoir et paraît se demander où parfois vous entraînent les grains mystérieux de la vie.

Cabrera se récite son impressionnant pedigree. Genre : une bonne dizaine d'assassinats homologués. Autant de non-lieux. Et s'apprête à aller l'interviewer.

Des cris l'en dissuadent.

Cabrera donne de la tête à gauche. Le front crispé, il voit galoper vers lui un autre gars avec des yeux d'eau creuse. Celui-là a le teint décomposé, le visage tout dérangé par une intense émotion. Cabrera reconnaît Nez-Cassé, qui a perdu son béret. En courant, le proxénète beugle des mélopées primitives. Lorsqu'il se trouve à moins d'un jet de salive du policier, il se tait soudain. Il se laisse partir en glissade et amortit son élan en venant percuter le ventre du flicard.

– Nom d'un culot ! ahane ce dernier. Je suis au bout de ma patience, aujourd'hui !

Nez-Cassé dessine un geste de noyé.

Il paraît incapable de formuler le moindre son. Il gobe l'air et dévisage Cabrera comme s'il se trouvait en face d'une personne qui a beaucoup changé ces temps derniers.

C'est fort à admettre pour le commissaire, mais, sans respect pour son rang, l'essoufflé le crochète par la ceinture du pantalon et entreprend de remorquer son tonnage le plus vite possible vers l'entrée de l'impasse. Il n'explique pas son geste. Sa bouche a l'air collée.

Cabrera lâche ses nerfs raides et le suit en clopinant.

Chemin faisant, une chaussette verte, un pied nu, l'obèse a sorti son mouchoir. Il l'applique sur son nez et sa bouche, tellement l'odeur putride qui l'emmoustache devient de plus en plus insoutenable en remontant la rue. Les tempes battantes, il court. Il ne respire plus. Il prépare son esprit au désastre. Il sait déjà qu'il va devoir user de toutes ses forces pour supporter l'indicible.

Nez-Cassé l'entraîne le long des automobiles en stationnement. Il amarre le policier près d'une vieille Ford dont le train avant est monté sur cales. Le long de la carrosserie, deux pneus neufs attendent qu'on les remonte. Avec des gestes de babouin énervé, le proxo piétine sans le voir son béret rouge taché de cambouis et fait signe que le pot aux roses se trouve à l'arrière.

Cabrera contourne la voiture.

Il découvre la señora Preciosa Vasconcelos-Arrampa dans la position du fœtus couché. En proie au mirage de son corps blanc et boudiné, il contient une première nausée.

– C'est la voiture de l'Américain, tient à préciser Béret-Rouge dans son dos. Je voulais lui mettre des pneus neufs et, en cherchant le cric, voilà ce que j'ai trouvé !

– Autre chose qui ne va pas ? gémit Cabrera. J'ai encore un peu de place...

Par-dessus son épaule, il regarde passer sans intervenir Clemente Lazaró qui quitte les lieux au pas de course et constate :

– Même les rats quittent le navire !

Pour essayer de rattraper son mental qui fout le camp, il fouille nerveusement dans sa poche, en sort son écheveau de ficelle. Il constate que les restes du chapeau mexicain se sont emmêlés en une perruque inextricable. Il remise le tout et lutte un moment contre une migraine envahissante.

– Ce Whence commence à me faire manger mon chapeau ! murmure-t-il.

Malgré la puanteur qui continue à rôder autour d'eux, Fernando Cabrera se penche sur le cadavre. Il palpe la confortable poitrine qu'il entrevoit entre les avant-bras repliés. Il plonge littéralement dans la malle. Il se trouve au contact d'une chaleur subite et tropicale, d'un con énorme, bouche ouverte, et poursuit méthodiquement sa profanation secrète. Comme un laveur de vaisselle cherchant des sanies au fond de l'évier, il s'enfonce dans l'obscur de ce corps privé de vie d'où s'échappe déjà un jus ruisselant, une écume intime.

Il dégage les cheveux de la morte et relève des traces de strangulation. Il s'acharne à desserrer sa main droite qui se trouve au fond de la malle. Il y parvient et s'empare de ce qu'elle a voulu conserver avec un soin avare. Un bouton, pour désigner son assassin.

– Va vite me chercher le costume du gringo, intime le gros homme à Béret-Rouge.

Et, gagné par l'écœurement, il va vomir au bord du caniveau.

Midi et quart.
Le Catacumbas.

Je jaillis hors de la Mercedes. Je laisse Bronstein sur le siège arrière où je l'ai ligoté et bâillonné. Je traverse la chaussée au milieu d'une nuée d'autobus et de *peseros*.

Je rentre dans l'établissement réservé aux hommes. Lumière tamisée. Mouillage extra-dry. À part un client chauve de tonalité bistre, le visage inondé de lumière jaune, penché sur son journal, il n'y a personne dans ce parallélépipède aux angles estompés, ceinturé de deux devantures de verre. En traversant l'espace vide recopié d'une toile éclairée par Edward Hopper, je commande une tequila et fonce aux toilettes faire de l'eau.

Quand je reviens, mon copain, le barman au physique de poivron, m'attend à la pointe de la jetée. Sa lavette à la main, il fait mine de chasser le cafard de son zinc. Il me reconnaît avec bonheur et se penche sur le comptoir avec un large sourire.

La tequila est versée.

Un peu de sel, une rondelle de citron. Sous sa calotte blanche, Tête-de-poivron me regarde boire le premier verre. Il sait qu'un bronco va entrer dans le corral de mon estomac et attend de voir monter mes larmes. L'étalon effectue une série de ruades, mais je garde le cavalier.

Je repose mon verre. Il en soulève le pied et efface le passé récent d'un aller-retour de son éponge.

– Tequila ? propose-t-il en armant son bras pour me destiner à un second exploit.

J'acquiesce.

– *¡ Bien ! ¡ Muy bien !* approuve Tête-de-légume.

Il me sert. Je bois. Le rodéo ébranle mon estomac.

Il demande tequila. Je dis oui. Il me sert. Je bois. Les chevaux font tomber le cow-boy.

Il demande tequila. Je dis oui. Il me. Je. Les chevaux hennissent plusieurs fois.

– Je ne sais pas où on va, dit mon père.

– Qu'est-ce que tu veux, on n'y peut rien, le trampolino s'accélère, rétorqué-je.

Je lui tourne le dos, car je n'ai guère envie qu'il me pose des questions au sujet de Preciosa Vasconcelos-Arrampa.

J'ai l'impression que mon souffle donne au monde une apparence de vapeur trouble. Je me tourne vers le barman, lui demande son prénom. Il me répond Joe. Il se reprend. Il dit qu'en fait, son vrai nom est Sancho, mais que Joe est mieux pour le commerce. Je lui dis de m'appeler Harry-la-poisse. Il demande tequila. Je dis oui. Je. Je ne sens plus les sabots des chevaux. Je pense à Bronstein qui m'attend dans la voiture. Je pense au roi des ordures à qui j'ai bien l'intention d'arracher ma dulcinée. Je pense à María García Moreno qui serait rudement fâchée de mes initiatives.

Je...

J'entends mon père dire :

– C'est bientôt le printemps, Harry. Le renouveau est un impalpable bruissement. Il y a de petites taches de soleil qui ondulent sur la rivière dans un imperceptible frémissement. Les oies reviennent au pays. Je t'ai réservé un billet pour Great Falls. Ton père et tes amis du Montana t'attendent.

Je tourne le dos à mon vieux et lui dissimule ma férocité d'âme. Je crois que je suis ivre. *Hips !* Et que j'ai le hoquet.

Je prends l'air sombre et mélancolique. Je regarde en face le gâchis de ma vie sans espoir.

– Lola, prononcé-je en me reconnaissant le droit de flotter au-dessus de souvenirs sans rivages. Il faut que j'aille la chercher.

– Lola ? interroge Joe Poivron en pointant son nez de légumineuse.

– Un sacré bout de femme, dis-je avec un accent de poivrot.

– Tu vois bien que tu l'aimais ! en profite mon père.

– Qui ?

– Lola, évidemment ! ronchonne le pêcheur. Tu n'oses même plus prononcer son nom devant moi.

Joe Verdâtre avance le cou avec curiosité.

Alors je me mets à parler de la mort et à dire que ça m'arrangerait presque si quelqu'un ouvrait la porte du bar dans mon dos et me canardait un morceau de plomb entre les deux épaules.

– Tequila, dit Joe avec gravité. C'est pour moi.

Il décapsule la bouteille, la garde en l'air dans sa main, et dit que la mort, là-dessus aussi, il en connaît un rayon.

Il verse à ras bord. Je trempe mes lèvres, renverse un demi-cheval de rodéo sur le zinc.

– Sorry, Joe.

– Ne sois donc pas désolé, Harry.

Je bois le reste jusqu'à la queue.

– C'est Lola qui m'encombre, dis-je en reposant mon verre. Cette fille est partout. Je ne vois plus qu'elle à tous les carrefours.

– Tu es ravagé de jalousie, triomphe mon père. Regarde les choses en face !

– Ferme ton clapet, p'pa ! Je touche à la finitude ! J'ai des pieds de poulet. J'erre à deux pattes sur la terre empestée d'un cauchemar sans fin ! Je viens de comprendre trop tard que la mort était rousse. Et que j'ai couché avec sa peau trop blanche.

Tequila-Joe passe la tête au travers de la lumière verte qui lui renforce le nez.

– Justement, dit-il, revenons à la mort. Moi, j'ai un cancer gros comme ça du côté du foie, et je ne suis pas effrayé par sa proximité. Je la trouve même plutôt désirable. Savez-vous que nous, les Mexicains, avons un indéniable avantage sur vous autres, c'est que nous n'allons pas vers la mort, nous y retournons. À l'heure où je sentirai passer sur moi son haleine, je me contenterai de répéter ce que j'ai lu une fois dans un bouquin de Carlos Fuentes : « La mort n'est pas une fin. C'est un commencement. Elle est l'origine de toute chose : nous venons de la mort. »

– *Hips !* Alors, il est temps que j'y retourne, dis-je avec détermination.

Je froisse quelques billets sur le zinc et, *get going, Charlie Dunn !* je fonce vers la Mercedes.

– On ne devrait pas aller là-bas avec tous ces verres dans le nez, discute mon père. On va se faire expédier recta dans une caisse à six pans. Ça sent le sapin !

Mais on y va.

Quand le temps s'accomplit, nous sommes sans défense.

À la même heure,
callejón Emiliano Zapata.

Cabrera court sur le trottoir comme une oie que le couteau de l'égorgeur vient de priver de son cou.

Il cherche un téléphone. Il trouve une cabine. Il n'a pas de monnaie. Nez-Cassé lui en procure.

Le gros flic referme la porte sur lui. Il compose un numéro. Il souffle dans ses joues. Il bouffe du chocolat. Quand il obtient son correspondant, il tourne le dos au voyou et masque ses lèvres avec l'éventail de sa main.

Il parle longuement avec le directeur de cabinet du ministre de la Justice (membre du PRI), puis avec le médecin de l'Institut médico-légal de Tepito. L'un donne son feu vert à l'initiative du commissaire, l'autre accepte d'héberger provisoirement un cadavre sans nom de sexe féminin dans les tiroirs frigorifiques de la morgue, à condition que dans les quarante-huit heures on lui ait trouvé un assassin présentable. Cabrera s'engage personnellement à ce que ce délai soit respecté. Il connaît l'identité du criminel. Il parle d'un *serial killer*. Il persuade son interlocuteur que c'est pour mieux confondre et arrêter le responsable des meurtres qu'il a besoin d'étouffer provisoirement la découverte de ce nouveau forfait. Un léger différé permettra de ne pas alerter le coupable et de le faire tomber dans le piège qui lui est d'ores et déjà tendu. Cabrera a rarement été aussi volubile. Il a rarement mangé autant de chocolat en aussi peu de temps. Histoire de donner plus de légèreté à l'affaire, il échange quelques plaisanteries macabres avec le toubib, promet de venir boire un mezcal à la température des lieux, et raccroche.

Il sort de la cabine en s'essuyant la joue avec son mouchoir, tourne vers le ciel menaçant un regard préoccupé et semble s'aviser de la présence de Nez-Cassé à ses côtés.

– Pour toi, le berger des extases du quartier, marmonne-t-il, pas de changement ! Je ferme les yeux sur tes trafics et ton troupeau de gagneuses, et toi, tu témoignes en termes modérés.

– C'est-à-dire ?

– Tu rendais service à un voisin. Tu dépannais sa voiture. Voilà que tu tombes sur un cadavre.

– Qu'est-ce que j'y gagne ?

Les yeux du commissaire deviennent jaune fou.

– De ne pas te faire baiser par les flics ! De rester en bonne santé sur les trottoirs de Mexico avec Juanita, avec Zinnia, avec Rosita, et de continuer à te fabriquer les poignants souvenirs de ta jeunesse !

Sur ces entrefaites, une voiture de la brigade des affaires criminelles arrive sur les lieux, diligentée sur intervention directe du ministère. Deux inspecteurs prennent les photos, établissent des relevés, relèvent les dépositions de Nez-Cassé et du commissaire assermenté Fernando Cabrera. Ils confisquent la malle comme preuve évidente. La camionnette de la morgue arrive à son tour. Les spécialistes interviennent. Une enveloppe de plastique. Une civière. Le tour est joué. Le ménage est fait. Circulez, il n'y a rien à voir. Les badauds, les vendeurs de potions d'amour et de montres digitales, les flâneurs se dispersent. Les têtes rentrent aux balcons. Les marchands cavalent vers la rue principale.

Fernando Cabrera se tourne vers Nez-Cassé. Ses paupières lourdes envoient un éclat ténébreux et froid.

– Quand tu reverras le gringo, surtout tu ne lui parles de rien. Il ne s'est rien passé. Tu lui répares sa voiture comme si de rien n'était. Tu lui rends son veston...

– Et je me fais payer, non ? J'ai eu un mal fou à lui trouver des pneus !

– Bien sûr. Tu te fais payer.

– Parce que ce type, attention, si vous le coffrez trop vite, j'y perds une fortune.

– Dors tranquille. Nos intérêts coïncident.

Les deux hommes font quelques pas sur le trottoir. Ils contournent un employé du service de nettoyage qui est occupé à ouvrir la vanne d'un point d'eau. Cabrera fait encore quelques pas, les poings noués derrière le dos. À l'abri de son masque de bouledogue, il réfléchit, insensible aux cris d'une bande de gamins empanachés de plumes.

Il se perche sur la bordure du trottoir et regarde passer l'eau de vaisselle des hommes : des paquets de chewing-gum, des capotes, des mégots, des pelures de mangues, une lettre déchirée qui filent vers l'égout.

Soudain, il pivote pour faire un clin d'œil à Nez-Cassé. La mimique déforme terriblement son nez. Il propose au garçon d'aller jusqu'à la *cantina* du coin de la rue, celle qui est située entre la pharmacie et la *chicharroneria,* pour prendre un verre avant de se séparer.

Quand Nez-Cassé entre à *Los Infernos,* il a encore une âme. Après plusieurs mezcals, Fernando Cabrera branle sa grosse tête et prend l'air gentil comme un vieil oncle qui sourirait au fond d'un cadre, sur la cheminée.

Il susurre :

– Nacho, je pensais à un truc... Que dirais-tu de travailler pour moi ?

– Vous voulez que je devienne mouchard ?

– Auxiliaire de police ! Tu es le genre de salaud qu'on ne peut pas laisser tomber !

Le ventre du gros flic émet une flageolade de gargouillis dans le silence retombé.

– Personne n'envisagera jamais de me recruter comme ingénieur, admet Nez-Cassé en baissant la tête.

– Je crois que je vais reprendre un mezcal, dit Fernando Cabrera.

Il pète un gros vent.

Midi trente.

Poste de sécurité de la décharge de Meyehualco. Portail Sud.

Pour Basilio Guerrero Barranca, quarante-trois ans, chef des vigiles, le jus de la vie est ailleurs que dans les alcools forts.

Basilio est un bavard impénitent. Il est accessoirement un veuf inconsolable. Et parler de sa femme avec les yeux brouillés de larmes, c'est parler du temps où les anges existaient encore avec leur gorge de neige.

C'est pourquoi, sans pour autant cesser d'évoquer les secousses du tremblement de terre de 1985 (qui n'avaient pas empêché sa défunte épouse de poursuivre sur sa personne une fellation en cours), il attire sans conviction l'attention de son collègue Gonzalo Sanchez, vingt-sept ans, célibataire, sur le tracé poudreux d'une voiture dont le pointillé zigzagant se rapproche à vive allure de la galerie de planches sous laquelle ils se tiennent.

Tandis que de sa voix aux inflexions caverneuses, Basilio raconte pour la centième fois les terribles grondements du sous-sol en furie, le papier peint qui crevasse, la rosée de plaisir que les lèvres de sa conjointe font monter dans le conduit de son sexe, le bolide s'approche, fonce avec détermination en direction de l'enclos électrifié, et Gonzalo Sanchez se lève.

Il se lève, éberlué par ce qui est en route. Il veut dire quelque chose, mais, toute intelligence éteinte au fond des yeux, il préfère agiter sa gigantesque main velue sous le nez de Barranca.

Ce dernier continue à raconter son tremblement de terre. Il parle de sa posture incongrue de ce soir-là – lui, assis d'une fesse sur la table de la salle à manger ; son épouse, les paupières closes, agenouillée devant lui ; le lustre qui tombe au milieu des tortillas et le plaisir qui explose dans sa verge. À l'issue d'une longue tirade, il confie à Gonzalo Sanchez dont les pupilles s'agrandissent de terreur :

– À l'instant où je vivais mille secousses au fond de la gorge de ma femme, elle m'a dit : « Basilio ! Il est arrivé quelque chose à la cuisine... » Et la rue qui était pleine d'eau est entrée dans la salle à manger... Et ma femme a été balayée par le torrent de boue... Et le Tepito tout entier s'est écroulé comme un château de cartes !

Au même moment, irréelle continuation de ce séisme hors du commun, la bagnole brinquebalante, lancée à pas moins de quarante mètres/seconde dans les nids-de-poule, enroule un nuage de caillasse à la semelle de ses pneus malmenés. Elle décrit un orbe à la trajectoire incertaine qui peut laisser présager toutes les catastrophes.

Gonzalo a juste le temps de gueuler : « Il va faucher tous les piliers ! » Et avale ses doigts pour ne pas hurler.

Par la vitre ouverte, les deux policiers entrevoient le profil du conducteur, debout sur le frein. Dérapant sur le traîneau de ses quatre roues bloquées, la grosse allemande chasse interminablement dans un hurlement de gomme et de fumée bleue. Elle fait littéralement exploser la barrière avant de terminer sa course, encastrée dans le portail électrifié.

La bouche tombante, Basilio Guerrero Barranca voit retomber la poussière. Il lisse machinalement sa moustache. Sans bouger son cul du fauteuil en rotin où il se tient en permanence, il dégrafe la gaine de son revolver pour en libérer la crosse et fait un signe du menton à son collègue.

– C'est peut-être un cinglé ! On ne sait pas.

Gonzalo Sanchez opine.

– Sa bagnole ressemble à une bouilloire après un match de foot sur un terrain vague, bredouille-t-il.

– Alors, je crois que nous aurons aussi besoin du fusil, dit Basilio en tendant ses grosses pognes vers le râtelier. Vas-y, toi, Gonzalo. Je te couvre.

Midi et une minute exactement.

Le vigile qui s'avance vers moi avec un fusil à pompe est persuadé qu'il va se trouver en face d'un individu agité de convulsions. Au lieu de cela, il tombe sur un être délicieux. Mains molles sur le volant. Sourire doux, plutôt rêveur. Regard gris à tendance phobique par-dessus les lunettes.

Le fils du Yucatán me considère avec les yeux étonnés de celui qui vient de trouver des plumes vertes dans ses chaussures. Ça lui prend pas mal de temps de scruter mon faciès et se faire une opinion.

Je lance dans la bagarre tout ce que je sais d'espagnol :

– Pouvez-vous ouvrir la grille, monsieur le policier ? Je suis encore assez pressé.... Je suis le docteur Rey, le... le médecin de garde.

Je précise en frottant mon front de praticien migraineux :

– J'ai été appelé d'urgence pour donner des soins à la señora García Moreno... Probablement un petit malaise cardiaque.

Et je passe en première comme si je comptais redémarrer sur les chapeaux de roues.

Le flicard reste de marbre.

Nullement découragé, je l'aide à écarter les sargasses de sa cervelle et, à force de pianoter sur mon volant, je peux me vanter de lui offrir un sacré numéro de binoclard stressé.

L'expression aussi paisible que celle d'un bison remâchant la savane, il continue à m'observer. Moi, de la pointe de ma botte Charlie Dunn, j'asticote mon accélérateur, histoire de maintenir la pression.

– On m'a dit que vous seriez prévenu de mon arrivée...

Et tacatac avec les doigts.

Juché sur les marches du poste de garde en arrière-plan, j'entrevois son chef. D'une main, il fait la grosse paume devant son sexe. De l'autre, il tient un colt devant son estomac d'alcoolique.

Le gars aux épaules étroites, Gonzalo Sanchez il s'appelle, c'est marqué sur sa plaque, continue à marcher au ralenti. Il laisse dériver ses yeux chassieux sur ma ligne d'épaules et fouille du regard l'intérieur de ma guimbarde.

Il découvre la forme allongée de Bronstein qui roule des yeux de merlan au-dessus de son bâillon.

– Qui c'est, celui-là ?

Je le laisse sans réponse.

Depuis son perchoir, la visière de sa casquette abaissée sur les yeux pour se protéger du soleil, le chef de poste cherche toujours à démêler si son subalterne aux épaules étroites va s'en sortir.

Je repasse au point mort.

Je me penche à la vitre de la Ford et ouvre la bouche. Mes dents apparaissent.

Les dents ! On n'en tient pas assez grand compte ! On s'en sert pour manger. On s'en sert pour sourire. On ne s'en sert pas assez pour mordre.

Je montre mes dents au moustachu.

Aussitôt il se déhanche dans le lointain. Il devient frénétique. Il hurle, les yeux chargés de haine :

– C'est quoi, ce bordel ?

Gonzalo Sanchez répète nerveusement :

– C'est quoi, ce bordel ? Qu'est-ce qu'il fait là, monsieur Bronstein ?

Je jette un coup d'œil furibard en direction de Gonzalo.

– Téléphonez à la villa. Vous verrez bien que je suis attendu quoi qu'il arrive...

– C'est comment vot'nom, déjà ?

– Whence.

Il se détourne à demi vers l'autorité. Il balance :

– Il a un nom, ce type !... Whence ! Au début, c'était Rey, mais maintenant c'est Whence !

– Qu'est-ce qu'on en sait, qu'il s'appelle comme ça ? s'inquiète le moustachu dans la distance.

Sous sa visière de casquette, Gonzalo agite son fusil et commence à devenir nerveux.

Il me dit :

– C'est vrai, ça !... Qu'est-ce qu'on en sait, nous, qui vous êtes ?

Je réfléchis sincèrement avec lui. Les mots finissent toujours par vous trouver. J'avale ma salive et lui réponds :

– La vérité, c'est ce que tout le monde cherche à savoir.

Je commence à transpirer. L'idée d'avaler une pilule rose me traverse.

La vérité, c'est que je me suis enfilé huit tequilas pour me donner du cœur au ventre et aborder sereinement tous les enfouraillés qui doivent veiller sur l'état de santé de Gutierrez Moreno. La vérité, c'est que maintenant je n'ai plus peur de la mort.

Sans que personne s'y attende, pas même moi, voilà que j'ouvre la portière et sors au soleil en faisant de grands gestes.

– Merde ! Tas d'abrutis ! Demandez au téléphone si je suis attendu ou non ! Remuez-vous, bande de riens !

J'attrape Gonzalès par la manche de sa chemise et le pousse devant moi.

Il n'en faut pas davantage pour que Barranca ouvre le feu sans la moindre sommation. Son colt aboie. Le projectile traverse mon feutre et me frôle le crâne. Il réappuie sur la détente. Une balle miaule à mes oreilles. Cette fois, Gonzalo échappe de justesse à la mort et se jette à mes pieds.

Avec une expression furieuse qui ne reflète pas la tendresse, je désarme Gonzalo qui, d'ailleurs, se désintéresse de son fusil et repte pour quitter la trajectoire des balles.

– Quoi d'autre ? dis-je en faisant la surprise au moustachu de me présenter devant lui en seulement quatre bonds.

Avant qu'il ait pu réfléchir, je lui balance un revers de main qui lui explose sur les dents, et il saigne aussitôt des gencives.

Je lui lance :

– Vous ne croyez pas qu'on aurait pu éviter ça ?

Je lis son nom sur sa plaque : « B. Guerrero Barranca ». Je lui allonge un foutu coup de crosse dans l'estomac.

Il devient aussi pâle qu'un fantôme et s'affaisse dans son tas de vêtements. J'en profite pour le délester de son colt.

Ainsi armé jusqu'aux dents, je pénètre dans le baraquement et me rends tout droit au téléphone. Tout en surveillant la porte, je compose le 011 pour obtenir la villa Moreno, ainsi que le préconise le cadran.

Tandis que j'attends un interlocuteur, mes yeux dérivent sur le système de vidéosurveillance. Précédée par une série de pas sonores, à l'autre bout de la ligne, une voix de glace prend possession du combiné.

– Vasco Mendoza, j'écoute.

Je nasille mon nom :

– Whence. Harry Whence. Dites mon nom à votre patron. Je pense qu'il me recevra.

La voix paraît embarrassée. Elle répète :

– Whence ?... Où êtes-vous, monsieur Whence ?

– Au portail Sud.

– Ne quittez pas...

Visiblement, il y a conciliabule à l'autre bout de la ligne.

Les deux vigiles que je viens de désosser s'encadrent dans la porte. Je braque le colt sur eux, étouffe le micro dans ma paume et leur intime l'ordre de s'asseoir en face de moi.

Gonzalo Machin est sur le point d'obtempérer. Barranca me dévisage d'un œil féroce. Il dit :

– J'aurai ta peau.

Tout cela pourrait être pire, bien sûr. Mais *il est des phrases qui ont le don étrange de raviver le cuivre des vieilles douleurs, monsieur.* Sans prévenir, Harry Whence sort la tête de l'eau. Ses yeux gris fixent la lumière. Ses mâchoires claquent. *Harry Whence a connu les cages flottantes dans les marais viets, monsieur. On lui a enfoncé des bambous sous les ongles. On lui a branché l'électricité sur les parties génitales. Il a même écopé d'une balle dum-dum qui flirte avec sa moelle épinière.* À l'intérieur de lui-même, Harry Whence hurle. Personne n'entend son cri. Whaaawhaooo ! Pourtant, il a une double rangée de dents de tigre. *Personne ne peut savoir à quelle violence il échappe, monsieur.*

Harry Whence retourne à son marigot. Il passe outre ses états d'âme. L'eau se referme. Il fait signe aux clowns en chemise kaki de s'amener tous les deux.

À l'autre bout de la ligne, ça s'agite. D'avoir consulté en haut lieu, le sieur Vasco y a gagné en amabilité.

– Monsieur Whence ? Pouvez-vous me passer le chef des vigiles, je vous prie ? Je vais vous faire accompagner jusqu'à la villa.

Sur le point de passer l'appareil, je m'aperçois que je ne peux pas faire confiance à Guerrero Barranca. Avec une incroyable agilité pour sa corpulence, il vient de se jeter au sol. Il court à quatre pattes comme une araignée velue et se jette dans mes jambes. Sur le point de perdre l'équilibre, j'arrive à pivoter et la pointe de ma Charlie Dunn percute la face du plongeur. Il reste au sol, puis roule lentement sur lui-même. Son nez pisse le sang.

– Arrête de réveiller la poussière de mes vingt ans, lui dis-je. J'ai envie de te clouer le bide avec ma baïonnette !

Je me sentais vraiment méchant, monsieur.

Je le frappe une seconde fois. Une vilaine bouillasse lui vient à la bouche. La bataille s'arrête net. La douleur est imprimée en rouge sur sa face. Une folie meurtrière crépite dans ses yeux.

Frottement d'étoffe au milieu d'un silence total, Gonzalo-Machin, qui allait prendre le relais de son copain, s'est figé dans le mouvement. Il fixe le revolver que je tiens.

– Pas de problème, Gonzalo, je lui dis. On y va. C'est toi qui vas prendre le téléphone. Ton copain ne pourra sûrement pas parler la bouche pleine.

Justement, à l'autre bout du fil, le dénommé Vasco Mendoza s'impatiente :

– Allô ! Qui est à l'appareil ? C'est toi, Basilio ?

Je fais signe à Gonzalo que c'est à lui de jouer.

Avant que j'aie pu faire outch, il se met en branle avec une grâce de volet dégondé. Il se précipite vers une table. Ma main s'imprime sur la crosse du colt, mon bras droit décrit un arc de cercle et je suis prêt à lui faire sauter la rotule lorsque je le vois se précipiter sur une bouteille entamée. Il renverse la tête en arrière. Sa pomme d'Adam devient folle. Il ingurgite l'alcool avec une vitesse d'entonnoir. Il s'essuie la bouche quand il n'a plus soif. Une sorte de geste rassasié à la fin du compte. Il s'avance comme un zombie, cueille le récepteur et, alors que je m'attends au pire, dit d'une voix sensée :

– Gonzalo Sanchez au rapport.

– Accompagnez le señor Whence jusqu'à la grille de la villa...

– À vos ordres, señor.

La ligne grésille et, après un silence vétilleux :

– Sanchez ? Tout va bien ? J'ai cru entendre un coup de feu...

– *Nada !* Tout va bien, señor Vasco ! On peut même dire qu'ici, c'est une belle journée qui s'annonce...

Vasco se détend visiblement au bout du fil :

– *Bien !* Je parie que tu viens de te faire... *una mordida, chico ?...* Quelques billets verts pour laisser passer un camion de déchets ultimes ?

Gonzalo s'illumine à son tour :

– Mieux que ça, señor Vasco ! Basilio vient de fermer sa grande gueule. Plus d'histoires de tremblements de terre pour aujourd'hui !

– Il s'est trouvé une nouvelle femme ?

– *No, señor !* Il a raclé le carrelage avec ses dents. Et, pour une fois dans ma chienne de vie, je vais pouvoir écouter Tata Nacho à la radio !

Midi quinze.
Décharge de Meyehualco.

Manuel Ramos, huit ans, court sur la poudre du chemin. En arrivant en vue de la barrière, il distingue une Mercedes grenat épinglée dans la lumière blanche. Au loin, irréel au milieu des fumerolles, le peuple des *pepenadores* poursuit son éternelle ascension des grandes dunes d'immondices.

Insensible à la liturgie silencieuse des pauvres venus quêter des miettes sur la décharge des riches, Manuel sort de sa poche de chemise le cigare qu'il destine à Basilio Guerrero Barranca pour s'assurer ses bonnes grâces.

Il grimpe la volée de trois marches qui mène au poste de garde.

Il passe la porte, affronte les ténèbres et se retrouve face à la bouche d'une arme à feu.

Les prunelles du petit lui dévorent le visage, puis il s'habitue à la différence de luminosité et découvre celui qui tient le revolver : un grand type fatigué avec des cheveux coupés en brosse et des yeux impitoyables comme des lames d'acier.

Sur le sol, en arrière-plan, Manuel découvre la masse recroquevillée du chef des vigiles, son visage tuméfié, son nez éclaté. Il regarde couler aux commissures de ses lèvres le surplus de bouillie sanguinolente qu'il a remâché au fond de son palais.

Les yeux agiles du gosse se posent sur Harry.

– Tu lui as cassé la tête ?

Sans attendre la réponse, sa main s'avance, tâte au travers de l'étoffe de la veste les muscles de l'étranger.

– Tout seul, tu lui as cassé la tête ? Tu as été assez fort pour faire ça ?

Il passe devant le gringo et s'enfonce dans la pièce. Il s'avise de la présence de Gonzalo qui s'est assis dans le fauteuil de rotin et est occupé à finir la bouteille de *ron* largement entamée.

– Toi, tu te soûles ?

– Il nous a eus par surprise.

– Je vois ça, dit l'enfant. C'est la surprise qui compte.

Il tend son cigare à l'ivrogne.

– Tiens, dit-il, aujourd'hui, c'est toi qui fumes.

Avec un grognement de contentement, Gonzalo Sanchez plante le havane dans sa bouche un peu veule.

– La radio et un cigare ! grince-t-il en émettant un petit rire démoniaque. C'est toi, petit, qui vas conduire le docteur jusqu'à la villa !

D'un pas d'homme ivre, il enjambe le corps recroquevillé de son copain Barranca et ouvre un placard où se trouve une autre bouteille de *ron.*

Les pupilles de Manuel se rétrécissent. Le garçon pose un regard suspicieux sur le grand type à cheveux blancs et paraît réfléchir.

– Docteur ? dit-il. À mon avis, t'es pas docteur.

Harry se retourne.

– Ah bon ? s'enquiert-il en basculant le barillet du colt pour le délester de ses munitions. Et qu'est-ce que je suis, alors ?

– T'es un type qui va jouer un rôle dans ma vie.

Harry pose l'arme sur la table, près du fusil qu'il a également désarmé.

– Et toi, qui tu es, petit ?

– Moi, *che* ? Je suis le prochain roi des ordures !

Midi trente.

Décharge de Meyehualco et abords de la villa Gutierrez Moreno.

Le visage de Vasco Mendoza est immobile. Sanglé dans sa vareuse de chauffeur de maître, il regarde s'avancer au-devant de la villa bunker une double silhouette d'homme et celle d'un enfant en maillot de corps et short déchiré. Tous marchent à contre-jour d'un soleil ardent qui creuse leurs yeux de vilains trous noirs et nimbe leurs épaules d'une découpe plus claire. Un nuage de poudre est attaché à leurs pas.

Derrière eux, à perte de vue s'étalent les collines fumantes, l'enfer des terres de soufre et de fondrilles, les friches cent fois retournées par les mains d'une légion d'hommes qui ne cessent jamais de marcher vers les cendres de la lune.

Mendoza est posté en retrait de la grille qui accède au jardin de la villa bunker. Il se dissimule dans l'épaisseur d'un bosquet d'eucalyptus. Il tient à la main un Obregon 45 modèle colt à sept coups. Depuis sa cachette, il peut à la fois surveiller la progression des intrus et conserver une position stratégique pour le cas où il leur viendrait à l'idée de franchir la grille et de s'enfoncer dans la propriété.

Mendoza surveille également ses arrières – un escalier encadré d'un haut mur blanc qui accède à la terrasse. Il sait que c'est dans ce parage immédiat que se tient don Rafael.

Une demi-heure avant, le nabab a écouté le rapport que lui a fait Clemente Lazáro. Le tueur est arrivé la gueule en sang. Il a dit qu'il s'était laissé surprendre. Que Whence est un enragé, un fauve imprévisible, et que l'Américain se servira sûrement de l'avocat comme d'une clé pour ouvrir les grilles de la villa à sa folie furieuse.

Le roi des ordures n'a pas pris la menace à la légère. Après le coup de téléphone avec les vigiles, Vasco l'a vu ouvrir le tiroir de son bureau. Il en a tiré son arme favorite, un vieux 38 Star de l'armée espagnole, et l'a glissé dans sa ceinture. Il a fait venir une demi-douzaine de *pepenadores* à sa solde. Il leur a promis à chacun la concession de mille mètres carrés de décharge pendant un an s'ils rossaient le gringo avant qu'il n'atteigne la terrasse.

Mendoza n'a pas proposé ses services. Quand il a raconté la scène à laquelle il venait d'assister à Linda Asunción, elle lui a ordonné de ne pas s'en mêler. Les seins nus, terrée dans sa chambre, elle était allongée sur une serviette éponge avec un cafard noir. Même la musique n'y pouvait rien. Elle a dit que s'il y avait quelqu'un à tuer, c'était son père et personne d'autre. Elle s'est cramponnée à son ours qui ne la quitte plus depuis quelques jours. Avec une mansuétude inquiète, Vasco Mendoza a ébouriffé les mèches sombres qui encombrent le front têtu de Linda. Les yeux de la jeune fille sont devenus fixes et endurcis.

Elle lui a répété avec amertume que seul l'espoir du malheur la tenait encore éveillée et qu'elle donnerait l'enveloppe de son corps à celui qui la débarrasserait de la présence de son père. Bouleversant la gravité de l'amour, elle l'a embrassé sauvagement, comme elle l'a déjà fait à plusieurs reprises sans pour autant se donner à lui.

– Tue-le ! a-t-elle exigé en laissant ses yeux voyager doucement sur la trame de cendre et de ciel confondus de l'horizon. Tue-le pour moi !

À présent, Mendoza soulève une branche d'eucalyptus. Au-delà du mystère des bois tordus, il regarde les gens qui s'avancent. Il pense à la tenace fragilité de l'espèce humaine.

L'enfant en haillons vient de s'arrêter sur l'injonction du grand type à cheveux blancs qui se tient en retrait de son prisonnier.

Maintenant, ce type, Whence, s'avance seul. Il pousse devant lui l'avocat dont les mains paraissent entravées dans le dos. Il est à moins de dix mètres de la grille quand il crie le nom du roi des ordures.

Le visage sec comme du bois, la peau collée sur les os, c'est ainsi qu'apparaît le gringo aux yeux de Mendoza. Un automatique nickelé à la main, il se tient en plein soleil. Il crie le nom du roi des ordures. Il titube sur place. Il se tient la nuque. D'où il est, le chauffeur pourrait aisément l'abattre.

Bronstein, quelques mètres en avant de l'Américain, baisse la tête. Derrière les deux hommes, sur fond d'étrange blancheur, cent oiseaux de décharge volent lourdement vers un train de fumées rampantes.

Les yeux brûlants, Whence s'avance encore un peu :

– Moreno ! Vieux fantôme d'homme riche ! Montre-toi ! Je t'ai ramené ton avocat marron ! Tu peux siffler ton chien !

Les nerfs tendus par cette éternelle histoire de vie ou de mort, le regard de Mendoza s'affine tandis qu'il guette un raclement de semelle sur la terrasse supérieure. Pas après pas, quelque chose de lourd arrive. La silhouette massive du maître des décharges se découpe en ombre chinoise sur l'écran blanc d'un des murs. Torse immense. Chapeau immense. Elle semble s'emparer du devant de la scène. Elle écrase les êtres et les choses.

Whence s'élance. Il roule son galop désespéré en direction de la grille, dépasse l'avocat et ouvre la porte défendue. Elle ne lui résiste pas. Le voici dans l'enclos. Il court le long de l'allée en caressant l'idée d'atteindre les marches, de se jeter sur le nabab, de déchirer son masque de parchemin, il crie le nom de Lola, il décharge son arme sur l'ombre gigantesque, il entend le ricanement de son ennemi et voit fondre sur lui cinq, six hommes en gris, six mercenaires puants qui lèvent leurs bâtons et leurs crocs, qui le frappent sans trêve, qui l'assomment et continuent à le battre tandis qu'il s'affaisse, éreinté de malchance et submergé de coups.

Puis des pas résonnent sur le dallage. Le corps imposant du maître des bourbes et des immondices rejoint son ombre. Don Rafael apparaît tout en haut du grand escalier. Il étend sa main vivante et prend sa voix de courroux. Les coyotes, apeurés par ce qu'ils viennent d'accomplir, lèvent la tête vers lui. Des années de servitude ont détruit tous leurs rêves. Vrai troupeau de bêtes puantes, ils quêtent un nouvel ordre. Ils sont prêts à tout.

– Qu'on le jette à la décharge !

Les hommes chargent le corps inerte du gringo sur leurs épaules. Vasco Mendoza regarde s'éloigner leur sinistre cortège d'éboueurs aux pieds nus. Il fixe la silhouette immobile du tyran, ses traits figés, l'arc de ses lèvres tendu par le dédain, et repense à son propre avenir.

Il entend la voix de Linda supplier dans son sommeil qu'on lui lave la bouche et le ventre. Il lève son revolver et vise le roi des ordures à la tête.

Soudain, des pas aériens courent sur le dallage. María García Moreno surgit dans la lumière qui la prend par le côté.

– Que se passe-t-il ? Au nom du Ciel, que se passe-t-il ici ?

Son visage aigu interroge le profil recuit de don Rafael.

– Rien. Les *pepenadores* débarrassent la propriété d'un excité qui avait forcé la grille.

– Qui était-ce ?

– Personne. Un type qui a fait son temps. Retourne dans ta chambre, María.

Vasco Mendoza suspend son geste de mort et muselle son revolver dans sa gaine.

Il sort de sa cache et s'avance au-devant de son maître.

Décharge de Meyehualco.
À une heure imprécise de la nuit.

Depuis peu, j'entends des grattements, mais, jusque-là, j'étais mort.

J'étais mort et enterré sous trois tonnes de crottes, cinquante litres de lavures, plasma sanguin, seringues, fèces et raclures, sous sept lavabos, deux bidets, cinq mille huit cent dix-sept capsules, deux téléviseurs, plusieurs matelas et leurs ressorts déglingués, dix-huit mètres de câbles moyenne tension, des sacs plastique, un poster du Che Guevara, plusieurs mètres cubes de papier gras, sale, huilé, hygiénique, argenté, sulfuré et un tuyau miraculeux par l'embout duquel ma bouche puise 30 % de chlore et d'ammoniaque, 30 % de fumée bleue, 29 % de gaz méphitiques et 1 % d'oxygène salvateur qui me maintient en vie. Ma bouche fait tout. Elle respire. Elle élimine les déchets. Elle trie l'air de la surface. Elle est à la fois ma vue, mes bras, ma cervelle du moment. Englué vif dans une sorte de mortier pestilentiel, j'ai entamé, depuis au bas mot sept cents siècles, une morne existence d'infusoire, de ténia, d'annélides, et seule la valve de mes lèvres monopolise ma volonté vermiculaire. C'est elle qui fait parvenir à mes poumons, atrocement comprimés par les murailles de ma sépulture d'ordures ménagères, la seule parcelle de vie qui me reste.

À un moment donné, ceux qui grattent ont essayé de me prendre mon tuyau, mais je m'y suis cramponné. En une autre occasion, mes sauveteurs ont envoyé un jet d'urine dans le tube pour tester ma vitalité. J'ai crié, mais j'ai dû m'arrêter très vite. Mes tempes éclataient. Mes oreilles bourdonnaient. J'ai dû d'ailleurs perdre connaissance, puisque je ne me souviens plus comment on m'a tiré de là.

J'ai entrevu des mains, des visages, surtout le blanc d'une dizaine d'yeux et la face blafarde d'une Lune tellement pleine qu'elle avait l'air habitée. J'ai entendu des voix enfantines et m'en suis remis au Seigneur. J'ai senti qu'on me détroussait de mes bottes par Charlie Dunn, qu'on me faisait les poches. J'ai entendu pousser des cris de joie. J'ai rouvert les paupières et j'ai vu Manuelito qui brassait beaucoup d'argent.

– Bonjour, *che* ! il a dit en se bouchant le nez. Ils ont vidé beaucoup de merde sur toi. Mais j'ai prévenu mes copains que tu étais increvable !

Il m'a présenté Ricardo. Ricardo, Aurelio, Shadow et le Médecin. Ils se sont partagé mon fric. Ils m'en ont laissé une part. Ricardo a gardé les bottes en souvenir. Le Médecin m'a palpé. Il m'a fait crier. Il a dit qu'il fallait me bander les côtes. Il a dit aussi que la tête, ça saignait, mais que ça n'était pas grave. Un autre a dit qu'avant toute chose il fallait me laver au jet. Ils l'ont fait. Les Sanchez, les petits Posada, Tonto et Cantiflas. Ils l'ont fait. Ils ont fabriqué une civière avec un vieux lit en ferraille et s'y sont tous mis, *los Diablos*. Ils m'ont emmené sans trop de casse.

Je suis retombé dans les pommes.

Quand j'ai émergé, j'étais choyé sous trois épaisseurs de couvertures en loques. Je claquais des dents.

– Ça n'est pas normal, a chevroté le Vieux en salopette.

Il s'est penché sur moi. Il a appuyé sur mes côtes. J'ai crié. À chaque respiration, il avalait sa mâchoire inférieure. Il aurait mérité un dentier.

– Je te présente Popeye, a dit Manuel. C'est mon grand-père et c'est un sage.

Le plafond de la maison basse où nous étions était fait de carton ondulé. Sur chaque élément, c'était marqué *Corona Extra, la cerveza más fina.*

– Il ne faut pas le laisser là, a mâchouillé Popeye. Demain, tout le bidonville va savoir qu'il est chez nous. Don Rafael va nous chasser. Peut-être pire.

– J'ai mon idée, a dit Manuelito Ramos.

Et je suis retombé dans les pommes.

LUNDI soir,

le sixième jour...

Quartier Santa Catarina, callejón 61.

– Peut-être bien qu'il a faim, il a dormi depuis treize heures, a dit une voix féminine.

J'ai rouvert les yeux. Ça méritait assez.

Une jolie fille dans les seize ans me faisait un sourire. Elle avait tous les atouts d'une vierge exubérante : une poitrine bien formée dans un corsage de coton blanc immaculé, généreuse comme celle d'une divinité mère, et les hanches d'une jeune déesse à la fertilité prometteuse. Magicienne à la peau sombre, elle avait des lèvres de mousseline rose, très douces à regarder, et des tresses noires qui encadraient ses traits réguliers.

Derrière elle, des visiteurs passaient comme des ombres ; des cierges brûlaient. Un Christ en habits violet, rouge et or offrait sa souffrance sur une croix de bois noir.

– *Un taco con huitlacoche, señor ?*

C'est à moi qu'elle adressait cette phrase si souvent entendue au coin des *cantinas*. Elle m'offrait de goûter ce qui peut passer pour une inoffensive moisissure de l'épi de maïs.

Elle a disparu sur un simple acquiescement de mes paupières, me laissant en tête à tête avec le mur vert pomme et le plafond nu où s'essoufflait un ventilateur.

L'instant d'après, elle est revenue. Son joli visage a émergé d'une trappe contre laquelle était appuyée une échelle. Sa silhouette s'est fondue dans un coin d'ombre. Elle a poussé une table. Sa jupe d'un vert acide a bougé dans la lumière du vasistas. Puis son visage d'une extrême réserve s'est abaissé jusqu'à moi. En me prenant sous l'aisselle, elle m'a aidé à me lever. J'ai grimacé. Les poutres penchaient, tournaient comme des hélices, ma nuque attirait les coups de poignard. Mes côtes me rappelaient à la réalité de ma récente vie souterraine. J'ai atterri sur un banc.

Elle a disposé devant moi une *tortilla* repliée en demi-lune, fourrée à la fleur de citrouille, au fromage d'Oaxaca et au fameux *huitlacoche.* Elle a arrosé le tout de sauce au piment. Tandis que je me restaurais, elle est restée à mes côtés, figée dans une posture attentive, statue indéfectible.

J'ai bu la tequila qu'une main d'homme me servait. L'alcool d'agave et la nourriture faisaient merveille. D'autres visages se penchaient sur moi pour assister à ma résurrection. Je crois bien que le grand-père Ramos et le père Ramos ainsi qu'un autre jeune homme buvaient en même temps que moi. Quand j'ai eu mangé toutes sortes de marinades dans des jus d'agrumes, des viandes cuites à la vapeur dans des enveloppes végétales avec pas mal d'herbes et d'aromates, j'ai puisé en moi une énergie nouvelle. Le temps avait passé au rythme de la convivialité mexicaine.

Tout le monde était un peu gris. Des femmes s'étaient ajoutées aux hommes. Elles marchaient dans un froissement d'étoffes. Elles continuaient à monter des plats, un *mixiote de cabrito,* et tout le monde avait fini par s'asseoir pour partager le festin. Peu à peu, les rires fusaient. Les bons mots. Quelques plaisanteries au sujet des Argentins.

Manuelito est venu s'installer auprès de moi. Il a dit gravement :

– Tu es guéri, *che.* Les cataplasmes de ma grand-mère ont fait leur effet. C'est une qui connaît les herbes.

Le petit s'est servi de viande avec sa main pas très nette et a commencé à arracher la viande de son os à belles dents. La bouche pleine, il a dit :

– Merci, *che*, pour le repas ! Bien sûr, c'est toi qui l'offres, puisqu'on s'est partagé ton argent. Tu vois comme chacun se régale !

Et tout le monde a ri. La plaisanterie était bonne.

D'une bouche prudente, j'ai exprimé combien j'étais content de me trouver là. Quelques femmes d'expérience hochaient la tête sous leur voile de couleur et adoptaient un petit sourire en coin. La jeune fille était restée debout au milieu d'une radieuse coulée de soleil.

– Tu peux finir ta guérison ici, a dit Manuelito. Tu ne crains rien. Le propriétaire ne vient plus si souvent...

– Où sommes-nous ?

– Juste au-dessus de l'appartement de ma sœur Isabel. (Il désignait la jeune fille.) Au printemps dernier, Isabel a été choisie par don Rafael pour danser sur son ventre. Il a trouvé que son corps était un panier de fruits. Alors, il l'a achetée à la famille et l'a installée ici. Comme ça, il peut venir sur elle quand il veut. Comme sur d'autres femmes qui sont aussi dans la colonie.

– Il a l'argent pour en tenir au moins quinze, glisse une matrone. Ma fille a été l'une d'elles.

– C'était il y a trois ans !

– Ta Rosita est retournée sur la décharge !

– Don Rafael fait comme il veut, pondère le vieux Popeye. Il a des rouleaux de billets plein les poches.

Manuelito se lèche les doigts, puis se tourne vers moi :

– Isabel n'aime pas quand le patron vient sur elle. Elle est fiancée à Felipe. Mais grand-père dit à son fiancé qu'il vaut mieux que le roi vienne, parce que, s'il ne vient pas, c'est signe qu'il est ailleurs, qu'il danse sur un autre ventre. Et nous, nous perdons de l'argent et notre concession sur la décharge ne sera pas renouvelée.

– Elle ne le sera pas, échote lugubrement Popeye. Le vieux bougre a la tête mauvaise et ses joues rouges témoignent de la mauvaise fièvre qu'il entretient.

Manuelito explique :

– Depuis quelque temps, don Rafael ne vient plus jamais visiter ma sœur. C'est depuis qu'il a installé la gringa.

– L'Américaine ?

– Oui. La fille aux cheveux rouges. Elle est dans le studio d'en bas. C'est le plus beau des studios. Il y a des petits carreaux de faïence blancs et bleus, et même la télévision et des fauteuils. Et Isabel a dû monter ici.

À l'évocation de sa défaite, la fautive baisse la tête. Elle n'ose affronter les yeux de sa famille. Elle touche machinalement son corps endormi. Elle glisse un regard par en-dessous, du côté de son fiancé. Comme pour l'apaiser, elle sourit au garçon qui s'est tu jusqu'alors. Felipe reste de marbre. Il respecte le père et le grand-père de Manuel. L'instant est énigmatique.

Je pense à Lola. Je profite du silence des êtres, captifs du temps immobile, pour demander si je pourrais racheter mes bottes à Ricardo et avoir des vêtements propres.

Les visages se lèvent vers moi.

– Autant dire que tu nous reprends tout, fait observer Manuelito.

Je lui tends ma montre, elle marche encore. Il s'en assure et puis l'empoche.

Dans l'heure qui suit, tous se lèvent et se retirent pour me laisser reposer.

Toute la nuit, je mobilise des forces effrayantes pour ne pas céder à la tentation de descendre rendre visite à Lola.

Au matin, lorsque je resurgis des ruines de mon sommeil, je perçois le remous d'une jupe d'Indienne et trouve le regard apaisant d'Isabel.

Elle dépose devant moi ma paire de bottes. Elle y adjoint un petit tas de vêtements en coton blanc. Chemise et pantalon rapiécés sont repassés avec soin.

Elle murmure comme si c'était de peu d'importance :

– Don Rafael a passé la nuit en bas. Maintenant, il vient de partir. L'Américaine ne s'attend sûrement pas à ta visite.

Isabel soutient mon regard. Son instinct de femme est infaillible.

MARDI matin,

le septième jour...

Callejón 61.
Le studio du rez-de-chaussée.

Dès qu'elle voit Harry s'encadrer dans le chambranle de la porte, Lola – Lola Pimms, alias Puddy Turner, alias Pœbé Whopper, entôleuse internationale – se mord la lèvre inférieure. Avec son poncho, sa barbe de deux jours et ses pantalons de *chiclero,* son ex-associé a l'air de sortir d'un vieux film de Gabriel Figuerroa.

La rousse éternue un rire incontrôlable, mais se reprend aussitôt.

– Tu n'es même pas mort ! murmure-t-elle.

Elle secoue la tête. Ses dents nacrent un sourire de lumière désabusée dans le contre-jour où elle se tient.

– Comment m'as-tu trouvée ?

Il le lui dit.

Elle laisse monter en elle une étrange convulsion de sentiments partagés. Elle se met à trembler de colère. Elle ne se contrôle plus.

– Il est trop tard ! s'écrie-t-elle. Je te préviens, il est trop tard !

Oubliant toute prudence, elle se jette sur lui avec une sorte de fureur barbare. Elle le gifle tout d'abord.

Une fois. Très fort. Et il se laisse faire.

Puis une autre fois, une autre encore.

Elle pousse un petit cri de rage impuissante. Elle le frappe à nouveau avec des gestes désordonnés.

– Est-ce que je pouvais deviner que tu allais venir semer la tempête jusque chez lui ? hurle-t-elle en renversant la tête en arrière. Est-ce que je pouvais deviner que tu serais assez fou pour gâcher toutes nos chances ?

Une crinière rouge.

Il la regarde. Elle tremble sur place. Elle avale sa salive et sa gorge se met à faire un nœud bleu sur le côté.

Il la fixe à cet endroit-là.

Elle se rue sur lui. Il peut compter ses grains de beauté. Elle est tout contre son corps. Il peut sentir la chaleur de son ventre. Elle martèle sa cage thoracique de toute la vigueur de ses poings fermés.

Il grimace de douleur. Il est devenu très pâle.

– Et alors ? dit-il en suffoquant sous l'averse.

Alors ? elle pourrait le piler sur place. Le tuer, si ça se trouve ! Même s'il est beaucoup plus fort qu'elle. Même s'il est capable d'assassiner des femmes.

Elle le bat. Elle frappe son visage et boxe sa saleté d'estomac. Elle lui rentre dedans. Et il ne fait rien. Il encaisse. Il a très mal en souvenir de sa nuit sur la décharge. Il ferme les yeux et pense à Gutierrez Moreno. Il prend les coups comme une montagne reçoit la pluie. Il dégouline de force.

D'ailleurs, il se passe un truc qui menaçait depuis longtemps. C'est en train d'arriver. Harry est derrière une paroi de verre et c'est elle, Lola, qui, à force de frapper son corps noueux de vieux baroudeur, se fait mal aux jointures et perd graduellement son énergie. C'est bien cela : chaque fois qu'elle assène un coup, c'est comme si elle en recevait un à son tour.

Harry la bat sans rien faire d'autre qu'être une montagne, monsieur !

Elle recule, à bout d'arguments. À bout d'énergie. Essoufflée. Épuisée. Haletante.

Elle se laisse tomber à genoux sur la moquette et elle aimerait chialer toutes les larmes qui l'étouffent.

– Moi, je peux donner ! suffoque-t-elle en cherchant un nouveau terrain, en se détachant de lui.

Elle pose ses mains sur son ventre, les flancs alourdis par sa vocation de femme, provocante.

Il la trouve franchement vulgaire. Révoltante. D'une seule pâtée de sa large main, il pourrait écraser sa nuque aux imperceptibles duvets.

Elle se retourne. Dans la chaleur doucereuse de sa bouche, elle a réchauffé de nouvelles paroles de vipère.

Il fixe le nœud bleu le long de sa gorge.

– Je peux donner ! Autant de fois qu'il faut ! s'écrie-t-elle hors d'elle-même. Les hommes peuvent venir ! Je suis infatigable ! Dix fois ! Vingt fois, s'il faut ! Et puisqu'on en parle, pas sûr que tu puisses en dire autant ! ajoute-t-elle.

Elle est vraiment provocante. Le ventre large, fertile comme une vallée. Il se sent dans un sale état de défensive.

– Catin ! dit-il. Pute ! Putain ignoble !

Elle lui jette un regard terriblement sombre. Elle l'affronte sur son terrain.

Il l'aime. Elle le domine. Elle tourne autour de lui.

Il baisse les yeux.

Maintenant, elle sait vraiment comment s'y prendre.

– La dernière fois, quand tu as failli tuer cette blonde bourrée de fric à Toronto, c'est parce que tu n'as pas pu la sauter, avoue ! Mais avoue donc !

Il ouvre soudain les paupières. Il voit en flash la gorge de Preciosa Vasconcelos-Arrampa. Il repense au réseau compliqué de canaux, de veines, de passages, de cloisons et d'obstacles que ses mains refermées ont dû vaincre pour extirper la vie de son cou marbré de plaques rouges.

– Je n'aime pas beaucoup parler de ça, si tu veux savoir la vérité, grogne-t-il.

Son visage crispé donne l'impression d'une lutte aveugle.

Elle lit dans ses yeux qu'il a envie de la tuer. Il se met à faire des idioties avec tous les muscles de ses mâchoires. Étrange martyre qu'il lui faut vaincre. Harry lutte contre lui-même.

Elle soutient son regard.

Elle l'accompagne. Elle ne le lâche pas.

Elle chasse une mèche sur son front. C'est un moment silencieux où Lola sent bien qu'il ne faut pas rire, ni exciter personne.

– Je t'aime, murmure-t-elle d'une voix blanche.

En même temps, elle pense : « Maintenant, tout se joue. Je crois que je suis un peu trouillarde, mais que ça ne se voit pas. »

Elle fixe l'homme avec un air froid et nonchalant.

Soudain, il fait volte-face. De toute sa masse, face au mur de la douche, il se met à marteler la faïence à palmiers avec ses poings.

Il grogne comme un animal.

– Je n'en finis pas de t'aimer, moi aussi, laisse-t-il échapper.

D'un coup, il a l'air plus jeune.

Il s'avance vers elle. Dans ses yeux, elle lit le vol noir des oiseaux de la mort.

– Rendez-vous à la gare routière, dit Lola.

Elle ferme les yeux.

Onze heures du matin.

Callejón Emiliano Zapata. Hôtel El Mirador.

Je ne sais plus très bien où mes pas m'ont porté. Mais j'ai dû marcher longtemps. Je suis si fatigué en arrivant devant l'hôtel.

Je constate que mon poing droit est noué à l'anse de cuir d'une sacoche. Je ressens mille picotements au creux des paumes, une intime fibrillation à hauteur du cardia. Je regarde autour de moi et lutte un moment contre une impression de vertige. Depuis peu, la réalité apparente prend les couleurs d'un rêve furieux.

En franchissant le seuil du boui-boui, j'ouvre la bouche. L'idée, c'est de crier au secours. Mais aucun son ne sort.

Avec des allures de jambon sur pattes, je passe devant la loge du gérant en maillot de corps. Le visage ombré par les ténèbres de sa bauge, le type finit une tasse de chocolat en tripotant une blatte qu'il vient d'estourbir avec sa sandale posée à côté de lui sur le desk.

– *Periplaneta americana,* diagnostique-t-il à voix basse. Un cancrelas de quarante-cinq millimètres. Je me demande si ça ne se boufferait pas, une bestiole pareille...

Sans lever ses paupières lourdes, il me dit que je devrais me raser. Il me rappelle également que je dois payer le loyer de la semaine. Je réponds avec à-propos que j'ai jusqu'à midi pour m'acquitter de ma dette. Il hausse les épaules et retourne à son observation des insectes nocturnes.

Je grimpe quatre à quatre jusqu'à l'appartement du troisième. En arrivant sur le palier, je me souviens que j'ai égaré ma clé.

Je pousse la porte. Elle est restée ouverte.

Je pose sur le lit la sacoche que j'ai ramenée avec moi. Non, je ne la laisse pas sur le lit. Je la soupèse et passe la tête dans la penderie.

Je soulève le contreplaqué qui en constitue le fond. Je m'apprête à planquer mon bagage dans le vide prévu par Lola pour entasser nos trésors, mais me ravise. D'ailleurs, la seule évocation de l'existence de Lola déclenche en moi un instinct de méfiance. Je renonce à la cache prévue.

Je fonce à la fenêtre grande ouverte sur le charivari de l'impasse. Je ne remarque rien d'anormal, si ce n'est une grosse fille penchée à la fenêtre du quatrième. Elle regarde dans ma direction. Elle éclaire le pauvre monde de la roseur de ses seins nus.

Je pousse le battant de la fenêtre et soustrais ainsi mes activités à ses regards indiscrets.

Je vais jusqu'au réfrigérateur. J'en ouvre la porte.

Je sors les provisions moisies et les restes méconnaissables de repas qui n'ont pas eu lieu. J'installe le sac en cuir à leur place.

Agenouillé devant l'armoire réfrigérée, je reste cloué sur place et essaie de balayer avec une toute petite brosse chaque recoin de ma cervelle indigente : il me manque plusieurs heures de ma vie.

J'accommode sur le présent. Je ne tiens pas trop à prêter attention à ce qui me trotte dans la tête, mais l'idée que je ne sais pas d'où vient ce sac, ni pourquoi je cherche à le cacher me donne une sacrée sensation d'insécurité. Proche du vertige.

Alors, voilà ce qui arrive. *Vous n'allez pas me croire, monsieur.* Je suis pris d'un accès de curiosité et ouvre la serviette de cuir. Je constate qu'elle déborde de liasses de billets verts. *Je ne me pose pas la question de savoir d'où vient ce fric, monsieur.* Je ponctionne de quoi payer mon loyer. Je ressens une douleur fulgurante à la nuque. Je referme le sac et le place sur l'étagère du frigo. Mon envie, en refermant la porte, est que ce soit l'endroit idéal pour le ranger et l'oublier, et donc le dernier endroit où l'on songerait à chercher de l'argent.

À peine me suis-je redressé sur mes Charlie Dunn que la porte du meublé s'ouvre sur Nez-Cassé. Il a troqué son béret rouge contre un vieux Borsalino Tardán et des godasses El Borceguí rutilantes.

Je lui demande s'il a fait récemment fortune.

Il prend l'air modeste.

Il fait crisser ses chaussures de luxe sur le parquet et dit qu'il a fait un peu de troc. Il récite les échanges qui lui ont assez bien réussi ces temps-ci. De la marjolaine contre du tabac. Des coups-de-poing américains contre des poupées Barbie. Deux cassettes de Madonna contre son chapeau Tardán. Ah oui ! et Zinnia, la pute d'en face, contre des box-calfs de première main et un peu de sécurité dans le quartier.

Il constate l'état miteux de ma garde-robe et me sourit avec une vraie dose supplémentaire de condescendance. Il se sépare du paquet qu'il tient sous le bras.

– Je t'ai ramené ton costume, gringo. On dirait que tu en as un besoin urgent.

Ses yeux de chien rasant s'attardent à nouveau sur mes vêtements de péon. Il glousse :

– Où est-ce que tu t'habilles, toi ? Chez Chiapas ?

Il sort un couteau à la lame impressionnante. Il dit :

– Je suis venu aussi pour que tu me paies tes pneus neufs. Je les ai remontés sur tes jantes.

Un éclair me foudroie jusqu'au nerf optique. Une douleur aiguë me poigne à nouveau la nuque et m'oblige à incliner la tête. Je songe à la Ford en plein soleil. Au cadavre de Preciosa Vasconcelos-Arrampa. Je pense à quitter le Mexique et toutes ses embrouilles le plus vite possible.

J'aimerais bien m'assurer les conseils de quelqu'un. Il y a mon père que j'ai évité d'évoquer, ces derniers temps. J'aperçois le pêcheur au milieu du courant, sur une barque amarrée. Il joue des airs de sa jeunesse sur un vieil accordéon brûlant. Il se tient suffisamment loin des deux rives pour ne pas entendre les appels au secours de son fiston. Ou alors, vieux salaud, il fait la sourde oreille.

– Je vais te payer ce que je te dois, dis-je à Nez-Cassé.

Je prends l'air dégagé, vais jusqu'au frigidaire. J'ouvre la porte, entrouvre la sacoche. Je puise une liasse de billets verts. Je sens les yeux du *chavo* dans mon dos. Je referme la porte du frigo et demande :

– Où est la sacrée bagnole ?

– Au bout de l'impasse.

– Est-ce que tu crois qu'elle va démarrer ?

Nez-Cassé ne quitte pas des yeux le réfrigérateur. Il me répond avec un drôle d'air :

– Vous verrez pour le costume, señor Harry, ma copine a fait des miracles. Les parements, ça ne se voit pas trop. C'est seulement le bouton arraché qui pose problème. Dans sa boîte de couture, Juanita n'avait pas la même couleur. Elle a fait pour le mieux avec le fil. Mais la nacre du bouton, c'est du provisoire. *Un bouton bleu, ça se remarque.*

Je porte la main à ma nuque.

Je ne vois pas votre visage, monsieur. Pourtant, ça m'aiderait.

Ça m'aiderait parce que, vous devez le savoir, les gens de mon espèce, il nous arrive souvent des choses bizarres.

Soudain, dans la piaule, il fait chaud et monotone. Une moiteur fade. J'essuie la transpiration sur mon front. Je vais jusqu'à la fenêtre et me mets en quête d'un peu d'air. Je vois sortir de l'immeuble d'en face un gros homme qui court sur des chaussures blanches.

Il me semble que je le connais. Sa face de bouledogue est inoubliable. Ses bajoues vibrent à chaque élan de sa course. C'est l'obèse qui a essayé de me prendre en photo près du parc d'Alameda.

Je le suis des yeux. Il vient de s'engouffrer dans la cabine téléphonique du quartier. Il parle avec volubilité. Il a tout l'air de regarder dans la direction de l'hôtel.

Je rentre la tête dans la piaule. Je croise le drôle de sourire affectueux de Nez-Cassé.

– Alors, comme ça, gringo, tu gardes ton argent au frais ?

Je sens qu'il va me faire chanter.

– Je te devais sept cents pesos, lui dis-je aimablement. Tiens, en voici l'équivalent de mille. Tu m'as rendu pas mal de services, ces jours-ci.

Tandis qu'il recompte son fric avec un soin d'usurier, je le contourne innocemment. Chaque pas dure une éternité, mais, à la fin, c'est comme une délivrance quand je lui écrase le poids chromé de la cafetière sur la nuque.

Dès que je me redresse de dessus son corps affaissé, je prends en main mes projets d'avenir. Me brosser les dents. Prendre le large dans un endroit où personne ne viendra me demander des comptes. Essayer de reprendre le cours de la réalité.

Vérifier si Lola est encore en vie.

Pas question de me raser.

En me brossant les dents, je croise mon visage dans la glace.

J'explore furtivement la tourbière de mes souvenirs. Revivre m'est une douleur. Je fronce les sourcils. Je lutte contre la migraine. Je pense à Lola dans la gloire de son corps si désirable. À la volonté désespérée de Vasconcelos-Arrampa pour respirer un dernier bol d'air. J'appelle le pêcheur de truites qui ne répond plus. D'un coup, ni le printemps ni la promesse des fleurs de l'été n'ont plus le même goût.

J'enfile le costume. Je m'attribue le Borsalino Tardán de Nez-Cassé. Je fais main basse sur les coupures de vingt dollars qu'il tient dans sa main alanguie. Je tire son sac d'os jusqu'à la penderie. Je lui noue les mains, les pieds avec mon vieux stock de cravates High Life. Je déchire une chemise Arrow effilochée par l'usure et le bâillonne après lui avoir bourré la bouche de coton hydrophile. Enfin, je rafle la sacoche de cuir au fond du frigidaire et, quittant le puant taudis, bon Dieu, le navire coule, je dévale l'escalier.

J'ai l'obsédante impression que toutes mes affaires vont désormais se dénouer à toute allure.

Je trouve le gérant de l'hôtel El Mirador en pleine lévitation au fond de sa grotte. Sur son réchaud à gaz, il fait cuire une poignée de riz en surveillant une pleine assiette de fourmis énervées, prisonnières d'un filtre de plastique transparent.

Je lui paie son terme. Je lui donne un *propina* équivalant à une semaine de séjour dans son hangar à rats. Je lui annonce mon départ définitif. Le bébé du premier étage se met à pleurer pour du lait. Paco Ibañez déroule les strophes de sa chanson. Le chien du second aboie pour engueuler son maître. Un tuyau danse la *machicha.* Le taulier entomologiste s'éclaircit la voix.

Il prend l'air mystérieux et me révèle qu'une dame mexicaine vient tout juste de m'appeler au téléphone. Il confesse qu'il ne comptait pas me le dire, mais que la générosité de mon pourboire lève l'hypothèque de sa détestation des étrangers.

Il me parle d'un rendez-vous. Il me dit où. Il me dit quand. Il me dit que j'aurais dû me raser. Il me dit que, Dieu soit loué, je vais changer de femme et qu'une Mexicaine, c'est quand même mieux que le désolant spectacle d'une gringa rousse quand elle gonfle les joues des vieux messieurs en baladant sa langue dans leur bouche

Déjà je cours sur le trottoir. Je localise la Ford. Je m'approche de sa carrosserie usagée. J'ouvre le coffre avec des précautions de dentelière. Une subtile odeur de bouquet fané flotte dans l'air. Mais le coffre est vide. Force m'est de me rendre à l'évidence. Vasconcelos-Arrampa m'a faussé compagnie !

Je fais trois pas hébétés sur le trottoir.

J'ouvre la portière avant, me glisse au volant. Je jette la sacoche de cuir sous le siège du passager. Je lance le moteur et embraie sur les chapeaux de roue.

Sur le point de tourner le coin de la callejón Emiliano Zapata, je consulte le rétroviseur. J'encadre la silhouette grotesque de l'obèse aux souliers blancs qui surgit d'entre deux voitures. Il me semble qu'il me fait un signe d'adieu.

Soudain, mes joues s'épanouissent. Elles se gonflent d'un sourire nouveau, d'un sentiment d'euphorie. Sur les trottoirs, de nombreux jeunes hommes et jeunes femmes marchent d'un pas pressé. Sans regarder personne. Sans me regarder. Les feux passent au vert et la rue, devant moi, s'annonce comme une fête en plein air donnée en mon honneur.

Et si ma vie était un rêve ? Et si je n'étais l'assassin de personne ?

Treize heures exactement.

Harry Whence fait les cent pas devant la grille du parc de l'Alameda. C'est la troisième fois qu'il rencontre la señora María García Moreno. Elle arrive deux minutes après lui. À croire qu'elle guettait son arrivée.

Surgie du flot de circulation que déverse le paseo de la Reforma, sa petite Volkswagen s'immobilise au bord du trottoir. Par la vitre, côté passager, Harry voit s'encadrer le visage autoritaire de la jeune femme. Elle a un chignon net et porte ses sempiternelles lunettes fumées. Elle lui fait signe de monter. Leur entrevue aura lieu en roulant, comme d'habitude.

Avenue Juarez, avenue Madero, María García file sur Piño Suarez pour rejoindre le boulevard Presidente Miguel Alemán. Harry note une sorte de fébrilité dans ses gestes. Une impatience nouvelle et mal contenue.

– C'est bien pour ce soir, lui annonce-t-elle.

Elle ne fait allusion ni à sa disparition depuis quarante-huit heures, ni à son intrusion dans la villa bunker, ni à son beau costume défraîchi. Elle jette sur ses genoux une enveloppe de papier kraft.

– L'argent, le billet d'avion et un plan de la villa, le renseigne-t-elle.

Pendant qu'il décachète cette espèce d'ordre de mission, elle ajoute d'une voix clinique :

– Votre itinéraire est dessiné en rouge. Vous devez vous y conformer à la lettre et prendre la fuite dès que ce sera fait. Par le même chemin.

Il relève la tête. Cherche à percer son regard.

– Vous m'aviez parlé d'un chien.

– Il sera neutralisé.

– Le revolver ?

– À sa place. À droite de la poterne du jardin, en entrant. Les numéros d'identification ont été grattés.

Elle se détourne.

– Pas d'autres questions ?

Il fait signe que non.

Lors de leur second rendez-vous, lorsqu'il a tenté de lui demander pourquoi elle s'adressait à lui plutôt qu'à un autre, elle lui a simplement fait comprendre qu'il ne pouvait pas refuser ce contrat sans heurter la susceptibilité de gens bien placés qui en savaient long sur lui. Elle a ajouté que les autorités de la capitale mexicaine étaient elles aussi excédées par l'importance démesurée qu'avait prise l'activité des *pepenadores.*

Elle avait l'air très sûre d'elle-même. Comme aujourd'hui.

– Vous ne serez pas inquiété, promet-elle.

Harry se détend. Il la tape d'une cigarette. Il dit comme si c'était de peu d'importance :

– En faisant de la politique, votre mari s'est créé beaucoup d'ennemis, j'imagine ?

Elle ne répond pas directement. Son front s'est imperceptiblement crispé.

– Il aurait mieux fait de rester à sa place.

– Quelle place ?

– Au milieu des chiffonniers de Terpito. C'est à la merde qu'il appartient ! Qu'il y retourne !

Elle déteste son mari de toute son âme.

Harry regarde défiler les rues. Il tire sur sa cigarette. Il a vaguement l'impression qu'on lui dissimule le véritable mobile du meurtre, mais il s'en fiche éperdument. Mis à part l'argent, lui aussi a une sacrée raison de détruire le fumier qui lui a pris Lola.

Il murmure :

– Votre mari est député fédéral. C'est un type important. On dit qu'il peut à tout instant mobiliser trois mille personnes pour les meetings du Parti révolutionnaire institutionnel.

Elle le dévisage avec ironie.

– Ça vous impressionne ? Vous avez peur des gens qui détiennent le pouvoir ?

Il hausse les épaules avec fatalisme.

– Je quitterai la ville.

– Peut-être aurez-vous tort. On dit que la mort rattrape d'abord ceux qui courent.

Elle éclate d'un rire méprisant.

Soudain, la petite automobile fait une embardée vers la droite, s'extrait du trafic et s'arrête à leur point de départ, devant le parc d'Alameda.

María García Moreno pose sa main sur l'avant-bras de l'homme aux cheveux gris. Elle inspecte son visage marqué par l'usage de la vie.

– Tranquillisez-vous, murmure-t-elle à son tour. Je ne vous oblige pas à tuer un politicien du PRI ; je vous demande seulement de liquider un mari ignoble.

Il ne répond pas tout de suite. Il fixe l'enveloppe. Elle se méprend sur la nature de son hésitation.

Elle lui dit d'une voix de fièvre :

– Rappelez-vous. C'est vous qui avez souhaité me rencontrer. Vous qui êtes venu au-devant de moi. Maintenant que vous avez accepté le contrat, vous n'avez pas le choix, monsieur Whence. Un meurtre, ce n'est pas comme une interruption de grossesse, ça ne se décommande pas !

Il la fixe de ses yeux gris. Elle ôte ses lunettes et lui résiste.

Les lèvres de Harry dessinent un sourire triste. Il se rappelle vaguement qu'il a demandé six millions de pesos pour prix de son forfait et un billet d'avion pour Athènes, histoire d'aller finir sa vie avec Lola chez les Grecs.

Il pense à Lola. Au rendez-vous de la gare routière :

– *Quoi qu'il arrive, où que tu sois, je serai là ; dans l'état où je serai, je t'attendrai.*

– *Et je viendrai.*

– Tout est donc à refaire ? demande-t-il à voix haute en sortant de son songe.

Le bord de ses paupières est rouge. Il a posé sa main sur la main froide de la jeune femme.

– Oui, dit María. Tout est à respirer d'une autre façon !

– Est-ce que nous en serons capables ?

– Pas fatalement nous. D'autres, sans doute. D'autres après nous, qui ne seront pas tout à fait les mêmes.

– Mais nous ?

– Nous ?

Son regard s'absente. Elle reprend sa main. La pose sur le levier de vitesse et passe en première.

– Bonne chance, lui souhaite-t-elle brièvement en se penchant pour ouvrir la portière à son passager. C'est comme si je ne vous avais jamais connu.

– Ma foi, c'est à peu près cela, répond-il en se couvrant de son Borsalino graisseux.

Et déjà il s'éloigne.

Silhouette dégingandée dans son costume froissé, elle le suit des yeux tandis qu'il franchit l'avenue.

Elle démarre en trombe, emportant avec elle l'image de Harry Whence franchissant la porte à tambour de l'hôtel Del Prado.

Il est treize heures quinze lorsque Harry Whence pénètre dans le luxueux établissement. Il fait quelques pas émerveillés sur le tapis et cherche à s'orienter.

– Prends à droite, fiston, dit son père.

– Tu es revenu ?

– Oui, c'est toute ma jeunesse.

Harry prend à droite.

L'hôtel Del Prado est un endroit mythique que Neal Fenimore Whence a fréquenté à l'époque courte de sa splendeur d'escroc. C'est là qu'il a souhaité mourir, dix ans plus tard, acculé par les dettes, rattrapé par les flics. Chambre 707. Il s'est suicidé. Une balle dans la tête.

Sur le point de passer le seuil du vaste salon décoré par une fresque de Diego Rivera, Harry s'immobilise toutefois pour affronter l'œil inquisiteur d'un grand portier chamarré qui lui barre le chemin.

Harry se découvre.

– Je suis sûr, dit-il avec un sourire naturel, que vous avez exactement ce dont j'ai un besoin urgent.

– Tout dépend de ce que vous cherchez, señor.

– Un bar ouvert à treize heures trente-deux, répond Harry.

Il n'a jamais eu aussi mal à la nuque.

MERCREDI

Sept heures du matin.

Sous une casquette grise, l'Est sale et poussiéreux se réveille.

Au 4 de la callejón Emiliano Zapata, la télé ouvre un œil.

Zinnia, en petite culotte blanche, vient d'appuyer sur le bouton de Canal 2. Pour elle, c'est le premier geste important d'une journée qui commence. Elle dit : « Sauvons la planète, j'ai peur du vide ! » Elle dit que la télé, c'est fait pour couler comme un robinet qui fuit. Pour être allumé comme le feu dans l'âtre. C'est le début de quelque chose qui bouge.

L'image s'installe.

Zinnia déhanchée se tient devant l'écran. L'index posé sur son nombril, elle regarde une femme très rose et très convenable qui essaie en vain de rompre avec son amant et se pâme sous les baisers de son suborneur.

Pendant vingt-six minutes, sa bouche reste ouverte. Quand la bouche de Zinnia se referme, c'est le mot *fin* sur l'écran.

L'imagination ionisée, elle essuie ses larmes et se tourne vers Fernando Cabrera.

Elle lui dit qu'elle pense que les *telenovelas* sont toujours une expérience amoureuse, terrible comme la vie.

– Ta gueule ! dit le gros flic. Voici les nouvelles.

Via le satellite Morelos roulent déjà les tambours du générique de *« 24 horas »,* le journal télévisé. Nouvelle divinité de pierre, l'irremplaçable présentateur Jacobo Zabludovsky apparaît. Il jette un regard pur vers la caméra et commence à délivrer des certificats d'authenticité aux événements du jour.

Hôtel Del Prado. Chambre 707.

Harry Whence trouve sur le plateau de son petit déjeuner les journaux du matin.

Il lit :

« Ce jourd'hui 9 septembre 1996 à deux heures du matin, au terme de vingt-cinq années de règne sur les immenses dépotoirs de Mexico, don Rafael Gutierrez Moreno a été assassiné pendant son sommeil.

« Malgré la triple protection électrifiée et la présence de gardes du corps, le meurtrier n'a eu aucune difficulté à sauter les murs d'enceinte et à parvenir par les terrasses jusqu'à la fenêtre ouverte du *diputado*. C'est depuis cette ouverture que, par trois fois, le tueur a fait usage de son arme, un calibre 38 spécial.

« Le parrain des *pepenadores* ne manquait pas d'ennemis, vu l'ampleur des intérêts que mettait en jeu son fructueux négoce dans la plus vaste conurbation du monde.

« Pourtant, l'enquête de la police s'oriente vers ses proches. Ses gardes du corps et son secrétaire n'ont rien vu, rien entendu. Son épouse de vingt-huit ans, María García, dormait avec ses enfants dans un appartement séparé de celui du milliardaire qui, souffrant d'insomnie chronique, s'était réservé depuis plusieurs années déjà une chambre jouxtant son bureau, tout au bout du patio de la somptueuse habitation. La señora Moreno a déclaré n'avoir vu qu'une ombre qui s'enfuyait. »

Harry Whence replie le journal.

La veille, après quatre ou cinq verres au bar, il a filé à la réception. Il a demandé s'il pouvait disposer de l'appartement

707 pour une huitaine de jours. Il a payé d'avance. À l'exception d'une mallette, il a déclaré ne pas avoir de bagages. Il s'est dirigé vers la galerie marchande de l'hôtel. Il a acheté du dentifrice, une brosse à dents et une nouvelle montre.

Il est allé se coucher.

Il est ressorti aux alentours de minuit. Il a utilisé l'échelle et la sortie de secours. Il est rentré à deux heures quarante-sept par le même chemin. Il n'a rencontré personne.

Il a pris trois pilules bleues. Un quart d'heure plus tard, ses yeux étaient morts.

Vingt-deux heures,
le *Catacumbas*.

L'Américain au complet défraîchi franchit la porte de verre biseautée du *Catacumbas*.

Il retire son feutre crasseux, passe sa main sur sa barbe poivre et sel et s'avance sur la moquette d'un pas incertain.

Il rentre d'une promenade harassante. Il a marché pendant des heures. Son regard s'est perché sur tous les paumés dans son genre. Il est allé de rade en rade. Lamée dans son fourreau parade de bordels, Mexico, illuminée pour la nuit, vient seulement de le recracher.

Ici, un verre de vin d'Aguascalientes, là une tequila ; il a échangé des banalités avec des *chavós* tamisés et serviables qui ont troqué depuis longtemps le dialecte *náhuatl* de leurs parents contre un peu de vocabulaire américain et un couteau effilé. Il s'est trouvé nez à nez avec un clochard illuminé qui lui a parlé en mixtèque, il a dansé sur de mauvaises vagues, il a discuté avec une femme emmitouflée dans son *rebozo* des cent vingt-huit millions de rats qui peuplent les égouts, les cloaques et les montagnes d'ordures de la cité. Des gosses facétieux lui ont envoyé des pelures de mangues à la face. Il a martelé le sol de ses bottes par Charlie Dunn. Il a échappé aux putes, aux danseuses, à tous les récitants de la nuit : « Tu veux un soutien-gorge super-big pour ta patronne ? Tu veux un chouime-gomme préservatif à la menthe ? Tu veux un paquet d'herbes magiques ? »

Il s'est retrouvé devant le bar tenu par Tête-de-poivron. Il est entré dans la toile peinte par Edward Hopper comme on revient au paradis.

Le *Catacumbas* est le genre d'endroit où, pourvu que vous soyez toujours fidèle à la même tequila, le barman finit immanquablement par vous délivrer une sorte de certificat d'existence. Exactement le style de reconnaissance dont Harry Whence a besoin ce soir. Un peu de chaleur humaine, une illusion de famille.

– Bonsoir, Sancho, comment va la petite Conchita ?

– Bien, señor Harry ! C'est l'âge délicieux ! Je la prends sur mes genoux et elle me lit le journal pour avoir des bonbons !

Un sirop de paroles. Une pure convention. Et d'ailleurs, peu importe si le barman a un nez de poivron. Ce qui compte, c'est l'apparent intérêt qu'il vous porte. C'est qu'il soit là. Mais sa fidélité, justement, tient à votre seule présence devant un verre.

Harry Whence s'absente. Il sourit dans le vague. Il n'écoute plus les propos de Poivron-Joe. Il pense à ses crimes. Aux inexactitudes que racontent les journaux. À l'appartement 707 qu'il a loué pour huit jours au lieu de filer à l'étranger. À cette façon douce et désespérée qu'il a de remettre ses pas dans ceux de son père. Au voyage à Athènes qu'il n'entreprendra pas sans Lola. Qu'il n'entreprendra sans doute jamais.

Il prend une poignée de billets dans sa poche et commande à boire.

Le *Catacumbas*,
une heure du matin.

C'est l'heure du purgatoire. De l'entre-deux-malheurs.

Le bar peu à peu se remplit. Table après table, comme un feu se propage dans le taillis d'une garrigue, un murmure feutré entretient l'illusion du bien-être.

Dehors, derrière le glacis des vitres, sillonnant les rues ou le dédale des *calzadas*, hurlent les chacals à sirènes, voitures de patrouille : l'Ordre. L'Ordre bleuté des flicards. L'Ordre aveugle et autoritaire. Pleins pouvoirs sur les rattrapés-vifs.

Cinq heures du matin.

Le *Catacumbas* s'apprête à fermer.

Je, Harry, Whence, ivre mort, toute honte bue, toute pourriture atteinte, comme s'il me fallait aller encore plus loin dans ma descente au purin, remets mon bitos sur ma tête de neige et prends l'air ingénieux.

Joe-le-poivron s'arrête de balayer les clopes.

– Vous sortez, señor Harry ?

– Je vais m'aérer, Pancho.

– Sancho.

– Oui, Sancho. Je suis farci.

Une fois sur le trottoir, c'est tout droit.

Je trouve la Ford, me glisse derrière son volant. Je sollicite son moteur fourbu par cent quatre-vingt-cinq mille huit cent-soixante-quatre kilomètres. La radio se met à beugler. Je conduis la bagnole jusqu'à la gare routière. Je fais dix-huit kilomètres en trente-sept minutes.

À la sortie de la ville, je m'arrête. J'ai conscience que des phares s'éteignent derrière moi. J'écoute un moment José-José qui chante :

« Par tes baisers indifférents,
mon âme est devenue de pierre,
pendant que je me taisais... »

Je prends la sacoche pleine de billets sous le siège. Je sors de la bagnole et m'avance vers le petit bâtiment rose aux portes vertes.

Sur le point d'atteindre l'objectif, j'effectue un détour. Je me souhaite une miction heureuse et pisse abondamment contre le mur latéral. À part la silhouette d'un type aux paupières bouffies de mon espèce, il ne reste sur l'esplanade que deux chaises blanches et vides tournées vers le parking où sommeillent quatre bus.

J'embarque dans leur direction. J'ai les yeux qui milleflottent. Les oreilles qui zimboument. Ah ! mais, lâchez les acouphènes ! Je mets toute mon énergie à aller caresser leur tôle pleine de poussière. *Mexico, Celaya, Leon, Aguas-Calientes, Porreón, El Paso...* Je m'approche de leurs banderoles et déchiffre leurs destinations à la lueur de mon briquet. Hop ! Risette ! À force de tequilas, on se croit les yeux en face des trous et l'on chuchote des choses bêtes à pleurer.

Je pars sans laisser d'adresse. Je voyage vers le nord. Je laisse des mouchoirs mouillés. Je dépasse l'enfance dans le sens opposé à la naissance.

Et puis, d'un coup, les phares d'une voiture s'allument et éclairent tout l'espace. Je me retourne. Ils s'éteignent aussitôt et la nuit réorganise le chaos.

Je franchis la vingtaine de mètres qui me séparent de l'entrée de la gare. J'entre dans un cercle de lumière jaune. Ampoule nue. Filament irrigué à deux cents watts. Je découvre les murs tapissés d'affiches touristiques et deux employés somnolents derrière la vitre du comptoir. Concours de puces et de puanteur.

Je m'assieds sur l'unique banc à la peinture usée par des heures d'attente. Je me tiens face à la pendule qui affiche cinq heures quarante-huit. J'entretiens l'illusion que j'entends crisser le gravier à l'extérieur, comme si des pas se rapprochaient.

Je consomme pas mal d'oxygène dans un état d'os brisés par la fatigue. J'attends celle que j'aime et que je n'ai peut-être pas tuée. J'attends Lola.

Une semaine plus tard, c'est jeudi...

C'est jeudi, les jours tournent autour du soleil, mais ça pourrait bien être mercredi.

C'est ce qu'on veut. Quand les yeux fuient la lumière, il ne faut pas trop compter.

Dans une ancienne demeure coloniale, au bout, tout au bout d'une trouée ombreuse, au fond d'un parc, dans une région de silence et de tonnelles, se trouve une maisonnette de poupée.

Sa porte s'ouvre sur Xolaxola. Sous sa casquette trois étoiles, les traits sont décomposés. Il est amaigri. Transparent. C'est affligeant de le voir se déplacer comme un lémurien. Il marche si piteux, les mains décharnées et longues d'ongles mal coupés, le teint thé, ses joues creuses plutôt jaunasses, que c'est à pleurer.

Rosita la servante de doña Francisca suit sa lente progression. Elle essuie ses joues mouillées de larmes tandis que le nabot fait halte devant un ruisseau d'eau vive.

Accoudé à la rambarde d'un petit pont, il lutte pour reprendre son souffle.

Comme chaque jour, il parle des Chiapas avec son vieux copain Harry. Harry n'existe plus, bien sûr. Xolaxola l'a renvoyé. Mais il bavarde avec lui. Tant pis s'il n'est pas là, dans les parages. L'essentiel est qu'Arturo l'imagine.

L'homuncule darde ses yeux exorbités sur le vide. Il dit :

– Tu as raison, Harry, le véritable voyageur du temps est celui qui ne sait pas s'il atteindra le lieu où il va.

Il se tait. Il semble mesurer un moment la force de la forêt, son calme d'éternité, et, apaisé par l'art sans artifices de la nature, se détourne, comme purifié.

– Mène-moi au restaurant, souffle-t-il à son interlocuteur invisible. Car j'ai peu de temps devant moi. Sa voix est un filet d'air.

Rosita s'avance.

Elle joue le rôle qu'on lui donne. Elle avance le fauteuil roulant et installe le mourant.

Ils cheminent sur les graviers en direction du lieu inatteignable. Elle a recouvert ses jambes d'une couverture. Elle marche à petits pas. Il a la tête inclinée. Il dodeline. La grosse boule pleine de cervelle lui échappe. Rester en vie encore un peu : il se concentre sur cet exercice de soi-même avec un acharnement à la fois serein et obstiné.

– Merci, Harry, exhale-t-il. Je n'ai jamais eu aussi faim...

Ses derniers mots au détour du chemin.

Nous sommes jeudi...

Jeudi, donc. Ou mercredi, n'importe. Les jours tournent autour du soleil.

N'importe, n'importe. Quand les yeux fuient la lumière, il ne faut pas trop compter.

Disons que c'est un jour sur le modèle de tous les autres jours, désormais. Un temps vilain avec de nouvelles promesses d'ouragans.

Pour Harry Whence, c'est le lendemain d'un après-midi dans les rues. D'une soirée dans le rêve. D'une nuit au *Catacumbas*. D'un matin blême à la gare routière.

Ce jour-là,

il est vingt-deux heures à l'horloge du bar.

L'Américain est assis à sa place habituelle. Il a un physique de clochard. La barbe a envahi son visage. Ses yeux sont caverneux.

Il a consulté les journaux. Toute la presse.

Il connaît intimement la personnalité du flic qui mène l'enquête sur l'assassinat du roi des ordures. Commissaire Fernando Cabrera. Sa photo a longtemps été à la une des magazines. Le genre de bouledogue qui ne lâche pas prise. Harry a reconnu en lui le photographe du parc d'Alameda.

Pour la première fois dans la presse du jour, il est fait mention d'un suspect. Un Américain. Un ancien convict, reconverti en détective privé. Mais la description est vague. On ne publie pas sa photo. Pas encore.

Les journalistes, quant à eux, se posent des questions. À les lire, le meurtre de Rafael Gutierrez Moreno n'a été possible qu'avec la complicité passive de toute la domesticité. Ils rendent compte abondamment des propos tenus par un gosse vivant sur la décharge de Meyehualco, un gamin nommé Manuel Ramos qui a porté une grave accusation contre la maîtresse de maison. D'après l'enfant, l'épouse légitime aurait été jalouse de sa rivale, une jeune fille de seize ans, la propre sœur de Manuel, dont Rafael Moreno avait fait sa plus récente conquête. Crime passionnel ? Drame de la jalousie ? À moins que María García n'ait été manipulée par d'autres intérêts plus puissants, comme pourrait le suggérer l'usage d'une arme d'ordinaire réservée à la police ? Sur ce chapitre, Cabrera reste laconique. Il suggère plutôt que l'ambitieux « roi de l'ordure » serait tombé dans un piège ourdi dans sa propre demeure dont il terrorisait les occupants.

Harry Whence repousse le journal.

Une tequila. Deux tequilas. Un océan de tequilas. Il se laisse submerger par une montagne de sel, de *lemon* et de cubes de glace.

Autour de lui, cliquetis de verres. Sous les banquettes, des pieds se cherchent. Fumées compensatoires. Bière renversée. Regards qui se veulent. Au coude à corps, deux intellos calcinés charbonnent leur sexualité à voix basse. Une effeuilleuse enjambe son boa et passe un doigt mouillé de salive sur ses cuisses. Un Anglais flasque lève un tapin nègre et sort dans la nuit fauve. Une Cubaine sans visage que son tabouret maintient comme une plante offre les oranges de son cul aux mains de ceux qui passent.

Une ombre gigantesque recouvre la table. Une main potelée se pose sur le marbre et oriente la lampe de façon à éblouir Harry. Une voix étouffée sous un édredon de graisse demande :

– Je peux m'asseoir ?

Et puis s'assied.

– *Je vous attendais, monsieur,* dit Harry Whence. *Depuis longtemps, je vous attends. Depuis toujours, en fait, je vous attends.*

– C'est bien possible, Harry. C'est bien possible. Tel quel, le monde est trop horrible.

– Vous me suivez depuis longtemps, n'est-ce pas ?

– Ma foi, ça fait un sacré bail que je suis le chien de ton ombre, Harry ! Mais c'est purement simple et excitant de te rencontrer seulement aujourd'hui.

– Pourquoi ?

– Parce que nous sommes différents du premier jour, je suppose. Est-ce que tu ne ressens pas quelque chose dans ce goût-là ?

Harry ne répond pas. Il fixe un court instant les yeux porcins du flic qui lui paraissent emplis de projets effrayants.

La main bouffie de graisse réapparaît. Elle sort d'une poche. Elle pousse devant elle une photo sur laquelle figure un homme s'apprêtant à monter dans un cabriolet Volkswagen blanc. À ses côtés, une jeune femme au chignon strict paraît fâchée.

– Demain, cette photo peut passer dans la presse, grasseye le commissaire Cabrera. Mais pas forcément. Tout dépend de toi, Harry. À partir de maintenant, tout dépend de toi.

L'Américain lève à nouveau les yeux. Son regard s'appesantit un moment sur le plastron maculé de taches de sauce de son interlocuteur.

– *Mole poblano de guajolote,* le renseigne l'obèse. J'ai une petite amie qui ne lésine pas sur l'huile dans la poêle, mais sa sauce est subtile et baroque. C'est son moyen d'expression.

Harry Whence balaie cette digression d'un geste fatigué.

– Tout le monde devrait avoir le droit de s'exprimer, dit-il.

– Je t'écoute, répond le policier.

Il froisse son nez et ses paupières en passant sa main sur son faciès de brute. Il se carre sur sa chaise. Il affecte de mettre toute sa laideur au service d'une infinie patience et ajoute :

– Je suis là pour t'écouter, Harry. Nous avons toute la nuit devant nous.

Comme pour lui donner raison, Poivron-Joe apporte une bouteille de tequila. Il torchonne la table, dispose le sel et une coupelle de tranches de citron devant les deux hommes, puis s'évanouit dans un pan d'ombre, l'air pénétré de l'importance de son rôle.

Harry Whence penche son visage fatigué vers son vis-à-vis et commence à parler.

Voici le début exact de ce qu'il dit :

– *Un jour, toute la ville s'est écroulée, monsieur. Empire State Building, First National City Bank Building. Et même Chrysler Building. Toute la maudite architecture s'y était mise...*

Deux heures du matin.

La bouteille de tequila est vide, mais une pleine vient de la rejoindre.

Harry bouge son torse ankylosé par l'immobilité. Il a parlé sans discontinuer. L'air lui semble torride, chargé d'odeurs vivantes.

De temps en temps, il s'est interrompu pour écouter vaguement les voix de l'orchestre de jazz. Un cornet chargé de jouer la mélodie et qui luttait pied à pied contre les entrelacs tressés par une clarinette, un contre-chant brouillé ou coquin glissé par un trombone... C'était à vous ficeler le souffle !

Maintenant, il fixe une tache de bleu tamisé. Un *blues* se déhanche au fond de la salle et ses nerfs recommencent à bouger au fond de ses muscles, vivants comme des cordes. Avec l'obstination de celui qui n'a plus rien à perdre, Harry continue de s'aventurer sur le territoire de la vérité, exactement là où la menace de la mort la plus noire rôde à chaque coin de phrase.

Il sonde l'obscurité par-dessus la lampe. Parce qu'il sent sa nuque s'enchâsser dans un marbre pesant, il dit et répète :

– *Je ne vois pas votre visage, monsieur. Pourtant, ça m'aiderait.* Ça m'aiderait parce que, vous devez le savoir, les gens de mon espèce, il nous arrive souvent des choses bizarres. Ou alors, des événements étranges nous entraînent inévitablement. Ils se reproduisent très rarement. Par conséquent, on ne peut jamais prévoir ce qui se passera une autre fois. Simplement, ils arrivent.

La voix apaisante de Cabrera lui parvient. Il devine le sourire prolongé du gros flic.

– Je sais, Harry. Je suis là pour t'écouter.

– *Je n'ai pas tué don Rafael Gutierrez Moreno, monsieur.* Il faut me croire. Mais laissez-moi d'abord vous dire comment les choses se sont passées...

– Pas la peine, Harry. Je sais que tu as tout raté, comme d'habitude. Mais c'est bien volontiers que j'écoute ta version des faits.

– *Je suis entré par la petite porte du jardin, monsieur.* C'est ce qui était convenu. J'ai trouvé le revolver là où il devait être. Le cadavre du chien gisait en plein milieu de la terrasse. J'ai atteint les appartements de Gutierrez sans encombres. La fenêtre donnant sur le patio était ouverte. La lumière brûlait. C'était un jeu d'enfant de tirer sur un dormeur installé sur le lit. *Mais don Rafael était déjà mort, monsieur.* Trois balles lui avaient arraché la tête. Une fille à demi nue dansait devant sa dépouille. Elle écoutait du jazz comme je viens de le faire, monsieur. Elle était comme une chatte en course, excitée par le ruissellement sonore et par la vue du sang. Elle portait des gants de filoselle. Elle avait l'air *stoned*, monsieur... Un type en livrée de chauffeur se tenait à ses pieds, hébété. *Je jure que c'est ce que j'ai vu, monsieur !* J'ai abandonné l'arme et j'ai pris la fuite.

– Ça n'est pas ce que raconte la veuve, Harry. Vilaine affaire ! Elle dit qu'un tueur a fait le coup. Qu'elle a vu s'enfuir une ombre. Que la maison était plongée dans le sommeil. Je lui ai présenté ta photo, tu sais. Celle que m'a communiquée l'Interpol. Elle a reconnu en toi celui qui a cherché à s'introduire dans la propriété deux jours avant le meurtre. Ton expédition de Meyehualco a été un désastre, Harry ! Les témoins sont là... Tu as séquestré un avocat, tu as frappé les vigiles, tu as cherché à molester son mari... Tu as même tiré des coups de feu sur son ombre...

– Parce que je voulais récupérer Lola, plaide Harry. *Vous devez me croire, monsieur !* C'est seulement par amour pour elle que j'ai entrepris cette folie.

– Pour cette salope de Lola Pimms, Harry ? l'interrompt Cabrera en sortant une plaquette de chocolat de sa poche et en commençant à en décortiquer l'emballage. Lola Agatha Pœbé Pimms ? Une entôleuse connue de tous les services ! Ton associée ? Ta maîtresse ?

L'homme aux cheveux de neige lève la tête. Des mots informes viennent à ses lèvres. Ses yeux gris cherchent à percer l'obscurité harnachée d'or et d'argent où s'est réfugié le gros flic. Il entend crisser ses mâchoires sur le chocolat noir. Il remarque sa montre de femme. Sa chevalière.

Cabrera prolonge son sourire à peine visible.

– Foutral handicap, Harry ! prononce-t-il d'une voix morne. Si je te cafte à la presse, le mobile de ton meurtre est affiché d'avance... Cette bonne vieille jalousie, bien sûr !

Harry devient silencieux comme une pierre. Ses yeux visitent des caves intérieures. Le visage triangulaire de la rousse surgit devant lui avec des rires sous cape. Neal Fenimore se met à jouer de l'accordéon dans ses oreilles de manière assourdissante.

– La jalousie ? murmure-t-il d'une voix calcinée par une soif inextinguible. Elle n'était plus guère de mise...

Il se verse à boire. Il boit. Tequila. Sel. Citron. Il boit. Il dit :

– Je n'étais pas jaloux. Plus exactement, je ne l'étais plus. *Je me sentais méchant, monsieur.* D'ailleurs, à force de faire le tour des mesquineries de Lola, force m'est de reconnaître qu'elle n'incarnait plus guère un soleil superbe.

– De là à l'étrangler, Harry, il y avait une sacrée marge !

– *Lola n'est pas morte, monsieur ! Ce soir, je vais la rejoindre à la gare routière.*

Aussitôt, Cabrera pousse un grognement.

– Il y a une seule chose que je n'aimerais pas chez toi, Harry, c'est que tu sois un menteur.

– *C'est là que nous avons rendez-vous, monsieur.*

Dans l'obscurité, une montagne de graisse et d'os se met en marche. Elle roule en avalanche.

– Comme ça, nous n'y arriverons pas, Harry ! s'emporte Cabrera.

Les membres rassemblés en arrière de son corps, le colosse mafflu se penche sur la table. Violemment éclairés par la lampe, ses traits de bouledogue se froissent de déplaisir.

– Fichaises ! Fichaises, gringo ! Voilà déjà huit jours que tu vas chaque petit matin à *Autobuses del Norte.*

– Elle viendra.

– Ne forge pas ton mal, Harry !

– Lola n'est pas morte ! répète avec force le grand Américain.

– Elle l'est, sacré salaud ! Espèce de toqué ! Putain de schizophrène ! Bon Dieu, elle l'est ! Et ce n'était pas beau à voir !

Cabrera tonne de son gros poing sur la coupelle qui roule au sol. Ni l'un ni l'autre des deux hommes ne s'en préoccupent.

Cabrera rassemble des miettes de papier d'argent avec la tranche de sa main. Il est essoufflé. Il éructe :

– La police a fait son travail. Elle a découvert le corps de ton amie dans le studio de Santa Catarina.

Harry avale une gorgée de neige. Il a la sensation qu'un danger est arrivé à son terme.

– Elle est morte ? bredouille-t-il.

– Tout comme Vasconcelos-Arrampa. Et tu es bien malade, Harry. Ce bouton bleu sur ton costume en témoigne chaque jour.

Je, Harry Whence, porte la main à ma nuque.

– *Qu'allons-nous faire de moi, monsieur ?*

– J'ai beaucoup remué tout cela sous mon chapeau, Harry. Et après t'avoir observé si soigneusement que tu es presque devenu mon ami, je suis tombé sur une évidence. C'est qu'il fallait te laisser ta dernière chance.

Les yeux du gros flic deviennent jaune fou. Ils se posent sur les mains inertes de Harry. Les visages sont défaits. La vie s'arrête. Ou plutôt, elle palpite dans un va-et-vient de scie.

– Je ne suis pas un moraliste, Harry, souffle précipitamment Cabrera. Je ne suis pas l'infirmière des pauvres, ni la vierge aux serpents. Je suis un flic ignoble et je pue de la gueule. Disons que je ne crois pas à la rédemption. Seulement aux accommodements...

De sa poche, le gros homme sort une étoffe qui enveloppe un objet pesant. Il le pose sur la table. Il soulève un pan de l'étoffe. Démasque le mufle d'un revolver.

– C'est à toi de voir, Harry. C'est la mallette contre ton libre arbitre. De toute façon, je ne te lâche pas. Tu n'as nulle part où aller. Et selon ce que tu décideras, je conclurai l'enquête à ma façon.

Cabrera se lève.

Il s'éloigne d'un pas lourd. Harry constate qu'il emmène la sacoche.

Il ne fait pas un geste pour le retenir.

Quatre heures du matin.

L'orchestre entame un tango décisif.

C'est l'heure des rescapés. Encore une tequila.

La lourde carcasse du commissaire Fernando Cabrera a disparu du jeu depuis un grand quart d'heure.

Harry Whence, devant son Borsalino plein de glaçons, tâte le revolver dans sa poche.

En sortant du mouchoir le bloc d'acier bleu corbeau, il a identifié son propre revolver. Le Llama aux numéros grattés qui a servi à abattre le roi des ordures. Le même que celui qui a réglé son compte au baron Chac-Mool. Celui qui porte ses seules empreintes, il y a fort à parier.

Sancho, le barman, dit qu'il est tard et qu'après *La Palmera,* c'est fini, il faut fermer.

Cinq heures du matin.

À l'aube, merci Sancho, de balayer nos chiures, nos fantasmes, nos cris et nos bouts-filtres.

Harry s'embarque dans sa Ford. Avec des yeux aveugles, il roule jusqu'à la gare routière.

Il s'arrête sur le parking. C'est la fin du chemin, Lola. Regarde l'état du ciel !

Harry pousse jusqu'aux autobus. Il s'immobilise devant l'un d'eux. Il grimpe à l'échelle du porte-bagages et, depuis la plateforme du toit, cherche vainement à distinguer les sommets enneigés du Popocatépetl. Il redescend de son observatoire et traverse l'espace vide. Sur un banc, une femme mord dans un sandwich. Une voiture de patrouille renifle au carrefour et disparaît en hurlant vers le nord.

Les éboueurs arrosent lentement le macadam.

Devant la gare routière, Harry Whence hurle du même cri que toutes les gorges de l'homme qui s'apprête à mourir.

Il se tire une balle dans la bouche.

Mexico se rendort sur le ventre.

DIMANCHE

Il est midi.

Les fidèles sortent en rangs serrés de l'église Santa Prisca.

María García Moreno vient de passer aux aveux. Elle revendique entièrement la responsabilité de son crime.

Le commissaire Fernando Cabrera baisse la tête.

La veuve a les plus beaux yeux du monde.

Ainsi s'achève ce livre que le temps et la patience d'écrire ont comploté sous ma plume entre cette année et la précédente. Entre printemps et fin de l'été.

Je le dédie à mon ami Didier Dæninckx et aux pepenadores *de toutes les décharges du monde.*

J'ai en tête une photo de Salgado, je crois, où des enfants affamés mangent un mélange de papier et de nourriture corrompue sur un dépôt d'ordures.

Dans le bistrot au fond des Landes girondines où je me tiens à cette minute même, occupé à formuler ces dernières lignes, un chômeur de la filière bois vient d'entrer. Ce jeune travailleur désespéré par la fermeture de son usine de pâte à papier lance comme une plaisanterie funèbre qu'il ne s'en fait pas trop pour ses trois gosses en bas âge, le monde va changer. Sur son « maillot à transpirer » fabriqué pour pas cher à Taiwan, on peut lire : WHO AM I ?

Il me regarde.

Uzeste,
vendredi 13 septembre 1996.

Impression réalisée sur CAMERON par
BRODARD ET TAUPIN
La Flèche

pour le compte des Éditions Fayard
en décembre 1996

Imprimé en France
Dépôt légal : janvier 1997
N° d'édition : 9164 – N° d'impression : 1564R-5
ISBN : 2-213-59668-9
35-33-9668-01/1